爱上比佛利（简体字版）

LOVE IN BEVERLY HILLS (A NOVEL IN SIMPLIFIED CHINESE CHARACTERS)

B杜

British Library Cataloguing-in-Publication Data. A CIP catalogue record for this book is available from the British Library.

ISBN 978-1-913080-33-4 (ebook)
ISBN 978-1-913080-32-7 (print)

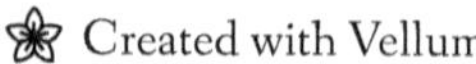 Created with Vellum

For my Family

第一章/演员梦

比佛利山庄（Beverly Hills）位于美国洛杉矶，距离圣莫尼卡海滩不远，不仅全年都能晒到著名的加州阳光，还能享受从太平洋吹来的清爽海风，有"全世界最尊贵的住宅区"之称，是财富与名利的象征。

既然尊贵，当然离不开购物，罗迪欧大道是比佛利山庄最驰名的时尚街，两侧有众多的奢侈品店及高档的餐馆、酒吧、画廊……等，让人在大饱眼福之际也能一窥富人的消费世界。

就在一片繁荣景象中，我徒步从豪气逼人的四季酒店转弯走两百米，那里与"富丽堂皇、穷奢极侈"截然不同，好比现在，我正走进平价的"莫先生的中国汉堡店"（Mr.Mo Chinese Burger）。

"萌萌，这么早就收工了？"柜台后一个胖墩墩的中国妇人说。

"运气不好，今天又没戏了。"我唉声叹气地答。

"别难过，机会总会有的。"说完，她递给我一个腊汁肉夹馍。

我给了她三美元，然后坐到角落狼吞虎咽起来。

没错，在中国卖三块钱的白吉馍夹肉，到了美国扬眉吐气，身价翻了六、七倍。虽然心疼，但与动辄上百美元一餐的西餐比，还算经济实惠，所以吸引了不少食客。

说起这家的店主人莫太太，我一周总要见上几回，言谈间，我知道她有个洋气的名字叫Molly，和莫先生于十年前来到洛杉矶，什么苦活、脏活都干过，只为求个温饱，可惜命运多舛，没两年莫先生就得了肝癌，把好不容易攒下的几万美元悉数花光，还欠下一屁股债。那阵子Molly消瘦不少，一逮到人就诉苦，感叹时不我与、造化弄人，渐渐把四周围的人都给赶跑了，毕竟谁的生活都不易，没人有义务当告解的神父。

擦干眼泪后，孤立无援的莫太太决定与命运抗争，Mr. Mo Chinese Burger就是这样开起来的，借以纪念她那因病早逝的丈夫。

我三两下把中国汉堡吞下肚，拍拍衣服上的饼屑，起身。

"今天到我妹那儿吗？"Molly问。

"嗯！Monica今天到有钱太太家收货，临时叫上我。"

Monica是Molly的亲妹妹，两人的年纪差上一轮，她在罗迪欧大道上开了一家二手奢侈品专门店，平常店里有两个韩国妹纸帮忙，当人手不够时会叫上我，虽然是兼职性质，时薪又不高，但在实现演员梦之前，不失为鸡肋。

"等等，"Molly把两个肉夹馍放进纸袋内交给我，"告诉Monica用的是半肥瘦的后猪腿肉，她会喜欢。"

"没问题。"我愉快地答。

这已经是这个月第四次让我当免费送餐员，但我一点儿也不介意。Molly不知道自己的妹妹正值减肥期，碳水化合物一律免沾，我因此成了最大的受益者。

"嘻嘻！今天的晚餐有着落了。"我心想，乐不可支。

~

我一走进以老板娘的名字为店名的二手店，就被Monica往外推："快，来不及了，LP的总裁夫人三点钟要出门，我们得赶在她离去前打声招呼。"

"这个LP该不会是加州最大的电影制作公司吧？！"

"怎么不是？我跟他们做生意已经不下数十回，熟悉到保安看到我的脸就主动放行。"她边答边往外走去。

Monica的车是黄色布加迪威龙，以每月三千美元的代价从二手车行租来。

"想在这里生存就得开好车，否则连乞丐都不鸟你。"Monica曾对我说。

以一个开店老板娘的收入，买一部代步工具不成问题，但……布加迪威龙实在太贵了，她只好以租代买。

"那个……今天不开车吗？"我问。

我明明看见黄色跑车就在眼前，Monica却视而不见。

"今天货多，我租了房车。"她往一辆奔驰维特斯系列的九人座房车走去。

"为了载货而另外租车，划算吗？"

"当然，赔本的生意没人做。"Monica 信心十足地答。

~

"喏！那栋灰的以前是麦当娜的，后来卖了2800万美元……

红屋顶的是贝克汉姆和维多利亚的房，他们的大儿子布鲁克林和科洛拍拖时，我看过一次他们一起走进豪宅的背影……噢！那是贾斯汀.比伯在18岁时买下的，呵呵！我18岁时还在想牛肉面要点大碗还是小碗，人家已经购入千万房产……这个是汤姆克鲁斯的……那是华裔婚纱设计师王薇薇的……"一路上Monica不遗余力地向我介绍屋子的主人。

对我来说，那些童话般的城堡宛如欧美大片，可望而不可及。

见我沉默，Monica问我今天试镜的结果如何？我答再一次糊了，自己的英语不行，又长着一副亚洲人脸孔，除非演的是裹小脚的女人……

"那也不无可能，如果《末代皇帝》重拍，妳一定拿得到角色。"她说。

真不知是褒还是贬？亚洲题材的电影或电视剧在好莱坞算小众，若有重拍的经费倒不如拿去拍怪兽或外星人。

"也不一定得等到那时候，我现在已经放低姿态，群演也成，若有一、两句台词更好。"我笑呵呵地答。

话说得云淡风轻，实际上我已经付不起合租的费用，沦落到住在房车内。

你若问我混得这么差怎么不回国？哎！说来话长，在国内我学的是表演，毕业后跑了三年龙套，好不容易得了个女四的角色，那高兴自不在话下。谁知导演醉翁之意不在酒，约我到酒店讨论剧本，一进房间便动手动脚，我竭力反抗，抓了他一脸，可想而知，最后连个哑巴的角色也没捞着，连夜被踢出剧组，更惨的是我的裸照随后就到，那些不高明的合成技术差点儿让我得了抑郁症。考虑再三，我决定到美国找机会，没想到美国也这么难生存，这下子就更不能回国了，因为没脸呀！

"Here we are."Monica说我们到了。

果然如同她所言，豪宅保安主动打开电闸门。

"好……好大啊！"我吓得目瞪口呆。

之所以说好大是因为从入口处看不到尽头，仿佛进到公园内。

"谁说不是呢？"Monica意味深长地一笑，然后脚踩油门。

第二章/ELSA

"待会儿看到总裁夫人可别直呼其名，要称Madam, 富贵人家都很重视称谓。"Monica提醒我。

"知道了。"

车子沿着坡度不大的车道蜿蜒直上，整个园林被划分成若干几何形地块，到处是开阔的草地及修剪整齐的树篱，花坛则种有玫瑰及冬青，偶见新颖的雕塑小品。

"这栋房子原来是个英国佬的，所以房子外观及花园都被设计成都铎复兴式庄园，谁知Elsa购入后决定来个混搭，花了五百多万美元把屋内打造成摩尔式建筑风，让初次造访者多少有些不适应，仿佛刚吃了传统的英式下午茶，紧接着又来上一口阿拉伯烤全羊。"

"呵呵！我喜欢英式下午茶，也爱吃烤全羊，口味能瞬间转换，毫无勉强。"

"啧啧啧！不愧是演员，见人说人话，见鬼说鬼话，简直是条变色龙。"

讲到变色龙，Monica才是个中翘楚，她若说第二，没人敢排第一，与自己的姐姐Molly相比，一个是老实巴交的劳动人民，另一个则是趋炎附势的墙头草。偏偏虚比实吃得开，当Molly还在为3美元一个的肉夹馍劳累时，Monica早已凭借转卖二手奢侈品在西木区买下华丽的penthouse，能俯瞰整个加州大学洛杉矶分校。

"喏！那栋就是。"Monica努努嘴。

看过近万平米的生态园林后，一座典型的都铎风格英式别墅赫然在目，有急坡屋顶、高烟囱、大格窗、拱门以及由印第安纳石灰涂抹的外墙。

车子停妥后，Monica看了一眼车内时间显示器，说差一刻三点，希望Elsa还在，而且有好心情。

"为什么非得有好心情？我们不是来搬货的吗？"我问。

"这妳就不懂了，Elsa要卖的是已退流行的产品，我的火眼金睛就是要把不在名单上的精品找出来，逢主人心情好，我就捡漏了。"说完，Monica下车走向那栋深色豪宅，后面跟着一脸茫然的我。

" Please come in."腰系白色荷叶边围裙的女佣开门后说。

走进屋内，我看到巨型的巴卡拉枝形吊灯从圆顶天花板垂挂下来，地上铺着纯手工编织的波斯地毯，墙面有大面积的拼花布纹织物，到处可见镶有植物、几何、阿拉伯书法纹样的器具及装饰物。猛一看，大红、水蓝、深紫、橙黄、松石绿……让人目不暇给。

" This way, ladies."女佣又说。

虽然我对屋内设计感到好奇，但我们直接被带到二楼的某个房间内，错过一览全貌的机会。

" Good afternoon, madam."Monica对着一个身形略为丰满的女人行屈膝礼。

在西方礼仪中，女性会向社会地位高于自己的人行屈膝礼，落到今日，这个习惯早已不多见，只剩欧洲皇室还保留着。

"这位是……"宛如女皇的人注意到我，而我也注意到她 原来是会讲普通话的华人。

"她是新来的助理，叫卫萌萌。"Monica介绍。

我有样学样，也来个屈膝礼，并且遵循Monica的叮嘱唤她Madam（夫人）。

"长得挺水灵的，"她上下打量我，"Well, 时间不多了，开始吧！"

我们跟随她走进一个大到像高档精品店的衣帽间，女主人的手指仿佛仙女棒，凡点到的, Monica便要我取下，很快我怀里的东西便小山也似的高。

"快放到门外的长沙发上。"Monica提醒我。

我就这么来回跑了十几趟，直到Elsa喊停。

"今天就这么着，天气热了，这里的东西也该腾出位置给当季新款。"

"是，是，"Monica点头如捣蒜，"回去整理完毕，我会发个明细过来。"

"没事，我一向信任妳。"

就在Elsa转身前，Monica赶紧说绣花的橙色花呢包、带亮片的帆布旅行包以及卢加洛太阳眼镜早过时了，另外，Christian Louboutin的红底鞋鞋跟有半个指甲盖大小的漆掉了……

"拿走拿走，我赶着和朋友见面呢！"女主人大手一挥，像挥走什么肮脏的东西。

"谢谢！慢走。"Monica对着离去的背影深深一鞠躬。

虽然豪门贵妇的衣服都有专人负责清洗，但为了卖相好，回店的路上通通被我们送进干洗店，至于皮具……我将它们一一涂上防霉隔离精油及皮包润泽精华液，再用塑料袋密封好，一个个全上了展示柜。

"萌萌，妳可以走了，路上小心。"Monica说。

我看了一下时间，晚上九点。

韩国店员早在三个小时前就已下班，因为美国劳工部规定工作时间超出每周40小时的员工可领取加班费。Monica为了省下那1.5倍的支出，留下我这个便宜的"黑工"不难理解，只是我得加紧脚步，房车露营地离公交站牌有一段距离，我可不想在车少人稀的道路上走那么一大段路。

在国外，利用房车旅行非常普遍，我的直属学姐和她男友在辛勤工作五年后也决定加入行列，只是交通工具克难了点儿，是用面包车改装的，不过里面应有尽有，不仅安装了隔音、隔热板，还DIY了储物空间，通上电路和水路后，连厨房也有了。

"萌萌，要不要吃拉面？"我一回到房车内，正吃着面的学姐冲着我喊。

"好呀好呀！晚餐只吃了两个冷掉的肉夹馍，饿死我了。"

"去，"学姐推了正在打游戏的男友一把，"萌萌肚子饿，记得打个鸡蛋。"

"切，就我命苦，游戏打得正好……"

我赶紧说不用了，自己其实没那么饿。

学长立马丢下游戏机去煮面，还说我若不乖乖把面给吃了，今晚学姐会罚他不准上床……

啊！我何其有幸在最困难的时候遇上两位贵人，如果不是他们正好旅行至此，我恐怕就要住进临时收容所，与流浪汉生息与共了。

"萌萌，妳有没有想过一个礼拜后怎么办？我们……我们也该上路了。"我正吃着面，学姐忽然提起烦心的事。

"放心，今天的试镜很成功，导演说有个华裔女医的角色特别适合我，估计很快会开机，我马上就有钱租房子住了。"我笑得一脸灿烂。

"真的？那太好了，"学姐看着学长，"如此一来我们也能安心离开了。"

当灯熄了之后，只有窗外的月亮还醒着，我蜷缩在两人硬座上，怎么也睡不着。

离我一步之遥的学长和学姐已经沉沉入睡，鼾声雷动，他们不知道我连群演的机会也没得到，现在只靠Monica给的微薄薪水在苦撑着，而下学期的学费又迫在眉睫。如果不缴学费就拿不到学生签证，没有签证，我立马得回国，一环扣一环，压得我喘不过气来。

"也许……也许明天环球影城会给我好消息，那位经理看起来很和善，这次应该没问题。"我给自己打气。

第三章/李奥

我已经在社区大学上了两个多月的课，意思是《美国文学史》也已经上了两个多月，在这段时间里，我主要和马克.吐温打交道。

他的作品我只看过《汤姆历险记》，一直以为他是童书作家，没想到老师说他很"毒舌"，是美国批判现实主义文学的奠基人，善于黑色幽默，年纪越大越显语言暴力……

呃！我还以为《汤姆历险记》中那个调皮捣蛋的小男孩是作者原型，连带把马克.吐温也给美化了。

下课前，老师提醒我们两周后交报告，想针对马克.吐温做研究也成，但切记别把上课内容全给写进去，以往有学生照本宣科，一律低分。

真是糟糕！我原本想当"搬运工"，把老师说过的话一五一十写下以表忠心，没想到他"六亲不认"，叫我如何是好？尤其刚在"环球影城"觅得一份短期工，薪水不错还提供三餐，什么都好，就是每天得站八个小时，这意味着我得逃课，如今得知两周后交报告，还不准"人云亦云"，真要愁煞人！

考虑再三，我还是决定去赚这1200美元，毕竟没有了面包，什么都是浮云。

影城的工作从明天开始，我以为至少今天能当好学生，没想到下午一点半Monica发来短信，我才得知金小姐和尹小姐中午不知吃了什么脏东西，两人上吐下泄，现在店里只剩她一人，问我能不能现在过来？

知道又有收入，我回覆马上到，然后趁老师转身写白板之际，偷偷从后门溜出去。

奢侈品太贵，让很多有品味的中产阶级和白领小资转身投向二手名店。饶是如此，一些看上去十分普通的东西也要好几千美元，连最不起眼的钥匙扣、小铜锁也标价一百多，看到这些数字难免让人气馁到怀疑人生。

我刚服务完一个买礼物哄女友开心的"成功人士"，在下一个客人进门前，我走到Monica身边。

"忙什么？妳已经坐在这里快一个钟头了。"我问。

她答正在列Elsa的货物明细，钱也得汇出去。

我看了一眼清单，乖乖，刚刚卖给"成功人士"的爱马仕包售价两万八千美元，Monica却只付给Elsa四千，连零头都不到。还有，巴宝莉的羊毛格纹围巾在店内卖一百五，清单上写的是三十，只够在叫得出名字的餐厅点上一碗奶油蛤蜊汤。

"妳做的是一本万利的买卖呀！"我说。

Monica听完轻蔑一笑，她答二手店的经营方式有寄卖和回购两种，一般业者倾向寄卖，因为卖出才需给钱，佣金也多，高达30%；回购就不一样，卖不出去等于囤货，当然得把价钱压低。

"可是也太低了，利润能达80%以上。"我竟打抱不平起来。

"我承认给Elsa的价钱低，但一来她不在乎，甚至感谢我将'垃圾'带走；二来我的服务好，能上门取货且付款及时，这也是我和她一直合作愉快的原因。"

哎！这叫周瑜打黄盖，一个愿打，一个愿挨。

我耸耸肩，正想回到工作岗位，一低头，不巧看见昨天收购回来的Christian Louboutin红底鞋正被Monica踩在脚下，难怪她这么热衷上比佛利山庄，甚至不惜花150美元租下奔驰房车。

～

好莱坞环球影城是一个以电影为主题的游乐园，在这里可以参观电影的制作过程及回顾经典的影片片段，它甚至还有专属的购物区—环球城市大道，而我……从今天起将在这里工作两个礼拜。

我在演员更衣室里换上戎装，再扎起马尾，这位家喻户晓的巾帼英雄代表果敢坚忍，我得严肃对待，别出糗。

" Mulan, this is your husband ."经理唤我木兰，还郑重介绍我的"丈夫"。

在动画片里，花木兰最后和李翔将军"有情人终成眷属"，没想到影城真的给我配了个肌肉男。

"Hi."他对我微笑，然后伸出手臂，" Let's go."

我的"老公"大概以为我会像新娘子似地挽着他的手出场，偏偏我不配合，迳自向外走去。

来环球影城的游客多半是亲子，不止小孩，很多大人看到

cosplay人物也很兴奋，我和"李翔将军"非常有默契地做到来者不拒、有求必应。

"妳去哪里？"李翔将军问。

"时间到了，回休息室。"我答。

经理说每工作两小时，演员能休息二十分钟，但也只能在休息室里待着，绝不能穿着戏服到处溜达及做出"不合身份"的事，譬如《冰雪奇缘》中的"安娜公主"就曾经在园内大喇喇地吞云吐雾，遭到小朋友家长的投诉……

回到休息室，那里人来人往，吵杂的声音好比菜市场，虽然有热饮及小点心供应，但我如坐针毡，因为老烟枪太多了。

"空气很不好。"我的"老公"说，然后递了块蛋糕给我。

"不吃，谢谢！"

他问是不是哪里得罪我了？

"没有的事，我是演员，保持好身材是我的职责，即使喝咖啡，我也从来不加奶和糖。"

"光管住嘴没用，还得迈开腿，我就每天上健身房，风雨无阻。"他说。

"有那个钱我就不来这里摆 pose 了……对了，你怎么也来此工作？"

"我大学学的是戏剧，戏剧系学生毕业后很自然会来好莱坞碰运气，可惜我的运气不好，到现在还在打游击。"

知道他也是学表演的，而且同样混得不好，我的心忽然与他靠近许多。

"妳呢？"他问。

我三两下把自己的过往给交待了，当然跳过那个不美丽的"性侵未遂"。

"有梦想最美，坚持住，我是李奥，"他伸出手和我握了握，" Nice to meet you."

"我是卫萌萌，请多指教。"

因为和他握手，我注意到他手腕上戴的是瑞士浪琴表，实际上那是名匠系列情侣表中的男表，Monica的店内有售，一对约五千美元，还是二手价。

"你戴的是浪琴表。"我说。

"好眼光，路边摊买的，五十美元不到。"

李奥不知道我在二手名店兼职，虽然不致于马上分辨出正品或A货，但是不是地摊货可一眼就能判断出，他的表……绝对不止五十美元。

"这么便宜？哪天带我去瞧瞧。"我说。

"没问题。"他答。

第四章/绝处逢生

回到房车露营地，我发现那辆由面包车改装的车门上贴了张画。可恶！是哪家小孩胡乱贴的？我用力扯下。

"碰！碰！碰！"我击门，"学姐，是我。"

然而我的声音像击出去的球，半天没回音。

真是的，都入夜了，那两人跑去哪儿了？

闲极无聊，我把"儿童画"拿出来看，这一看不得了，原来是张藏宝图，找的是香喷喷的肉，我赶紧"按图索骥"。

~

美国的房车露营地不仅有公共卫浴，还有烤肉区，好一点儿的甚至有游泳池及儿童游乐园。

"好呀！跑到这里烤肉，害我好找！"

"今天和妳姐夫上农夫市场，那里有各类小吃、农产品、鲜花以及手工艺品出售，琳琅满目，东西看上去都很新鲜，我们便采买了一些回来。"学姐答。

农夫市场我去过，它是1934年美国经济大萧条时期，由洛杉矶一群农夫穷极思变给"变"出来的，经过数十年来的经营，成了目前拥有160个摊位的观光市场。由于东西都是直接由农场运来，不仅品质有保障，售价还便宜，所以广受消费者的欢迎。

"吃！"学姐递给我一串烤肉，上面有猪肉、鸡肉、青椒及口蘑。

我吃在嘴里看在碗里，那烤肉盘上的玉米、香肠、热狗、海虾以及用锡箔纸包起的蛤仔及秋刀鱼，一个个正淌着油水呼唤我。

"慢点儿吃，有妳的份。"学长看出我的心思，害我一下子红了脸。

没办法，我有"压力大就肚饿"的毛病，往往放纵口欲后又疯狂减肥，毕竟吃的是女演员这碗饭，除非走谐星路线，否则就得有长期保持饥饿状态的心理准备。

我们边吃边天南地北地闲聊，学姐问我今天当人肉背景的感受，我答也就那样了，为五斗米折腰呗！

"抵达最后一站西雅图后，我们也得回国折腰，旅行大半年，钱花得差不多了。"学长把烤熟的香肠全给捡出来，"本来没那么紧张的，有人说小赌怡情，在拉斯维加斯把我们两个月的伙食费给赌没了。"

"你想吵架是不？"学姐把到口的虾用力掼下，横眉怒目。

学长说他不想吵，只是认为洛杉矶已经看得差不多了，该早早上路，好节省开销。

"说好了这个星期天走，萌萌……"

在更多争吵出笼前，我赶紧灭火："忘了告诉你们，环球影城为员工提供住宿，我也是今天才知道，不仅有大床及欧式厨卫，还能远眺山顶上的HOLLYWOOD大招牌。"

"看！事情解决了，妳呀！"学长指着学姐，"就是想太多。"

"真的是这样吗？"学姐看着我，忧心忡忡。

我要她放心，就算把我扔在沙漠里，我也能绝处逢生，何况接下来我要住的是两个人的大套间，比蜷曲在他们的椅子上睡觉，不知要舒服几百倍……

"那恭喜了，"学长拿起罐装啤酒，"今晚就当是饯行，明天我们各自安好。"

"行，"我也举杯，"祝学长学姐一路顺风，回国后找到百万年薪的工作。"

说完，我一饮而尽。

~

我拖着大行李箱去上工，李奥问我怎么了？我答被房东赶出来了。

见他一脸哀戚，我要他少来这套，俺是励志姐，最后会成为福布斯排行榜上的女富豪，走着瞧！

也许"物极必反"，今日的我比昨天亢奋，有拍照的中国游客竟说我不像花木兰，反倒像是迎宾小姐……

回到休息室，我胡吃海喝，把长桌上的小蛋糕全给消灭大半。

"妳和昨天那一位是同一人吗？该不会是双胞胎姐妹吧？！"

也难怪李奥起疑，昨天的我连咖啡都不加奶和糖，今天的我却像饿死鬼投胎，还一改女将军的英气，成了笑容可掬的邻家小妹。

"呵呵！如假包换，"我把杯子蛋糕塞进嘴里，"实话告诉你，我有压力大就肚饿的毛病。"

李奥倒没泼我冷水，他要我等着，行政人员休息室的点心更好，他这就去拿……

结果等我重新粉墨上场，腹部胀得像怀有三个月的身孕，得屏住呼吸才不致于让小肚子示人。

～

当即将闭园的广播声响起，我已换下戏服、卸好妆，拖着行李箱往外走。

"去哪儿？"李奥问。

我答找家便宜的酒店住下。

"何必麻烦？我的朋友正在找租客，妳去刚好。"

Kidding？哪来的狗屎好运？我连吞好几口口水："可是环球影城还没发薪，我全身上下的钱加起来还不到五百美元……"

"放心，妳晚点儿付也行，她不缺钱。"

呃……不缺钱还找什么房客？

我还没提问，他已经拉起我的行李箱往前走。

房子位于伯德街附近，距离日落大道俱乐部不远，虽然外表有些年代，但里面宽敞明亮，有典雅的红橡木地板、美式家具、带花小窗以及各式各样的灯具。

来开门的是有着俏丽短发的女生，笑容很治愈。

"艾玛，卫萌萌。卫萌萌，艾玛。"李奥做简单介绍。

"坐，房间本来就空置着，不太脏，李奥打电话过来后，我打扫了一下。"

我道谢，然后坐下。

由于两个女生初次见面，李奥主动炒热场子："艾玛之前在一家灯具公司做销售，现在帮父母看管房产，整个洛杉矶还有十几处，她每天忙着回覆世界各地在Airbnb上的留言。"

噢！原来是包租婆。

"请问……我住的房间一晚多少钱？"

"不多，六十美元，三天起租，清洁费二十。"她答。

我很快心算了一下，不吃不喝大概能住上一个礼拜。

"我……"

"放心，李奥跟我提了妳的情况，等妳拿到薪水再付吧！"

我心想即使拿到薪水，我也住不起。话还没说出口，艾玛就要李奥先行离开，因为今晚她父母要过来吃饭，饭不够吃。

"那我走了，"他起身面向我，"明天见。"

艾玛已经表明饭不够吃，我很识相地躲回房间内，还好白天吃了一堆垃圾食品，晚上正好减肥。

"扣、扣、"我站在阳台上欣赏好莱坞夜景，敲门声响起，我走过去开门。

"饭做好了，出来吃。"

"不……不用了。"

她也不啰嗦，直接表示房东想见新房客，我只好走出来。

艾玛的父母看起来都很和蔼可亲，知道我是演员，问我曾演过什么角色？

我答宫女、支教老师和图书馆管理员，还有还有，当过某个花瓶女演员的替身，她逃难时的背影是我的……

室内温度不知怎的骤降至冰点。

"咳、咳、老中国城的公寓要拆了，今天我收到市政府发来的公函。"艾玛对父母说。

"拆了也好，反正很破旧，拿到拆迁款再买栋新的，刚好给妳当婚房。"老爸爸说。

"男朋友都没有，结什么婚？"艾玛冷哼一声。

老妈妈开口了："妳可别再想他，我觉得陶姑妈介绍的对象就挺不错的……"

艾玛忽然又咳嗽两声，然后转头问我那个花瓶演员是不是刘叉叉？我答不是，是文某某。

"原来是她，"艾玛若有所思，"那女的是我前男友最讨厌的类型。"

第五章/人生的春天

艾玛的父母吃完饭就回圣莫尼卡湾的家，据说他们住在一个拥有180度可观海景的大公寓里，而我也因有报告要写，早早回房。

我和艾玛就这么相安无事地过了好几天，直到……

"发薪水了，这是320刀。"我把Monica给的钱留在桌上。

"住五天是300刀，清洁费等搬出去那一天再给。"她答，电脑屏幕上显示她正在玩Poker游戏。

"我……我找到更好的了，今晚就搬。"

艾玛按下游戏暂停键，转身向我："别告诉我妳找到一个高、大、精、贵的住所，如果真是那样，我祝福妳！"

两天前我认识《风中奇缘》里印第安公主的扮演者，她说伯班克地区有个旅舍挺便宜的，一晚只要20美元，交通还算方便，有微波炉及煤气灶可做饭，就是床单不太干净，来往的人也杂，各路英雄好汉都有。

我回答艾玛新家很好，大到可以开派对，窗外还可见圣巴巴拉海滩……（真佩服自己做起梦来完全不需打草稿）。

"妳知道从这里到圣巴巴拉有一百多公里，开车起码两小时吗？"艾玛问。

呃……这我倒不清楚，只因班上有人转学到"圣巴巴拉城市学院"就读，我以为它近在咫尺。

"呵！两小时算什么？这里交通高峰时段不也堵？"我仍死鸭子嘴硬。

艾玛叹了口气："听着，妳是李奥介绍来的，我不得不卖他面子，他照顾落难演员也不是头一回了，妳就安心住下，别再提钱的事。"

我能感觉到他俩的交情不一般，即使她曾当着我的面向他下逐客令。

"那么恭敬不如从命了，等我攒够房屋押金及第一个月的房租就搬走，还有，欠妳的租金一个子儿也不会短少妳。"

她摆摆手，算是接受，然后转身继续玩Poker.

~

今天是我扮演花木兰的最后一天，离情依依，我的"老公"问我将何去何从？

"首先当然得跟你'离婚'，然后回去继续做兼职，老板说了，下课后我可以上她那儿工作几小时。"

"很好，那么……Good luck."

看他离去的背影，我忽然有点儿小悲伤，就这样？连个联系方式也没留？罢了，萍水相逢，就这么好聚好散吧！

~

我一回社区大学就被请去留学生办公室喝茶，升学顾问是个戴眼镜的华裔女士，会说普通话。

"卫小姐，我们收到上课老师的反馈，过去两个礼拜，妳无一天出席。"她面色凝重地说。

"我……生病了。"

"请出示医生证明。"

我答不过是小感冒，自己在家歇着，提供不了证明。

她深深看我一眼后，翻看手上的卷宗："光这学期妳就缺席42天，已经超过上课天数的一半，除非妳能提出有利的证据，否则下学期就不用回来上课，我们也会取消妳的学生签证。"

尽管我一再哀求并且保证不再犯，她仍不假辞色，看来大势已定。

我气馁地走出办公室，郁闷到想死。没有了签证，注定我得打包回国，就这么两手空空地回去多丢人！倒不如往金门大桥一跳，一了百了。

～

"怎么了？风云变色？"Monica问。

"谁说不是？被房东赶出去不说，现在连学校也不要我了，妥妥的一个大Loser。"

"那可怎么办？妳若走了，再找一个'黑工'可不容易，薪水太低，很少人愿意干………"

说得我怒火中烧，不安慰也就罢了，还落井下石？

"妳也知道薪水低？都替妳做牛做马大半年了，也不涨我工资！"我沉下脸来。

Monica自知理亏，她说只要我有办法留下来，下个月绝对涨，一小时多 3 美元，够我买个肉夹馍吃……

话刚落音，门上的铜铃声响起，一个穿着时髦的洋女人踩着高跟鞋走进来，后面跟着一位肌肉男，手上拎着大包小包。

"Nothing special."那个已见法令纹的女人绕了一圈后，轻蔑地说没啥特别的东西。

我的眼光跟随那对男女而去，即使他们已经走得老远，远到只剩下两个小黑点。

"这种组合见多了，只要付得起钱就能找只小奶狗伴游，陪吃陪喝陪玩，还能释放内心的欲火，我早该如此做。"Monica 头抬也不抬地说。

我感到悲哀，曾听说有不得志的演员沦为外围女或夜店鸭子，我没想到李奥也堕落至此，难怪他有钱上健身房及戴好几千美元的名表。既然如此，何必到环球影城赚辛苦钱？真让人想不透！

学校说要取消我的学生签证，但至少这学期结束前我是安全的，于是我索性不去上课，专心试镜。如果运气好得了个角色，钱有了，工作签证也会有，好歹也对得起自己的"不忘初心"。

这一天我刚从一个话剧团试镜回来，逢上艾玛刚炸好甜甜圈，她邀我一同喝下午茶。

刚起锅的甜甜圈松软可口，配上黑咖啡再好不过，我一连吃了三个。

"妳是否又压力过大了？"她知道我有"压力大就肚饿"的毛病。

我答正是，话剧团需要一个口音很重的亚洲女仆，我心想这岂不是为我量身定做的？兴冲冲赶去，这才发现试镜的人可组三支足球队，瞬间信心全无……

"又糊了？"

"也不一定，我觉得自己发挥得尚可，听说他们还需要一位亚洲脸孔的男拳击手，明天试镜，早知道我就通知李……"我突然住嘴，日进斗金的人还需要这份微薄的薪水吗？

"妳是说李奥？他大概没空接这个。"

莫非艾玛也略知一二？我忙打听他的来历，还有，他俩是怎么认识的？

"我们学生时代就认识了，那时我是班代表，他是康乐，他总能让大家开心。后来我来美国，两年后他也跟过来，在一家中国老板开的健身房当教练，就这样。"

我想起艾玛的前男友，问李奥可认识？

也许问到伤心处，她哽咽了一下："他们两个很熟，到现在还是拜把兄弟。"

"噢！原来如此，希望李奥没把他带坏。"

艾玛问我什么意思？我耸耸肩答没什么，然后找个借口回房。

～

运气一来挡都挡不住，来美国202天11小时05分钟，我终于迎来人生的春天。话剧团团长通知我明天办理入职手续，后天排演，两个月后正式演出，在那之前，工作签证会办妥。

我高兴得手舞足蹈，恨不得拿起扩音器昭告全世界，简直太爽了！

"萌萌，这么早收工了？"Molly问我。

"是的，噢！不是，没收工，明天开始上班，不是，后天排演，老天！我在说什么？……嘻嘻！我找到全职工作了，预计会待在话剧团里直到明年春天，如果反应良好还会加场。"

"太好了，我就说天无绝人之路，瞧！机会不是送上门了吗？"她笑开了花，"今天我请客，是不是还是腊汁口味？"

"不用妳请，每种口味各来一个，外带。"

给了Molly 16美元，我拎起纸袋往回家的路上走去。

第六章/雾里看花

"我还是喜欢传统口味的，妳呢？"艾玛问。

桌上的肉夹馍有孜然羊肉、孜然牛肉、菜肉以及传统腊汁四种口味，她独好一味。

"我也这么觉得，中国食物一经改良总是怪，好比看洋人穿旗袍。"我答。

由于今天难得"大手笔"请客，艾玛怀疑我的新工作收入不菲，我喜形于色地告诉她洛杉矶的最低工资标准是一小时15美元，我做的是全职工，一个月起码能有3600刀，虽不算巨富，也算小富人一枚。

"妳真天真，美国是一个高税赋的国家，如果单身就更惨了，首先得付8%的个人所得税，6%的社会安全税，1%的医疗保险税，最后还得扣除500美元的预扣税，到手其实不多了。"她无情地泼我冷水。

哎！都怪我来美国后不是兼职就是打黑工，老板给多少是多少，我从来没想过还得给山姆大叔进贡。这下好了，原本以为从此摆脱穷人的生活，没想到兜兜转转后还是待在社会底层，真是命苦！

艾玛安慰我薪水不是死的，总会加薪，如果票卖得好，也许还有分红……说这些都是小钱，哪天我被星探发掘了，那才叫个平步青云。

我谢谢她的吉言，但依旧郁郁。

～

隔天签约时被告知月薪只比洛杉矶规定的最低工资高上那么一点点儿，而该缴的税一样也没落下，还好排练时间相对自由，到了正式演出，除了工作日的晚上及周末全天外，其余都是我的。我寻思还是得上Monica那里打打零工，否则日子就不好过了。

签好约再填妥所有资料，我走出话剧团租来的排练中心。户外阳光正好，适合放假，我打算到五星级酒店付费游泳，再到颐丰园吃我最爱的蟹粉小笼。

～

排练中心同时有十几个剧目在排练，整栋楼被设置成两间110平米的大排练厅、八间80平米的中排练厅以及十五间50平米的小排练厅。每厅都安装了把杆、落地镜和浅棕色的木地板。除此之外，走廊能观景、顶层有空中花园、地下建有员工餐厅，还有比这个更好的工作场所吗？

导演助理边带领我们熟悉环境边喋喋不休地提醒注意事项，我左耳进右耳出，因为眼光停留在那个身穿黄色套头衫的男子身上，怎么他也在这里？

进入大排练厅后，我们终于再次见到导演本尊，那个光头男兴致勃勃地致欢迎辞兼做自我介绍，从谈话中我们得知他服膺斯坦尼体系，也就是导演中心论，等于整出戏是他在讲故事，若想突显个人色彩……没门！

说这些其实都是多余的，我们这票新进人员了不起就是打打酱油，如何突显个人色彩？没想到此时"黄色套头衫"举手了。

" Yes?"导演一脸不耐烦。

那人说剧本的解读对舞台剧至关重要，这个解读有两个，一个是剧作家的原始解读，另一个则是导演的个人解读。根据以上，他认为在彩排前应该邀请剧作家到场，以免失真。

" I'm the script writer. Any more questions?"导演答他正是剧本的编写者，还有任何疑问吗？

气氛一下子僵住了，没人敢吭一声。

导演说既然没问题就开始分析剧本吧！这一分析，一个上午就过去了。

地下员工餐厅说白了不过是提供用餐环境，有免费热水及微波炉，至于小卖部……太简易了，只卖三合一咖啡包、冻肉三明治和热狗，如此而已。

我边啃无味的三明治边琢磨着明天得带饭盒，背英文台词已经够累人了，不能再折磨自己的胃。

" 导演是块tough cookie, 妳同意吗？"李奥手捧咖啡过来，一屁股坐在我对面。

" 知道是tough cookie 就别以卵击石，免得头破血流。"

沉默半晌后，我们同时问对方怎么来了？李奥让我先答。

" 我曾在洛杉矶的演艺公会留下资料，也拍摄了样片，所以一有试镜机会马上获得通知，你呢？"

"圈内朋友告诉我这里需要一位亚洲拳击手，我长期健身，肌肉还是有的，便过来试试。"他解释。

初来乍到，若有认识的人，内心多少不那么害怕，所以能再次见到李奥，我还是挺高兴的，但高兴归高兴，仍压不住好奇心，同样的时间他明明可以赚更多，何苦屈就？

"我在二手奢侈品店兼职。"我说。

"我知道，那天我看到妳了。"

我等着他进一步解释，他却有意避开话题，转而问我艾玛好吗？有没有欺负我？

"她很好，没有欺负我，倒是我偶尔会欺负她，知道她害怕昆虫，故意把拍死的蟑螂放在走道上，吓得她吱吱乱叫。"

"Stop it！"李奥一脸严肃，"她受不起惊吓。"

呃……这口吻怎么听着有点儿腻宠的味道？我提醒他"朋友妻不可欺"，小心艾玛的前男友吃陈年飞醋。

"前男友？"李奥冷哼一声，"她的前男友早死了。"

～

回家路上，我特意上超市带了只烤鸡，又从烘焙坊里买了根法棍，加上冰箱里的西红柿和生菜，一石二鸟地把今天的晚餐及隔天的午餐一并给解决了。

"鸡肉法棍？不错嘛！"艾玛说，她刚从房间内走出来，看到我正在吃晚餐。

"我留着鸡胸肉做沙拉，排练中心提供的午餐太坑人，逼得我自救。"

"沙拉好，既营养又低热量，适合减肥。"

说得太对了，我已经连续好几天因压力大而吃多了，那些东西全化成脂肪堆积在我的小腹及大腿上，还好衣服穿得宽松，暂时没露馅儿。

"不知李奥开伙容易不？我可不想午餐与他分享。"我喃喃道。

"李奥？李奥也在话剧团？"

我说可不是吗？阴魂不散的。

艾玛又问了些话剧团的情况，包括有多少人？导演凶不凶？何时上演？……

我都一一答覆。

"李奥一路走来太不容易了，希望这次他能一举成名。"艾玛有感而发。

早餐我一向吃得简单，一根香蕉、一杯咖啡便能打发。艾玛不同，她很重视早餐，培根、鸡蛋、蘑菇、烤面包……一样不落，但今天的她不一样，我看着她把宫保鸡丁及芥兰牛肉放进一次性餐盒里。

"妳今天吃的不一样。"我说。

"偶尔换换口味，牛奶加谷物挺不错的。"

"那这……"我指着餐盒。

她答那是给李奥的，昨天听我说伙食不好，她想着还是帮他带饭，男人不比女人，食量总是大些。

"你们……"

"什么？"

我想问艾玛失去前男友后，是否把注意力转移到拜把兄弟身上？但问题实在太尖锐了，我把话吞进肚里去。

"没什么，我会替妳转交的，放心！"我答。

李奥的反应也很奇怪，知道艾玛替他准备"爱心便当"后，久久不语。看他抚摸餐盒的模样，这分明是恋爱中的男人会有的表现。

"我好嫉妒，艾玛只替你准备午饭，不管我死活，还是你比较有魅力。"

谁知他答艾玛对每个朋友都好，久了我就知道。

果然第二天我的手上多出一个饭盒，让我很吃惊。

"知道妳昨天已经准备吃的，所以没给，今天补上。"她笑眯了眼，"以后你俩的午餐由我包办，哪天成名了，可别忘了我喔！"

这下子我更雾里看花了。

第七章/形同陌路

庄园男主人得知自己的老婆与拳击手有染，暴跳如雷，甩她一巴掌后扬长而去。

我捧着银托盘进入，喊夫人吃早餐。

梨花带泪的女主人随即问我爱情是否像一只不羁的小鸟，无人能驯服？

我原地转了个圈，开始引吭高歌，唱的是歌剧《卡门》里的一段《爱情像一只自由的小鸟》，英文版的。

为了把歌唱好，我对着好莱坞山头练习无数次，山若有情也会动容，然而……

" Cut." 导演喊卡，" It sounds like a cat's choir. Can you be serious?"

像猫叫？不会吧？

我答自己很严肃，导演说那么惟一的解释就是我还不够好。

为了这句话，休息时间我躲进厕所里哭，半天才出来。

"我觉得妳唱得很好。"李奥一见到我就递上咖啡。

"虽然是安慰的话，还是谢谢你。"刚哭过，我的声音带着浓浓的鼻音。

"不，妳唱得的确好，不比真正的歌剧家逊色，别让灯泡打击妳的信心。"

李奥称导演"灯泡"让我破涕为笑，因为他的光头在灯光照射下宛如四十瓦的大灯泡。

下一场排练，导演把某个黑人演员骂得狗血淋头，瞬间我感觉好多了。原来幸福感是要经过比较后获得，当面对糟糠食不下咽时，转身看别人吃树皮就会觉得眼前的粗食无比美味……

哎！我真为自己的低情商感到汗颜。

～

中午，我和李奥下到B1吃饭。

"艾玛的便当做得越来越好，大概是因为加了爱之味的缘故吧？！"我故意说。

"什么意思？"

"就是……我猜艾玛谈恋爱了。"

李奥把即将到嘴的珍珠丸子放下，口气粗巴巴地质问："跟谁？"

这让我对自己的猜测更加笃定。

"不知道，也许是某个你认识的人。"我答。

李奥没有接话，反而很认真地狼吞虎咽起来，好像天地之间没有比吃饭这件事更重要的了。

"你怎么不说话？"我问。

"能说什么？她爱跟谁谈恋爱是她的事，与我无关。"

呃……怎么事情的发展不像我想的那样？不行，我得扳回劣势。

"艾玛长得挺好看的，很像日本女星新垣结衣，性情也好，不拖泥带水，既然她的男友已成过去式，你何不……"

"卫小姐，"李奥骤然起身，"妳的副业是不是当狗仔？有那个时间何不练练妳的歌喉？省得又躲进厕所里哭！"

他气冲冲地走了，连饭都没吃完。

"踮什么？左右不过是只鸭子！"我愤怒地把白米饭塞进嘴里。

～

祸从口出，一连好几天我和李奥形同陌路，连饭也吃不到一块儿，我向东，他便向西，非常有默契。

"剧排练得如何？"艾玛边炒菜边问我，空气中弥漫着红烧排骨的气味。

"还行。"我喝了一口麦片说。

"李奥呢？"

我答不清楚，大概也还行。

"怎么会不清楚？你们不是一起排练？"

"是一起排练，但我们不说话，连眼神也对不上，所以……不清楚。"

艾玛直到把红烧排骨及炒花菜放进塑料盒才转身面向我："你俩是不是吵架了？"

"能吵倒好，至少沟通了，问题是吵不起来，他给我冷默脸看，我便给他冷屁股闻。"

艾玛说李奥很少生气，一定是我踩了他的底线。

"什么底线？我不过是当牵线红娘，罪不至死。"

"当谁的红娘？"她睁大眼睛问。

"当……"我看了她一眼，"算了，不说了。"

"如果妳是给李奥做媒，省省吧！他心里有人，只是目前两人无法在一起。"

尽管我一再追问那女的是谁，艾玛仍三缄其口，我也只能作罢。

~

与小组分别带开排练不同，我们的导演要求所有的鱼都必须待在同一缸，即使一整天也轮不到自己上场，依旧得在旁观摩，说是通过观察他人的演出加强演技，同时培养做戏前的情绪。

Monica给我发来短信时，我正百般无聊地看着男女主角吃饭，一顿饭成了批斗大会，惹得女主人泪眼婆娑，真是的，还让人吃饭不？

"现在能来一趟吗？"Monica问。

我环顾四周，坐看的演员少了好几人，大概不是上厕所就是偷溜出去抽烟。

"马上。"回覆完短信，我佯装镇定，默默走出排练厅。

~

那个十七、八岁模样的年轻女孩怀疑衣服不是高定的，我告诉她真正的高定服装是定制的，所以尺寸有该大不大、该小不小的可能性，而且多以手工缝制，绝不是机器下的产物……

说完，我指着衣服过窄的腰身及严密的针脚给她看，再让她摸摸光滑的面料及上面的繁复刺绣，她这才半信半疑地接受。

待人走后，我忍不住感叹这年头连小女生也穿起高定，让人自叹弗如。

Monica说："人要衣装，指不定那女孩就是为了钓大鱼才穿上华服，在这个纸醉金迷的城市里，早司空见惯，妳若穿起高定参加轰趴也能抓住几个富人。"

"免了吧！我若有五千美元就去整牙，衣服可以穿高仿的，但我的小虎牙可瞒不住人，谁不想和有一口整齐贝齿的人约会？"

Monica不苟同，她说虎牙挺可爱的，对老男人尤其具有致命的吸引力……

"我也是这么想的，"说话的是Monica的男人，他推门进来，"卫小姐可别随波逐流去整牙，没有了可爱的小虎牙，那才可惜！"

我的老板沉下脸来要男人别说风话，又抱怨他到现在才来，是不是老婆又不让出门了？

"啧啧啧！我不是来了吗？离电影开场还有半个钟，急什么？"

Monica火急火燎地把我叫来就是为了和已婚男外出，她让我负责关店门。

"祝你们玩得愉快！"我对着他们的背影喊。

这个已婚男叫Peter,是金融高管，和Monica玩地下情已有N年，听说还是这家店的大股东，没有他出资，Monica到现在还在洗衣店里烫衣服。

没想到老板娘和她男友前脚一走，两个韩国妹纸后脚也跟着出去。我看了一下时间，她们提早20分钟下班。

该不该告诉Monica? 我想了想还是放弃。年轻女孩都爱玩，我若有伴，不也逮到机会就溜？问题是姐正单着，连个脚底抹油的借口也无。

~

老远就看到李奥在排练中心大门口东张西望，看见我来，他的眼睛亮得好像有鬼附身。

"昨天下午妳去哪里了？"他问，口气很不好。

"去看电影了，《尖峰时刻$_3$》，咋地？"我没去看电影，这么回答是为了气他。

"妳得有心理准备，昨天导演找不到妳，扬言要把妳给开了，妳最好找个好理由。"说完，他转身入内。

导演怎么忽然想起我来？那么多人开溜就只针对我，太不公平了！

抱怨归抱怨，想到要面对光头男的老K脸，我顿时没了主意。

"喂！李奥，等等我呀！"我追了上去。

第八章/面恶心善

李奥说当男女主角吃第N次饭时，导演决定加戏，让女仆进来通报拳击手到访，没想到半天找不到女仆，这才发现我翘班了，而且翘了整整一下午……

"我跑去Monica那里兼职了，你知道光靠演话剧，我连回国的机票也买不起。"

他想了想，建议我"诚实为上策"，走艺术这条路的人多半面对过米缸无米的窘境，也许导演会发善心，放我一马。

是吗？

我怀着半信半疑的心去见光头男，他果真摆出一副"望而生畏"的脸孔，害我差点儿开不了口。

"I ……I need to do a part-time job, otherwise I ……I can't survive."我期期艾艾地解释自己的"不告而别"。

听完后，他陷入沉思，但紧皱的眉头舒坦了。

"Where are you working?"他问我在哪家店兼职？

我小心地答Monica.

没想到"山穷水尽疑无路，柳暗花明又一村"，导演竟然要我下回偷溜前先打声招呼，而且必须选择在不用上场排练的时候……

嘻嘻！原以为会"死无葬身之地"，却迎来"大赦"的喜讯。

我按捺住激动的心情，对他深深一鞠躬。他大手一挥，大有要我"少来这套"之意。

导演是面恶心善的人，另有一人也是。

"怎么？挨骂了？"我一走出办公室，守在外面的李奥问。

"没有，人家是文明人，文明人自有文明人的处理方式，"看他一副愿听其详的模样，我遂继续，"你说的没错，他大发善心，既没为难我，还允许我在不上场的时候开溜。"

"太好了，我还真怕妳被开除，那可不妙，演出的机会千载难逢，错过这一次，不知还得等多久。"

哎！也只有同在星海里沉浮的人才懂得机会的重要性，每一次亮相对不得志的演员来说都如同晨星般珍贵，不得不慎重。

"谢谢！经过这一次才知谁是真朋友。"我说。

"不一定呦！也许我是拉拢妳以壮声势，还有，妳若没了收入，怎么付房租？艾玛那里我就不好交代了。"

死鬼！一定得把温馨场面搞成官场现形记不可？但看在他拉我一把的份上，我"原谅"他，并且主动请吃饭。

"不了，晚上我还有兼职。"他答。

噢！忘了他还是只鸭子。

"哪天我也叫上你哈！"我说。

"什么？"

"没什么，该排练了，还是进排练厅吧！"我推他一把。

~

这一天，当导演宣布休息十分钟并且转身走向办公室时，我偷偷摸摸地尾随其后。

"What?"他停下脚步。

" May I ......May I go to work?"我问，声音小到连自己都听得吃力。

他叹了口气问我店在哪里？我答罗迪欧大道上，门面设计是地中海风格，有巧克力色拱门及水蓝色马蹄形窗，墙面则是贝壳与鹅卵石的白色文化石，他肯定不会错过。

导演抱胸沉默了一会儿后，提醒我"默默"走开。

我很配合，一路低头数地砖，直到走出排练中心。

~

今天的生意不错，兴许是父亲节快到的缘故，很多年轻女孩上门。

美国的父亲节在每年6月的第三个星期日，顾名思义是为了感恩父亲而产生的节日。到了这一天，孩子们通常会早起为父亲做一顿丰盛的早餐，同时赠送礼物，多半是父亲喜欢的衣服或爱喝的酒，买奢侈品倒不多见。

就在我成功卖出三条皮带、两个男士钱包及一只男用手表后，忍不住吐槽："这辈子我送给父亲最贵的礼物是一件五百多元人民币的Polo衫，还被他数落太浪费，没想到地域不同，人的想法也不同，真不知那些收到昂贵礼物的父亲是怎么想的......"

"他们大概想的是要买就买新款，不够的我添，买什么二手货？"Monica答。

我问什么意思？

"妳以为这些女孩子买礼物是为了给亲生父亲一个惊喜？我的小白兔呀！妳也太天真了，她们是买给自己的'糖爸爸'。"

早听说"Sugar Daddy"的传闻，他们为年轻貌美的女子买单以获得陪伴。

"不应该呀！她们……她们看起来不像。"我喃喃道。

好吧！我就说说今天服务的对象，她们就像普通白领或大学女生，既不浓妆艳抹也不过分妖媚，有的还清纯得好似不食人间烟火，怎么会是Monica口中的拜金女？

Monica答爱信不信，她才不管礼物最后到了谁的手里，她只管店里来不来钱……

此时铜铃声响起，我们不约而同转向声音出处。

"Good afternoon."那人举起帽子示意，我看到他的大光头。

"Good afternoon."Monica抢先一步去招待。

知道导演上门来，我的心中五味杂陈，他肯定不信我，所以前来一探究竟。

等我心情平复，这才发现今日的老板娘很不寻常，竟然亲自接待客人，她向来都待在柜台火眼金睛地注视着每位客人，深怕一个不留神，店内的东西就被"顺手牵羊"，而这只羊很可能动辄好几千美元的身价。

既然Monica做了我的工作，我便做她的工作，不错过任何可疑的"蛛丝马迹"，然而这一看不得了，我看见韩国店员尹小姐把手伸进顾客的包里……

我一时惊慌失措，不知该如何是好。

光头男逛了一圈后，什么都没买，但Monica仍然笑脸盈盈地将他送出门。

"很好的一个人，不是吗？"她问我。

"谁？"我还没从惊吓中清醒过来。

"刚刚那个型男。"

型男？我不知道这年头连"光头"也成了时尚。

我告诉她"型男"是我话剧团的导演，他睁一只眼闭一只眼地允许我赚外快，此番前来是为了印证我所言不假，而非糊弄人。

"由此可证他不但心善而且不笨，这种男人在地球上是稀有动物，应该好好保护起来。"

我感到迷惑，Monica是在暗示什么吗？

没等我"明问"，她反倒心情大好地哼起歌来，唱的是张信哲的《有一点动心》。

∼

当拳击手终于把庄园男主人干掉，转身与女主人在床上卿卿我我时，我拿着长型左轮手枪进入毙了那两人，然后说了那句亚里士多德的经典名言：**Plato is dear to me, but dearer still is truth**.（我爱柏拉图，但我更爱真理。）

"你不觉得整出戏很荒谬吗？"排练完，我忍不住问李奥。

"荒谬又如何？不过是场戏，戏再烂，有演技的演员还是会跳脱出来。"他答。

"你不说还好，一说倒提醒我你的床戏太过火，连我都看得脸红心跳。"

李奥说此言差矣，拳击手本来就是个混账东西，在床上怎可能太君子？倒是我拿枪的手法不对，早期的左轮手枪要用手去扳动击锤，带动转轮到位，不可能做到连发。

他拿我的道具枪做示范："看，就是这样，每发完一枪就掰一次击锤。"

"原来如此。"我依样画葫芦，试了又试，最后拿枪对准他，"如果我说毙了你让我有替天行道的快感，你怎么想？"

"能怎么想？连我都想毙了自己。"他无所谓地答。

第九章/祸从口出

正式演出前，话剧团每两个礼拜才有一天休息，我是说一整天。为了这得来不易的假期，我琢磨了若干天，心想一定得玩到尽兴为止，于是丹麦城、长滩、小东京、威尼斯海滨大道、奥维拉老街、新月步行街……全上了我的名单。

"妳明天是不是公休？"艾玛问我。

"是的，妳怎么知道？"

"李奥说的。"

哎！用膝盖想也知道，除了他还会有谁？

"父母让我回家吃饭，妳要不要也一起去？"她接着问。

艾玛的父母住在圣莫尼卡湾，那是有名的富人区，据说窗外可观180度的海景。

"不了，生平最怕和老人交流，我还是一个人压马路吧！"我答。

"真可惜！我父母包了一百多个饺子，还酱了一锅的大骨，用的是猪棒骨及脊骨，里面的骨髓可好喝了。"

我连吞了好几口口水，问饺子包的是什么馅儿？她答韭菜猪肉，还加了粉丝。

这下子我彻底沦陷了，多少次午夜梦回就想吃上一口韭菜猪肉饺，当然，酱棒骨也很美味。

"嗯……老人家准备这么多，没人吃怪可惜的，我……坐坐就走。"我故作恣态。

结果隔天我不但把人家桌上的美食给消灭大半，还陪唱卡拉OK，从费玉清唱到宋祖英，连TFBOYS的《宠爱》也翻出来唱，把两位老人哄得很开心。

"萌萌啊！我们若有儿子就把妳娶回家，太逗了！"艾爸爸说。

"没儿子也无妨，你们包好饺子叫我，我肯定到。"

艾妈妈要我可不许食言，她天天包饺子让我上门。

"妈，萌萌开玩笑的，她现在是大明星，哪能说来就来。"艾玛插话。

"真的？演什么？"

我只好把在话剧团谋得女仆角色一事说出，顺便提到李奥，他才是未来的大明星。

"李奥？他还在洛杉矶？"艾爸爸沉下脸来。

"不是那个李奥，"艾玛意味深长地看了我一眼，"是黎明的黎，骄傲的傲，萌萌发音不标准，你们可千万别对号入座。"

艾家两老遂将目光打在我身上，等着我表态。

"是……是的，我发音不好，二、三声老分不清，还闹过不少笑话。"我赶紧"亡羊补牢"。

然而艾妈妈并不十分相信，她要艾玛别再和那个穷小子在一起，看不到未来……

艾玛答早不来往了，连对方的长相都想不起来。我接着发誓自从搬去和艾玛住……的第二天（第一天入住艾玛家由李奥陪同，我没忘），无一位男性到访，这才平息了一场风波。

回去的路上，直到上了 Santa Monica High Way, 艾玛才开口。

"没错，李奥是我的前男友，我们打从高一就在一起，为了摆脱他，我的父母不惜抛开一切移民到美国，谁知两年后他追来，我们又重新在一起。父母见拆散不了我们，索性给他一个小目标，只要三年内赚到五十万美元就同意我们的婚事。于是他日以继夜不停地工作，一个人打三份工，生活开销也降到最低，无奈五十万美元实在太多，他再怎么努力也达不到，眼看期限将至，他一狠心，带上所有攒下的钱到赌场碰运气，可惜幸运之神并没有眷顾他，他依旧一贫如洗，甚至被我父母安上了赌徒的罪名。"

奇怪！艾玛的父母看起来很通情达理，没想到选女婿还是挑有钱的，真难为李奥了。

"其实当演员是说不准的，分分钟都有可能咸鱼翻身，妳父母也未免太短视了。"我说。

根据美国财经杂志《福布斯》的报导，本年度吸金能力最强的男星是主演《变形金刚》的马克·沃尔伯格，两个月就坐收6800万美元；国外不说，说国内，成龙也有4900万美元的身价。

艾玛答这些她很清楚，但大多数演员穷极一生都默默无闻，成名者几何？她父母也是为她好，不希望看她吃苦。再有一点，李奥家境贫寒，他们怀疑他接近她的目的不单纯。

"可怜的李奥，难怪他去当鸭子……"我喃喃道。

"妳说什么？"

我吓坏了，自己竟然又不知不觉"祸从口出"。

"没……没什么，我是说他去买鸭子吃，同顺居的北京烤鸭远近驰名，呵呵！"

艾玛忽然将方向盘一转，把车停在路肩，威胁我若不说实话，今晚我们就在高速公路上紮营，不回去了。迫于无奈，我把李奥陪伴徐娘半老一事说出。

见艾玛一脸惨白，我硬拗："其实也没什么，帮有钱女人拎拎东西，赚点儿辛苦费也是应该的。"

"怕就怕不只是拎东西那样简单的事。"说完，她重新发动车子。

～

艾玛将她的不满表现在盒饭上，原本两菜一饭，有荤有素，颜色也搭配好看，后来成了一菜一饭，不是全素就是全荤。今天更过分，一打开餐盒，白米饭上只躺着一颗话梅，再无其他。

"呵呵！今天吃日本国旗。"我打哈哈。

"这要怎么吃？"李奥将饭盒推开，"艾玛是怎么了？连续两礼拜失常。"

我答没什么，大概生病了，最近她的脸色不太好看。

"生病了？我早该想到。"他一副愧疚的模样，"真是的，生病还帮我们准备便当，太不爱惜自己了，今晚我去看她。"

知道自己闯下祸事，我拼命阻止。

"妳是怎么了？怪怪的喔！"

"没……没什么，你要去就去，我不拦你，只是艾玛最近阴阳怪气的，你很可能吃闭门羹。"

即使我以退为进，他仍去意甚坚。

排练结束后，我索性躲进电影院看电影，而且连看两场，借以避开风暴。

～

回家后，我看见艾玛坐在客厅里，两只眼睛红红的。

完了，东窗事发了。

"萌萌，明天开始我不准备盒饭了。"她说。

"知道了。"

停顿一会儿后，我还是说了声对不起。

艾玛问我为何道歉？我答因为我，今晚她和李奥吵架了。

"李奥？我也是刚回来，没看到李奥。"

"那妳为什么哭？"

她答没哭，可能是坐了一整天哈雷，被风吹的。

"我不知道妳还会骑重型机车。"

"我连单车都不会骑，遑论重型机车。"

"那……"

"萌萌，如果我说开始和父母满意的对象交往，妳怎么想？"

噢！不，不可以，李奥要心碎了。

"我怎么想不重要，问题是妳怎么想？"我强迫自己理性。

"不知道……我觉得……还行……家世背景、三观都满契合的，外表也过得去，是我喜欢的类型。"她答。

完了，完了，毁了，毁了，我亲手扼杀了别人的爱情（如果我没大嘴巴，他俩肯定还藕断丝连着）。

"李奥怎么办？他要流泪了。"我决定来软的。

"认识他之后，我流的泪水还会少吗？从现在起我不要再为别人掉眼泪，他也应该及早觉醒才是。"艾玛答。

爱上比佛利（简体字版）

"李奥怎么办？他要流泪了。"我决定来软的。

"认识他之后，我流的泪水还会少吗？从现在起我不要再为别人掉眼泪，他也应该及早觉醒才是。"艾玛答。

第十章/摊牌

"今天没饭吃？"李奥问。

"嗯！我们去第六街吃越南河粉吧！我请客。"我答。

这是一家由韩国人开的越南菜馆，店面很小但性价比超高，人均约4美元（如果只点一样主食的话）。

偏偏李奥不懂得替买单的人着想，不仅点了牛肉河粉、越南春卷、蔗虾，还要了相对昂贵的咖喱蟹。

由于心怀愧疚，我打落牙齿和血吞，打算今晚不吃，省下一餐的费用。

"妳怎么不吃？"他夹了块肥大的带壳螃蟹给我，"今天压力不大？"

李奥知道我有"压力大就肚饿"的毛病。

"是大，而且巨大，但我吃不下。"我百般无聊地用筷子搅动汤河粉。

"是不是中暑了？回去我帮妳刮一刮。"

他的体贴让我的压力更大，尤其当他问起今天没饭吃是不是因为艾玛的病情加重时……

"她……还好，只是有更重要的事要做。"我心虚地答。

"什么事？"

"你何不亲自问她？"我还是没勇气说出实情。

吃完饭，李奥主动结账，他说男人怎能让女生付费？尤其我的经济状况他很清楚……

哎！能不能别再让我惭愧？对于闯下的祸事，我恨不得以死谢罪。

～

今天排练得还可以，我是说没挨骂，事实上光头男最近心情大好，不怎么骂人，而且脸上常带着"似有似无"的微笑，像有什么喜事似的。

"去哪儿？"李奥追了上来。

"回家。"

"我跟妳一道儿，昨晚敲了半天门，艾玛还是没开。"

我吓得腿软，赶紧说忘了今天还得上Monica那里，她刚收了一批货，等着我去处理……

"那妳帮我打个电话给艾玛，说我待会儿过去，奇怪！她不接我的电话。"李奥被蒙在鼓里的模样让人瞧着心疼。

我本想以"手机没电"为借口给糊弄过去，没想到推销保险的电话适时进来（被我三言两语给打发掉），这下子"堂而皇之"的理由没了，我只好硬着头皮打电话。

"李奥想见妳，待会儿过去。"我祈祷对方说不。

电话里的艾玛倒很平静，她说现在不是摊牌的好时机，但不介意与他一谈，就让李奥过来吧！她等着。

挂上手机，我把"好消息"告诉那个一脸期待的人。

李奥显得很开心，转身想走，我叫住他，替他整理衣领又拍掉肩膀上的头皮屑。

"无论如何，记得你是最好的，还有，我是你的朋友。"我说。

"我当然是最好的，妳也是我的朋友，讲的什么废话？真是的。"他笑了。

送走他像送走即将赴死的战士，我的心里其实很悲凉。

~

MONICA 没喊我去上工，但兜兜转转我又回到罗迪欧大道，想着还是进去跟老板娘打声招呼吧！遂推开巧克力色的拱门，没成想导演也在，他正盯着施华洛世奇的天鹅系列手链。

" Mengmeng， come here. Which one do you like? "光头男把我叫过去，问我喜欢哪一条？

我太惊讶了，可是送我的？

他答不是，是送女友的，因为老板娘说每一条都好看，他只好转问我的意见。

原来导演已经有女友，看来Monica今晚要失眠了。

我把所有的手链都看过一遍，选了一条我最不喜欢的，也算是帮老板娘出气。

Monica 消沉地把那个有着黑、白两只天鹅的金色手环放进精美纸袋内，然后口是心非地希望导演的女友会喜欢这个礼物。

"Definitely."他答肯定会。

光头男走后，Monica 问我为什么好男人都被订走了？是不是她不够好？

"妳也好，不是被Peter 订走了吗？"我反问。

"那不算，他是有老婆的人，说穿了我们就是炮友，他连'离婚娶我'的念头都未曾有过。"

老板娘虽然保养得不错，但年纪已接近四十，我以为她早断了结婚的想法。

Monica没好气地说有哪个女人不想穿上白纱走入婚姻殿堂？问题是她看上的，人家没看上她，能怎么办？落到现在小三的处境，她也不愿意呀！

"别难过，导演只是有女友，尚未结婚，妳还是有希望。"

"但愿如此。"她揉揉太阳穴，似乎对今天突来的爆炸性消息感到头疼。

哎！说头疼还有比我更头疼的吗？不知艾玛和李奥谈判的结果如何，我希望是和平解决而非"锅碗瓢盆齐飞"。

～

回家后发现一切如常，没见血光，还好。

我敲了敲艾玛的房门，她答累了，有话明天说，然而隔天直到我出门，她依旧没现身，我只好快快地上班去。

在排练中心没看到李奥，导演要我打电话过去问问，铃声响了好几声他才接。

"怎么今天缺席？"我明知故问。

"今天天气好，碧空如洗，我正要上船海钓。"

美国加州有"钓鱼者的天堂"之称，洛杉矶位于加州南部，又靠近圣莫尼卡湾，垂钓非常便利。

知道他没寻死觅活，我放下心来，问他该怎么向导演解释他的无故缺席？

"告诉他我去钓鱼了，今晚让大夥儿上我家吃烧烤。"

"此话当真？"

"当然，不过酒类饮品由你们提供，我只负责吃的。"

记下他的住址后，我转告导演。他倒没生气，反而要大家自发给钱，排练结束后，他好上Kmart买啤酒及果汁。

~

北京有秀水街，香港有女人街，东莞有虎门，台北有五分埔，韩国有东大门……在美国洛杉矶则有善提街，那里有超过150家的商店贩卖服装、鞋类、配饰、化妆品……等。

李奥就住在离那里不远的窄小巷道内，是栋有些破旧的两层木造房子，后院很大，挤得下二十余人。

"Rock fish is ready."他喊着石斑鱼已烤好。

没几分钟，那条约有半米长的鱼已被瓜分得七七八八，只剩鱼头、鱼骨及鱼皮。

"老美不知道用这些熬汤再美味不过，待会儿妳留下，我做鱼粥请妳。"他用普通话对我说。

酒足饭饱后，在众人的起哄下，"主厨"李奥分享了今天的海钓经验。原来在美国钓鱼首先得购买鱼证，一天的鱼证是15美元，他找的海钓船大概能装下30～40人，船费一人49刀，船员会帮忙绑鱼钩及提供切好的鱿鱼当鱼饵，船长则用雷达寻找鱼群，找到后停船让大家下竿。钓到的鱼会有工作人员帮忙把鱼头、鱼骨、鱼皮去除，只保留鱼肉部分，这么一收拾完，两斤的鱼顶多只剩七两。李奥看着心疼，要了冰块，把整条鱼都带走，老美还在背后嘀咕中国人好可怕，居然吃whole fish（整条鱼）。

话一说完，有人问李奥是否真吃鱼头和鱼尾？

他答那是鱼身上最好吃的部分，引来哄堂大笑。

我却笑不出来，难道只有我发现男主人带笑的眼睛蒙上一层阴影？这不是强颜欢笑是什么？他越洒脱，我越觉得风雨欲来，让人胸闷得几乎喘不过气来。

"别……别走，我……煮……煮鱼粥给妳吃。"宾客尽散，李奥满脸通红地坐在户外的塑料椅上，手里握着一罐啤酒。

"我不走，帮你善后。"我答。

杯盘狼藉最让人头疼，偏偏烤架还粘糊糊的，我寻思该找个钢丝球来刷。

"呃、呕、唔………"李奥突然作恶，吐了一地。

我放下手中的活，赶去照顾他。

"艾玛，"他抱住我，"别走，妳一走，我的心……空了，什么都没有……没有了。"

"我不走，我在这里陪你。"我柔声地说。

李奥本来就有七分醉意，加上抱着我，重心更不稳，没两下我们便双双跌在湿漉漉的草地上。

"我爱妳，艾玛。"他边亲吻我边将我的衣服褪去。

第十一章/河东狮吼

今天的排练没有我，我成了最认真的观众，当看到女主角周旋在痴情老公及混账情夫之间，我给予深切的同情，心想如果有分身，她也不用如此纠结……

" She is like a white lotus, white only scheming. Don't you think so?"剧中男主角问我同不同意"她像一朵白莲花,白得只剩心机"？

我问这个"她"是谁？

男主角用下巴指指台上的女主角，她正和拳击手眉来眼去兼欲语还休。

我答自己不这么想，女主角没那么坏。

他笑我没看穿欲女的把戏，根据他的解读，剧中女主角刻意隐藏内心邪恶的本质，表现在外却是善良、无辜、纯洁的"受害者"形象，恰恰正是这种"圣女"带给别人毁灭性的灾难……

噢！不，我不是白莲花，我也不屑做，所以当李奥来找我时，我刻意表现出一副"非受害者"的模样。

"昨晚……我喝醉了，如果……对不起……请原谅……"他低下头去，和台上的流里流气完全两码事。

"没事，我不是处女，不会赖上你。"

"妳……不是？"

"当然不是，我长得不丑，以前也有过男友，男女之事不是一片空白。"

李奥松了一口气，那样子像甩掉一个大包袱："这下子我放心了，我以为……不是就好，否则我真不知该如何面对妳。"

我是长得不丑，也有过男友，但我的处女情结很深，希望到结婚那日再……我从未想过是在这种情况下交付出去，而对方还视我为某人的替代品。

"李奥，能回答我一个问题吗？"

"妳问。"

"昨晚……你有几分清醒？"

他"张口结舌"的样子看起来很滑稽，我心中了然了。

"呵呵！瞧你吓得……恶作剧成功，耶！"

"Naughty girl."他骂我是调皮女孩。

我对他吐了吐舌头，卖萌卖得很卖力。

～

知道家里无人后，我趴在床上痛哭流涕，没有比这个更让人纠心的了，明明很在意却表现得不在乎，我是怎么了？脑子被502胶水粘住了？

我突然嫉妒起艾玛，她什么都有，有钱、有颜还同时收获两个男人的爱情，而我只拥有一夜，噢！不，是几分钟，还是草草了事，连前戏也没有。

"扣、扣、"听到敲门声，我赶紧停止哭泣。

"萌萌，妳还好吧？"艾玛在房外问。

咦！她怎么回来了？

"我很好，正在练习哭，明天有场哭戏。"我答。

艾玛要我出来一下，她给我带了碗凤城的杂果西米捞。

凤城在时代广场附近，环境很像茶餐厅，菜单上有饭、面、粥、热炒及甜品，甚至还能吃到大饼油条，广受海外华人的欢迎。

"不了，我已经刷过牙。"隔着门板，我拒绝。

"那好吧！不吵妳了。"

知道房东回来后，我也不好再自怜自艾，抽出面纸擦净被泪水弄糊的脸，这才留意到客厅里其实还有第二人，标准的京片子像在说相声。

是谁？

我佯装上厕所，出外一探究竟。

"萌萌，妳终于出来了，"艾玛转向那个男人，"给你介绍我的室友，未来的大明星-卫萌萌。"

"幸会幸会！"他站起身来，我才发现这是个"巨人"，怕有两米高。

我问他上层的空气可新鲜？

"什么？"他一头雾水的样子看起来很可爱。

艾玛赶忙替我下注脚。

"原来是拐个弯说我高，和姚明比，我差多了，不过192公分。"他答。

"那也很高了，打篮球一定吃香。"

他们两人听完后大笑，原来艾玛的新男友以前真的是篮球运动员，退役后改在拍卖行工作。

我问可是大名鼎鼎的苏富比？他答没那么有名，但也是世界十大。

由于他没明说，我也不好多问。

"你们聊，我上个厕所。"我很适相地走开，没做电灯泡。

~

艾玛的新男友不仅个儿高，颜质还在线，绝非她谦称的"过得去"。

我再一次被击溃，为什么有人要风得风、要雨得雨？什么时候好运也来眷顾我，让我如城中名媛般有个开挂人生？

~

经过几天的调适，我才接受自己已非完璧之身，但面对李奥还是有困难，我选择当一只逃避现实的鸵鸟。他大概也感觉到，不仅没有勉强我，而且积极配合，我们互当对方是空气。

然而怕什么来什么，导演决定加戏，让拳击手调戏女仆。

我立马抗议，谁不知道拳击手是个渣男？何需画蛇添足？

导演沉下脸来，指指我身后的大门，然后祝我好运……

我说过导演是文明人，文明人有文明人的处理方式，骂人从不带脏字，但杀伤力十足。

此时李奥走上前和光头男咬耳朵，我看见后者点了一下头，转身喊男女主角各就各位，现在先排练第23幕……

"走，到小排练厅，我有话对妳说。"他先行一步。

排练中心有十五间5o平米的小排练厅，此时已有大半正在被使用，我们走入其中一间尚空置着的。

"妳到底想不想演？"他劈头就问，"如果不想，如同导演所说，马上能走人。"

"我当然想演，当时击败多少人才得到这么个机会，何况……何况我需要这份薪水活下来。"

"那么妳何苦和导演杠上？他要妳演，妳就演，哪怕演的是死尸。"

死尸我倒不怕，也不是没演过，当时下半身还浸在臭水沟里，问题是导演要拳击手强吻女仆，经过那次不美丽的"第一次接触"，我害怕与李奥再有"肌肤之亲"。

"你能不能要导演别加戏？或者……把肢体调戏改成语言挑逗？"我退而求其次。

"为什么？"他想了想，"妳该不会没接过吻吧？"

没接过吻是骗人的，但我总不能说自己被他夺走贞操，到现在还耿耿于怀吧？

"嗯！"我弱弱地答。

"真没接过吻？"他皱紧眉头，"那么我不得不怀疑妳的前男友是Gay。"

"说什么啊你，他正常得很，只是……只是我们两人没吻过罢了。"说得我心虚死了。

他叹了口气说那么来吧！与其在台上出糗，倒不如现在先练习一下。

"练习什么？接吻？噢！不，我不要！"我捂住嘴，拼命摇头。

"那是什么？"李奥指着我身后。

我转过头去，眼前除了把杆、落地镜和浅棕色的木地板外，再无其他。

待我回头，他的唇适时压住我的唇，一股热流涌入，几乎要夺走我的呼吸……

"啪！"也许压抑过久，我毫不客气地赏他一巴掌。

"妳……怎么了？"他捂住脸问。

"在你眼中我就这么廉价吗？太欺负人了，信不信我报警抓你！"我河东狮吼起来。

他怔住了，问我是不是借题发挥？这几天总见我怪怪的……

"Excuse me."一个年轻人探头探脑地走进来，"Is this room available?"

想来这个排练厅已被登记使用，我们两人很快收拾起纷乱的心离开。

第十二章/鸽子血

他将我拦腰一抱，再奉上温润炽热的唇，我的嘴里立即充满男性的味道。

我配合他的动作，双手绕上他的脖子，化被动为主动。好，你豁出去，我也拼了，谁怕谁？！

他随即加重放在我腰上的力量，我则狠狠掐住他的后颈，并且张嘴咬住他伸进来的舌头，就在唇舌往来中，口水四溢。

我们像有什么深仇大恨似的，向对方不断地索取、不断地用力，时间越久，激起的不安与躁动也就越多。这种吻简直就是场灾难，耗尽双方的体力，有三十秒了吧？……有一分钟了吧？怎么还不喊停？

" Cut."光头男终于下令，引起围观演员的一阵骚动，"Fantastic."

妈的，这种史诗般的接吻才用Fantastic来形容？再怎么着也得是Fabulous吧？

经过这场战役，我和李奥像极两只泄了气的皮球，呆呆地坐在座位上，即使导演宣布休息十分钟，演员们鱼贯走出排练厅，我们依旧纹风不动。

"妳不需要使用蛮荒之力。"他气若如丝地说。

"你也不需要如此殚精竭力、鞠躬尽瘁。"我答。

"为什么？"

他问的是我为什么"反其道而行"？这还真不好回答。

甩了他一巴掌后，我原本想高傲地离去，但再一想，任性的结果换来的是打包回国，从此背负"出师不利"的十字架。念此，我退缩了，灰头土脸地继续"为五斗米折腰"，而且因为害怕NG，我把"接吻"这场戏演得淋漓尽致、炉火纯青。

"一向都是你主动，这不公平，所以换我主动一次。"我故做潇洒地答。

我们又沉默了半晌，他开口："萌萌，能回答我一个问题吗？"

"问。"

"那天……妳有几分清醒？"

现在换我"张口结舌"。

烧烤派对那一晚，大家都喝了酒，李奥是当中喝的最多的一个（而且多种酒混着喝，最容易醉），就是一副想把自己喝死的模样。

我只喝了一罐啤酒，喝过酒的都知道，一罐啤酒很难喝醉，顶多达到身体放松的程度。怪就怪在当晚月夜太迷人，加上猫叫春的声音很蛊惑人，李奥"借酒装疯"也就罢了，害我也跟着"将错就错"，没反抗两下就弃械投降，这也是我一直无法"理直气壮"的原因。真要追究起来，我是在"半推半就"之下与李奥行了周公之礼，当然，我没料到将就的结果不仅少了花前月下的浪漫，还惹来一身脏。

"我……"

"别说了，我全知道。"

我问他知道个啥？到现在我还迷迷糊糊着呢！

"我知道妳不愿意，是我强迫妳，每每想至此，我很自责。真的，如果再回到从前，我铁定不这么做。"

由于他说得特别诚恳，表情特别真挚，我原谅他了，我是说打从心底，而非违心之论。

"既然这样，我也向你坦白，艾玛会提分手，有部分原因在我，我不小心提到你可能兼职不正当行业……看你帮老女人拎袋子……我猜的。"

李奥冷哼一声："她父母嫌贫爱富，在无计可施之下，我只能出卖自己，如今的存款也有小二十万刀,就等着赚到五十万那天能趾高气扬地把钱堆在她父母面前。现在她说弃就弃，叫我情何以堪？也罢，从今往后我只对自己好，不再轻易言爱。"

他的回答无异作实我的猜测，李奥真的做鸭了。

我正想安慰他大丈夫何患无妻？别为了一棵树放弃整座森林……

"妳见过艾玛的新男友吗？"他忽然问。

我答见过一次。

"和我比起来怎样？"

"你们是两种类型，一只是贵宾狗，另一只是土狗，贵宾狗高贵，土狗忠诚，各有各的好。"

他抚掌大笑："就为了这一针见血的好比喻，我今晚请吃饭，让妳见识一下土狗之家，如何？"

我答不了，Monica今晚和男友飞夏威夷度假三天，要我过去兼职，时薪双倍。

"那好，祝妳大赚一笔。"他说。

我们的对话因导演走入排练厅而停止，他大喊着43幕准备起，我看见李奥走上前就定位。

～

推开巧克力色拱门，我惊见Monica还在，她正在整理柜台上的二手珠宝。

"我以为妳早登机了。"我说。

"不急，还有四个钟头才起飞。"她把珠宝放妥，然后锁上柜子，"这是钥匙，妳收好。"

我说自己白天不在店里，还是把钥匙交给金小姐或尹小姐吧！

"给自己人收着才放心，还有，接下来的三天妳不用排练了。"

"大后天是公休日，的确不用排练，但明、后两天还是要的。"

她用手撩了撩垂下的长发，意味深长地一笑："听我的准没错。"

就因为这个撩发的动作，我注意到她的手腕上戴着金色手环。

"这个……"我指着施华洛世奇的两只黑白天鹅。

她眉开眼笑地答是男友送的。

这也太巧了，Peter竟然选了一模一样的手环。

"看来他的品味不咋地。"我下结论。

"不咋地？我觉得挺好的，两只天鹅代表鹣鲽情深，双宿双飞。"

恋爱中的女人看什么都美，我懒得争辩，提醒她还是早点儿上路，免得遇上交通堵塞，错过了航班。

～

看着大排练厅上贴着的告示，我大呼不妙。

其他演员议论纷纷后，很快笑颜逐开地离去，任谁都会为突然多出的假期雀跃。

"真是奇怪，导演一声不响地办私事去了，怎么昨天排练时不提？"李奥说。

"也许他上夏威夷找灵感去了。"

"夏威夷？他告诉妳的？"

我"当然"否认。

"反正闲着也是闲着，我也上夏威夷瞧瞧！"

"太好了，记得买条慕慕裙给我。"我当他随便说说，自己也跟着瞎起哄。

夏威夷的慕慕裙是从传教士妇女的长裙演变而来，这种拖地束腰的长裙虽然很让夏威夷女人着迷，但紧身的设计并不适合当地气候。经过改良后，现在的慕慕裙已经发展出多种款式，有露出后背的短裙也有高领拖地的长裙，还有酒会装、休闲装、浪漫装……等。

"没问题，绝对让妳穿上后像仙子一样飘逸。"他答。

～

当PETER推门进来，问我老板娘在哪里时，我支支吾吾半天。

"妳这是怎么了？得了失语症？"

"Monica只说店里需要帮忙，我不知她上哪儿了，她没义务告诉我。"

"这个老妖竟然说消失就消失，手机也不接，好不容易我才把老婆送上机，现在怎么办？谁陪我玩？"

我答自己玩呗！那么大年纪了，又不是小孩子……

"自己玩？呵呵！这不像良家妇女会说的话。"他凑上脸来，我本能地往后退。

这个老不修！满脑子肮脏的想法，Monica是怎么看上他的？

"你若不想自己玩也行，到大街上随便找个拜金女，几张票子的事。"

"用钱买来的多没意思，我想跟可爱的小虎牙玩。"

他喊我"可爱的小虎牙"，害我鸡皮疙瘩掉满地。

"抱歉，Monica付我钱不是让我来挖墙脚，而且我是'外貌协会'的忠贞会员，对我来说，你太老了。"

我的"直言"无疑伤了他，他指着我的鼻子道："好，我记住妳了卫萌萌，咱们走着瞧！"

他走了，把烦躁也带走。

我将精力放在店内来来往往的客人身上，几个钟头下来，发现Monica的工作并不轻松，光无聊就能把人无聊死，难怪她上夏威夷找乐子去了。

看"人"没意思，我转而低头看珠宝，那些晶莹剔透、光彩夺目的宝石经过精湛的工艺，个个成了不朽的传奇，即使是二手货，依旧闪着耀眼的光芒。

看着看着，我发现有事不对劲，红宝石男戒哪里去了？我明明看见老板亲手将它放在展示玻璃柜的右上角，当时我还为那鸽子血般的艳红而惊叹，如今何在？

我赶紧打开电脑查看，以为会有奇迹出现，可惜那枚缅甸产的一级宝石仍在出售之列，没有交易记录，这意味着什么？

我不禁瑟瑟发抖起来。

我赶紧打开电脑查看，以为会有奇迹出现，可惜那枚缅甸产的一级宝石仍在出售之列，没有交易记录，这意味着什么？

我不禁瑟瑟发抖起来。

第十三章/失窃疑云

红宝石具有二色性，一般会呈现紫红或者粉红，要想达到鸽血红的程度相当不易，全世界也只有缅甸出产的红宝石才有这个级别，那种张牙舞爪、红得近乎放肆的强烈色彩，最能将宝石的美表达到极致。

物稀当然价贵，可想而知，店内的那枚鸽血红宝石男戒会有多昂贵。

果真，当我看到电脑上显示的售价是58，000刀时，顿时想死的心都有。Monica临走前把钥匙交给我，现在东西没了，我责无旁贷，上哪儿找那么多钱赔给她？我陷入前所未有的焦虑之中。

"Are you ok?"韩国店员尹小姐走过来问我可好？

我想起曾经目睹她将手伸进顾客的包里，有一便有二，尹小姐成了最大的嫌疑人。

"Fine."我努力挤出一朵笑容给她。

在事情不明朗前，最忌打草惊蛇，还好Monica两天后才回，我还有时间从长计议。

~

回家后，看见艾玛和她男友挤在沙发上打游戏，我弱弱地喊了一声Hi后，打算回房反省兼三思。

"萌萌，桌上有杯子蛋糕，Steve买的。"我的房东说。

"又一个Steven."我随口一答。

上回匆匆见面，没来得及问那个高个儿叫什么名字，今天总算对上号，不过有些小失望。

Steven转头问我此话何意？

我告诉他中国男子名常见的有凯、刚、海、勇、军、伟……等，国外同样也有烂大街的，Steven便是其一，几乎每隔几天就会遇上叫Steven的人。

"呵呵！我同意这个名字很普遍，但涵义很好，代表高壮、英俊、沉静、有礼、和善等。"

听他这么一说，我突然起了共鸣，虽然只见过两次面，Steven给人的感觉正如同他所说，是个五A的好男人。

"这么棒？"艾玛插话，对着她男友，"以后我们的男宝宝也取名Steven, 好不好？"

她的嘴角在笑，眼睛也在笑，完全是热恋中女人的模样。

老实说，这样的情境让我坐立不安，好像突然闯进情侣的房间内。

"你们聊，我进去了。"

"等等，"Steven叫住我，接着起身到桌上取东西，"这是我特意上Berko买的，很好吃，妳也试试。"

早听说过Berko的传奇，它来自巴黎的高颜值甜品店，已有三十多年的历史，标榜低脂、低卡、无添加，听说创始人曾为了寻找达标的香草园，前后花费了6个月的时间。

"谢谢！"我收下两个宛如艺术品的小蛋糕。

"妳忘了什么？"他问。

忘了什么？没有呀！已经道谢过了。

"我忘了什么？"我反问。

"妳忘了妳的笑容。"他用手指比出V型，然后将自己的嘴角往上推了推。

那倒是，最近烦心事太多了，都快忘了怎么笑。

吃人的嘴软，我尽可能地回赠他一个可爱的笑脸，没料到他死盯着我瞧，害我以为牙缝里塞了菜叶子，赶紧闭上嘴巴。

"Steven快来，你的橡皮小人快被我推到悬崖下。"艾玛突然大喊。

～

一回到房间，我马上找来小镜子照了又照，牙缝里没菜叶，倒是小虎牙很碍眼。

"Steven 大概没看过长虎牙的女人，所以吓到了吧？！"我猜。

将镜子往旁边一扔，我躺在床上呈大字型，一想到58，000美元，宛如巨石压顶，顿时没了力气。

～

Monica打电话给我时，我正把氧化了的银袖扣清洗完毕，打算待会儿用风筒吹干再涂上一层透明指甲油，用这个方法能保持银饰一年内不会发黑。

"店里可好？"她问。

"很好，生意不错，连LV的'山寨蛇皮袋'也卖掉了。"我答。

话说今年是LV 设计师的瞎眼年，他们设计出一款我大中华偏远地区入城必备的编织袋。没错，就是那个红白蓝相间的春运爆款，原价一千多美元，估计卖菜的中国大妈都要偷着乐。

"那好，辛苦了……有人找我吗？"

"没有，除了Peter。"

"别理他，妳没告诉他我在夏威夷吧？"

我答当然没有，连同行的是个大光头也没说。

"呵呵！"她干笑两声，"不瞒妳说，我对他有怦然心动的感觉。"

"不用解释，这是你俩之间的事，与旁人无关。"

Monica 稍停片刻后表示既然没事，她挂了……

"等等，"我忽然想起重要的事，"那个……如何查看监视器的录像回放？"

"怎么，掉东西了？"

"没有，就是求个心安。"

Monica 遂让我上电脑的监控系统，输入用户名Monica及密码6个6即可。

挂上电话后我照做，同时设置好日期，然而电脑页面却显示此通道无录像文件，这是怎么回事？

我把目光投向1号嫌疑人尹小姐身上，她恰好也转头看我，我们两人的目光对接没几秒，她马上望向别处，果然是"做贼心虚"。

"还是报警吧！至少能证明自己的清白。"我心想。

此时 Peter 推门进来，我马上告知Monica 还没回来。

"啧啧啧！我说来找她吗？没有妳着什么急？"

今天的Peter身穿花衬衫配五分短裤，脚上登的是土到掉牙的白边鞋（这是金融高管该有的穿着吗？我实在欣赏不来，加上他曾对我口头性骚扰，若不是因为他和老板娘的关系不一般，我早请他走路了）。

"店里生意好吗？"他问话的口气俨然把自己当成大老板。

"还行。"

话一落音，他突然跨步上前，我本能地往后退，还好他只是看柜台玻璃柜里的货。

"咦！鸽血红宝石男戒哪里去了？"

我吓死了，问他怎么知道店里有这个东西？

"我怎么知道？呵呵！我当然知道，那是我放在这里寄卖的，怎么，是不是卖掉了？"

"嗯……"我模棱两可。

"既然卖掉了，为什么没通知我？"

我支支吾吾地答可能Monica忙，忘了通知。

"把东西调出来看看，我想知道是何时卖掉的。"

"不行，得经过老板娘的同意才准看。"

"妳该不会不知道我是这家店的大股东，有权查账吧？！"

我被问得哑口无言。

他无视我的窘态，迳自面向电脑屏幕，按下鼠标……

第十四章/ STEVEN

"奇怪，为什么我的鸽血红宝石男戒还在 for sale ?"Peter 转头问我。

"这……可能……可能……"

他问我可知道这枚男戒的售价是58，000美元？

"我知道，那个………"

"几点下班？"

"什么？"我扬起声，以为自己听错了。

"我问妳几点下班，我们可以针对这个问题好好讨论一下。"

我肯定是被下降头了，居然乖乖地答六点。

"那好，到时我来接妳。"他居然对我眨眼睛，"别忘了妳是非法打工，被抓到直接遣返，五年内不准再入境喔！"

哎呀！我怎么把这么重要的事给忘了？

本来想着大不了报警，这下好了，就算知道小偷是谁又如何？张扬不得呀！何况唇亡齿寒，一旦闹开，不止黑工受罚，雇主也跟着罚款兼坐牢，等于拉Monica下水……

我思考Monica自认倒霉的可能性，不，这太不切实际了，58，000美元不是个小数目，在美国乡下甚至买得到带院子的独栋小屋。

看来只能由我"自认倒霉"地背下债务，哎！那不得猴年马月才能还完？

艾玛打电话给我时，我正在做最后的清点工作，时间：差一刻六点。

"我和Steven正要去吃饭，妳也一起来？"

"不了，我有约。"

艾玛很好奇，问我是不是有男友了？我答没有的事，而是被老男人缠上，然后把事情经过简单交待一下。

"萌萌，这是个陷阱，别往里跳，妳若是跟他走，今晚就别想全身而退。"

"我知道，只是听听他的方案，要真是过分，我就不谈了。"

艾玛说我天真，老男人都成精了，怎么可能让煮熟的鸭子飞走？这样吧！窟窿她先替我补上，让我在老板娘那里能交差，如此一来，我便不用赴约了。

"58，000刀。"我冷冷地答。

"这……这么多？我没想到要这么多钱，嗯……看来这件事得从长计议。"

艾玛和我非亲非故，有这份心意我已经很满足，断不可能让她代付这么一大笔钱。

"放心，我保证自己不做傻事，祝妳和男友有个愉快的夜晚，Bye!"

挂上手机，门上的铜铃声适时响起，我知道老男人来接我了。

此行难道真如艾玛所言是条不归路？我很迷惘。

IL PASTAIO 位于罗迪欧大道附近的 CANON 街角，店名在意大利语中是"制面者"的意思。我多次在店门口的操作区观看手工制作意面的过程，但从未亲自品尝过，这当然与钱包息息相关，我可不想吃完一餐后，接下来的一个星期只能啃白面包裹腹。

没想到如今我也能光顾，而且是在"被逼上梁山"的情况下。

大概因为进高级餐厅的缘故，今晚的Peter换上正式服装，人模狗样的，让人忘了几个小时前他那身痞子装扮。

"想吃点儿什么？"他问我。

"随便。"

因为不知他葫芦里卖什么药，我的心七上八下，即使美味当前也兴趣缺缺。

对于我的消极抵抗，Peter不以为意，转头用意语点餐，讲的什么不清楚，倒是侍者因此恭敬许多。

"你会讲意大利话？"侍者走后，我问。

"我精通多国语言，这年头没点儿真功夫当不了高管。"

然后的然后，我们吃了多久的饭他就吹嘘了多久，大意是他年收入好几百万美元，又因投资得当，现在想买什么基本都能买得起，如果不是老婆及一双儿女花钱如流水，他的财产会更多……

"你这是在抱怨家人拖累你吗？"我明知故问。

"不，我在表达自己是有钱人，妳若跟著我，肯定吃香喝辣。"

果然狗改不了吃屎。

"瞧你，把Monica喂得双下巴都出来了，我是易胖体质，还是敬谢不敏。"

"不想吃也成，多希尼路上新出了一个楼盘，哪天我带妳过去瞧瞧。"

我问可是买给我的？他答那得看我的表现，如果表现好，买艘航空母舰也不成问题……

奇怪，谈话至今他都未提及那枚男戒，倒是有意无意地口惠了不少好东西给我。

"嘟……嘟嘟……"

"怎么今晚妳的电话这么多？"那男人明显不高兴。

离店后，一直有个不明电话打进来。我通常不接陌生电话，又怕国内父母临时来电，所以并未关机。

"大概是拉保险的，为了业绩不得不如此，我现在回了人家，也好断了对方的念想。"

没料到按下接听键后，耳中传来排山倒海而来的轰炸声，Steven问我怎么不接电话？还好吗？有没有做傻事？………

"怎么是你？艾玛呢？"

"妳先别管，告诉我妳在哪里，我马上过去接妳。"

我答自己没事，正在罗迪欧大道上吃意式奶冻及杏仁小饼，要他千万别过来。

没想到最后一道传统的草药消化酒Amaro还没喝完，Steven就上门了。

"家里孩子哭着找妈妈，妳还坐在这儿干嘛？"他冲着我喊。

我转过身去，四周围大多是俊男靓女的洋人，仅有的两个黄皮肤看起来也不像华人……

"妳找什么？说的就是妳。"

由于Steven在高级餐厅內大声嚷嚷，很快经理便过来了解情况，那人还好意思把凭空揑造的"故事"讲得有鼻子有眼睛，说的还是英语，这下子全餐厅都知道我是个不负责任的母亲，把孩子扔在家里，自己跑出来吃喝。

美国法律规定12岁以下的儿童必须时时有人照看，以免发生意外，换言之，我正在触法。可想而知，我很快便被四周围正义感十足的唾沫星子给淹没了，而其中最大的一坨来自那个刚刚说要买航空母舰给我的人。

"我以为妳还是个黄花大闺女，没想到已经结婚还拖着三个小孩，真是瞎了我的狗……咳、咳、我的眼，竟然动起残花败柳的念头，妳还是赶紧回去吧！省得给我带来麻烦。"

说完，他用手挥了挥，像赶狗一样，让人看了很不痛快。

"妈咪快走吧！"Steve 对我狡黠一笑，"老三还在家里等着妳喂奶呢！"

第十五章/心太软

"你怎么知道我在Il Pastaio？"走出餐厅，我问。

"妳说正在吃意式奶冻，罗迪欧大道上的意大利餐厅就那么几家，加上老男人都好面子，把妹肯定吃高档的，所以……"

"是艾玛要你来的？"

这回他沉默了。

"怎么，难道不是？"

"It's a long story.艾玛说完妳的事后提议去斯特恩码头喝蛤蜊浓汤配炸大虾，可是两地相距一百多公里，骑车起码两小时，明天有个拍卖会，我不想顶着熊猫眼去主持，所以………"

"你们……吵架了？"

看他紧皱眉头的样子，可见是真吵了。

我告诉他女人都好哄，讲几句窝心的话，马上就能雨过天晴，估计艾玛现在在家，我们这就去"负荆请罪"………

"不了，时间不早，有话明天再说吧！"

我以为他只是一时拉不下脸来，赌气说的，没想到他来真的，放我下车后便急驶而去。

" Hɪ."我跟正在看电视的艾玛打招呼。

"妳说这男的是不是不爱那女的？连巧克力也舍不得买。"

我顺着她的目光望过去，肥皂剧上的女人正责问男人为什么连一盒五十美元的巧克力都舍不得买给她？

"嗯！这男的太小气了，不过也得看他的收入，如果收入不高，五十美元的巧克力的确够奢侈的了。"我答。

艾玛转过身来，严肃地告诉我那男的不穷，自己的女友想吃 Godiva 不可得，他倒好，转身买了 porcelana 给女友的室友吃………

据说porcelana是世界上最贵的巧克力，比其它"高档"的巧克力贵出两、三倍，因为采用的是罕见的可可豆，年产只有20,000包，每一包都有编号，有机会吃到的人都是幸运儿。

为了当公正不阿的包大人，我又花了几秒钟在肥皂剧上，可惜女的仍然在哭诉，看不出个所以然。

"听妳这么一说的确可疑，也许那男的真的不爱那女的，女的可以洗洗睡了。"

"萌萌～"

"什么？"

艾玛直视我，像要把我看穿似的。我又问了一声，她才收回眼光答没什么，她这就去洗洗睡。

Monica 今天下午回洛杉矶，听说买了纪念品送我们。我很忐忑，不知该如何面对她，整个早上浑浑噩噩的。

临近中午，我让金小姐和尹小姐先去用餐，自己留着看店，就在这时候铜铃声响起。

"怎么是你？"看到 Steven，我很惊喜。

"拍卖行就在附近，我走过来的，看看妳这里有什么好货。"

我说精品多的是，问他可是买给艾玛的？

"嗯！她还在生气，电话也不接。"

情侣间有争吵再正常不过，有时越吵感情越浓，因为吵架也是一种沟通。

"那么我们得找个能让她开心的好东西。"我说。

～

那是一枚金色玫瑰胸针，由丹麦的 Flora Danica 制作，虽然不是纯金打造，但工艺做得好，连花瓣的皱褶及叶子的锯齿状边缘都做得惟妙惟肖。再有一点，Flora Danica 目前已经停产，意即留世的每一枚胸针都极具收藏价值。

"就它了，请帮我包装得好看一点儿。"他说。

"那是当然的。"

我特意选了表面光滑的象牙白三桠包装纸，右上角再系上宝蓝色蝴蝶结，然后装进象征喜庆的红色小礼袋里。

"嗯！很有法兰西的味道。"他说。

"什么？"

"法国国旗不是红白蓝三色吗？"

我笑着答那正好，法国代表浪漫，恰恰吻合他的心意。

∼

Monica进门时，裙角掀起一阵风，我们三人都赞美她身上的慕慕裙好看，仿佛仙女下凡。

老板娘听完可开心了，她说我们的嘴巴真甜，又要我们猜猜她买了什么送我们？

金小姐答999纯金金块，尹小姐答五克拉大钻戒，我答欧胡岛上的临海大别墅一栋。

Monica睨了我们一眼，问我们可当她是摇钱树？然后一人给了两块人工香皂及一盒曲奇。

韩国妹纸失望透了，问可否折现？被Monica啐了几句后，转身各忙各的。

"这曲奇很有名，是用当地的坚果制成的，早想尝尝味道；手工香皂也好，有我喜欢的栀子花香。"我说。

"萌萌说话我爱听，还是妳懂事，"她回到柜台，滑动鼠标，"我不在的时候，一切可好？"

完了，该不该坦白？

"那个………"

Monica的手机音乐声适时响起，看她脸上亮得见春，肯定是光头男的来电。

哎！我真不想在这个甜蜜时刻给老板娘来个惊天动地的大恶耗，所以当她挂上手机再次问我时，我以一句"还行"含糊带过。

∼

回家后听到华语电台正播放王力宏的《大城小爱》，艾玛一边哼歌一边把切好的土豆块扔进锅里，空气中有蔬菜汤的味道，想来两口子已尽弃前嫌。

"恭喜。"我说。

艾玛问喜从何来？

"看来 Flora Danica 的胸针发挥作用，妳不再生 Steven 的气了。"

"妳怎么知道他送胸针给我，又如何知道我们在闹别扭？"她一字一句慢慢地说。

我告诉她玫瑰胸针是Monica店里的东西，还有，斯特恩码头离这里有段距离，对隔天一早要上班的人来说，确实有点儿吃不消。

"原来他找妳买东西，还当妳是告解的神父。"她沉下脸来，"告解就告解呗！怎么不说实话？"

我问她什么意思？

"没什么意思，妳就当我发神经好了。"

我还想说什么，但艾玛将电台的声音调大，放的是任贤齐的《心太软》。

你总是心太软，心太软，

独自一个人流泪到天亮。

你无怨无悔地爱着那个人，

我知道你根本没那么坚强……

不知怎的，我竟想起了李奥。

第十六章/禁果

办完"私事"的导演容光焕发，休息时间还给每个人派发了纪念品(两块人工香皂及一盒曲奇)，让我不禁怀疑是不是夏威夷的特产店正在做促销，买一送一？

看到李奥分到的香皂竟然是薰衣草味的，我提出跟他交换，因为这个牌子的栀子花味我已经有了。

"喏！都给妳，"他将手中物一股脑地全塞给我，"妳怎么也有夏威夷的手工香皂？"

我告诉他Monica也买了相同的纪念品送我，她和光头男一起跑到夏威夷晒太阳。

"他奶奶的，这叫'玩忽职守'，丢下演员自己去Happy，害我无聊到把土狗之家上下打扫了一遍，腰都直不起来。"

李奥的"土狗之家"是栋上下两层的木造房子，不难看，但长年缺少保养维修，有些"蒙尘"的沧桑感。

"我以为你也去了夏威夷，我的慕慕裙呢？"

李奥答下回再兑现，因为即使直飞，两地往返也得去掉半天的时间，还玩什么？只能作罢。

"哎！你至少还有钱度假，我怕我这辈子都度不了假，只能打长工还债。"我感叹。

在李奥的追问下，我告诉他店里失窃了一枚58，000美元的男戒，不能报案，只能吃哑巴亏。

"这岂不是便宜了作案人？"

"能怎么办？亨利詹姆斯曾说过生命中往往有连舒伯特也无言以对的时候。"

见我心情郁郁，下一秒他邀我上他家吃台湾客人送的乌鱼子，这种东西贼贵，是下酒菜的首选。

台湾……客人……难道他又"重操旧业"？

我们四目相望，他立马意会。

"以前健身俱乐部的学员送的，男的。"他叹了口气解释。

"噢！我就怕……"

"艾玛离开我了，我无需再卑躬屈膝，如果妳觉得和我这种人交朋友有失颜面，大可明说。"

我要他别误会，自己也没多清高，我很乐意上他的"土狗之家"吃贵死人的乌鱼子。

"那好，排练结束后我们一起走，我知道哪里有卖低酒精浓度的酒。"他对我眨眼睛。

真是的，哪壶不开提哪壶，让我想起那个仓促之下完成的"第一次接触"。

～

其实今天稍早Monica曾发来短信要我过去帮忙，我害怕她发现店里短少东西，找了个借口回绝（这当然是逃避心理在作祟）。

李奥的邀约来得正是时候，它让我的"缺席"显得名正言顺。

上车前，我发现李奥换车了（是辆崭新的斯巴鲁）；到了土狗之家，又发现住房也不一样了，外表虽然依旧破烂，但里面大变样，墙壁涂上新漆，地板也打上蜡，连昏黄的灯光都换上明亮的LED 照明。

"真让人耳目一新，我还以为自己走错地方了呢！"我说。

"人不能闲着，一闲下来就会想东想西。这两天我把家里该修、该换的全写下来，一样一样收拾着做，居住环境改善了，自己看着也舒服。"

"这房子可是你买下的？"

"不是，租的，如果是自己的，我连厨房及卫浴都会大改造一番。"

说完，他要我 Take this place as my home，然后转身进厨房忙去。

我换了几个电视频道，没一个喜欢的，又不想麻烦"厨师"教我如何操作 CD Player，想来只能看看书。

书架上的书大部分都很艰涩难懂，比如忏悔录、物种起源、梦的解析、周易正读……等，所以当我发现其中竟然有一本女性杂志《时尚巴莎》时，不禁眼前一亮，这肯定是艾玛遗留在此的。

我翻了几页，内容无非提供最新的时尚资讯，另外还有人物专访及女性话题。就在读完杂志对周迅的采访报导后，我一翻页，看到艾玛和李奥的合影，他们两人站在Beverly Hills 的指示牌下笑得一脸灿烂。

如果这只是一张普通的五寸照片也就罢了，问题是两人之间有道歪歪扭扭的裂痕，透明胶带是后来粘上的。

不知怎的，看到照片我有心痛的感觉，他一定很爱她，连撕照片也舍不得弄伤她，反倒把自己分割得四分五裂，脖子断了，左手臂也被削去一半……

"可以开饭了。"

听见李奥的声音，我赶紧把杂志塞回去。

桌上有三菜一汤：肉炒三丝、麻婆豆腐、冬瓜排骨汤以及一个金黄色薄片（很像风干了的木瓜）。

"这就是乌鱼子，"他指着不明物，"盛产于台湾，是将乌鱼的卵巢盐渍后阴干而成，制作需经过数十道工序，吃时可与苹果片一起食用。"

该怎么说呢？乌鱼子吃起来很像咸味橡皮糖，带着腥味，还好有酸甜的苹果片中和，味道不致于太糟糕。

"听说台湾人拿它配啤酒，妳若不喜欢，别勉强，光这盘就值一百多刀。"

我咋舌，五百克不到的量也值这么多钱？

很快吃饭成了拼酒大会，酒喝多了，我反倒觉得乌鱼子对味，越嚼越有股异香，那是别的下酒菜所达不到的境界，原来贵也有贵的道理。

"哎！58,○○○美元可以买好多好多的乌鱼子，我却无福消受。"我忍不住发牢骚。

"别想了，我帮妳付，什么时候要？明天？"

我问他哪来的钱？

"过去为了讨艾玛父母的欢心，省吃俭用存下的，不然呢？妳以为我抢银行？"

"不，我不能使用你的辛苦钱。"

"我看妳还是拿去用吧！就当我把钱存在妳那儿。老实说，我偶尔有放把火将所有一切都烧掉的念头，那些钱让我作呕，时刻提醒我曾经如此卑微过。"

他接着告诉我那些有钱太太有多么令人难受，个个像井底蛙似地躲在自己的世界里无病呻吟，他得同时充当生理及心理治疗师，遇到力不从心时还得借助"伟哥"的帮助，要多惨有多惨........

"如果我是艾玛，我宁愿你不赚这个钱。"

"妳这是站着说话不腰疼，五十万美元要怎么赚？妳告诉我。"

"五十万美元的确不好赚，但美国是个尊重人权的国家，你想和谁结婚，两情相悦即可。"

李奥笑得好大声，他说若能那样就好了，也不致于拼死拼活。

"怎么回事？"我问。

"艾玛是个大孝女，她不愿违背父母的意愿，原本我以为假以时日总能守得云开见月明，如今看来夜长真的会梦多，她居然跑到敌对阵营那边去。呵呵！女人变起心来也不过三、五日的工夫。"

"别一竿子打翻一条船，我就不那样，看准的，绝不放手。"

"那么妳的前男友又是怎么死的？"

我答不是我叛变，而是他找到能和他共尝禁果的人，因为禁欲的滋味不好受，他不想再当柳下惠了......

"那妳......"

"是呀！"我终于承认是他夺走我的初夜。

李奥很吃惊，一口气喝光一罐啤酒。

"对……"

"别说对不起，那会显得我很可怜。"说完，我竟哭了起来。

第十七章/先来后到

隔天我到Monica那里兼职，总能感觉芒刺在背，当我回望时，老板娘马上将目光移开。

莫非她发现男戒不见了？果真如此，断不可能保持沉默才是。

又过了两天，Monica终于沉不住气，约我下班后到Molly那里吃肉夹馍。

哎！果然找到一同出气的人。

想到同时得面对两个厉害的中年姐妹花，顿时胃口全无。

"我肠胃不太好，晚上就不吃了。"我可怜兮兮地说。

"那怎么成？我现在就打电话让我姐给妳煮碗粥暖暖胃，她的粥又稠又软，妳吃了就知道。"

完了，这是"通风报信"，暗示我今晚会到，好让Molly先磨刀霍霍。

我想过各种自救的方法，但最后还是双手一摊，毕竟丢东西不假，早晚都得面对，还是早死早超生。

"萌萌，这么早就收工了？"MOLLY在柜台后笑盈盈地问。

Monica代我回答不早了，都快七点了。

"也是，"那个胖墩墩的女人捧来两碗粥，"接到电话后我就熬上，现在吃正好。"

老实说Molly的粥不输她的肉夹馍，看来店名可改为"莫先生的中国汉堡及粥店"。

Molly答那可不成，偶尔做做还行，人手不够，光准备肉夹馍的内馅就忙不过来。

我们安静地吃着粥，我的内心却波涛起伏，两姐妹果然都是道行高深的狐狸，先喂饱我再大开杀戒，让我来个措手不及……

"吃饱了吗？吃饱了我们上园艺公园走走。"Monica说。

比佛利园艺公园像一条巨龙环绕着圣塔莫尼卡大街，公园里有芬芳的玫瑰、生命力顽强的仙人掌以及古老的喷泉。

"坐，"她拍拍公园里的座椅，"咱俩说说体己话。"

啊！终于也到了摊牌的时候，我决定先主动出击。

"东西搞丢了我会赔偿，但请允许我慢慢还，现在实在是囊中羞涩，对不起！"我低下头去。

Monica很惊讶，问我难道不知道有人已代还了这笔钱？

现在换我惊讶，没想到李奥说到做到，在没通知一声的情况下，默默行了善事，莫非……莫非心中有愧？

"原来他的动作这么快，我以为不过是嘴上说说而已。"我喃喃道。

Monica接着还原事情始末，原来从夏威夷归来的当天晚上，Peter就上门告状，要她把钱吐出来。她憋了一晚上的气，想着隔天我上班时再责问我（省得我半夜开溜），没想到一大早就有个大帅哥上门替我擦屁股，并且叮嘱别在我面前提起此事，就让"船过水无痕"。

啊！原来李奥如此贴心，等等，那时李奥和我正在排练中心，他尚不知我捅了个大娄子……

"我先声明哈！原本我想对这件事三缄其口，但昨天又有人上门表示要扛起妳的债务，让我不免好奇妳是如何让两个男人同时拜倒在石榴裙下？还有，多出的58，○○○美元怎么办？五五分吗？我是守法好公民，千万别把我扯进诈骗案中。"

两个男人？这叫我从何说起？除了已知的李奥，另一人是谁？

Monica大呼不可思议，有人帮我还钱，我却不知对方是谁，天下竟然有这等好事？

"是真的，除了肌肉男，我想不起来还有谁？"

"说到肌肉男，他看起来很面熟，不记得在哪里见过，至于那个高个儿……"

"妳说什么？高个儿？有多高？"

Monica答大概两米高，打篮球一定吃香……

知道Steven不告诉我一声就帮我解决债务问题，心中五味杂陈。

"能不能把多出来的58，○○○美元给我？我好拿去还给人家。"我问。

"那是当然的，我可不是什么乱七八糟的人，快给我妳的银行账号。"她答。

我的想法是先把钱还给Steven，李奥的部分只能欠着。不是我"偏心"，而是诚如后者所言，自从失去奋斗的目标后，李奥

"视金钱如粪土"，新衣服买了好几件不说，还喷上三宅一生的男士香水，一百多刀一瓶。

"我还是变相地帮他存钱吧！"我心想。

回家后，我看到艾玛和Steven挤在厨房里，空气中有戚风蛋糕的香气。

"萌萌回来了，"艾玛将蛋糕从烤箱里取出，"真有口福，赶上蛋糕新鲜出炉，等我泡好茶，我们三人围炉夜话。"

说要"围炉夜话"，其实大部分都是艾玛在"自说自话"。

"听说渔人码头的海鲜很好吃，哪天也去尝尝。"

"萌萌，衣服烘干后记得取出。"

"附近开了家俄罗斯礼品店，橱窗内有半人高的套娃，看着很新奇。我不买大的，就买小的，六个一组的那种。"

"萌萌，冰箱里的东西别乱放，妳的是最下面一层，小心我把妳的优格给吃了。"………

直到她提起父母要她这周末回家，顺便带上人，我和Steven还一脸懵懂，不知她指的是谁？

"当然是你呀！傻瓜。"艾玛笑对男人，"父母想见未来的女婿，天经地义。"

我赶忙敲边鼓，提醒Steven第一次上门得给岳父岳母留下好印象，艾爸爸喜欢喝两杯，买瓶中国酒合适；艾妈妈喜欢编织，中国城的手工店有卖来自新疆的羊绒线……

"呵呵呵！萌萌嘴巴真甜，连我爸妈都被收服了，不过这次我不能邀妳一同前往，怕他们误会妳和Steven 才是一对。"

我沉下脸来，问她什么意思？

" 意思是妳比我讨人喜欢，"她转向那个沉默是金的男人，"对不对？ Steven."

看Steven一副困窘的样子，我出手相救。

" 妳真爱说笑，哪有把自己的男友往外推的道理？ 我是不讨人厌，那是因为懂得先来后到的道理，我相信Steven先生也有此共识才是。"我站起身来，" 上班挺累人的，你们也早点儿休息。"

躺在床上我钻起牛角尖来，艾玛是什么意思？ 她在暗示什么？ 这屋子我还能继续住下去吗？……

本来今晚想当着艾玛的面归还那58，○○○美元，以示心中坦然，现在更不能提了，搞不好她还以为我和Steven 私下做了什么不可告人的交易，那就跳进黄河也洗不清了。

正在胡思乱想之际，手机忽然传来短信：" 台湾客人又送我乌鱼子了，明晚妳过来消灭它，可好？ "

我回覆好，外加一个笑脸。

Steven碰不得，逼得我只能向李奥靠拢，还好他单身，否则我就成了女性公敌……

" 叮咚 ！"此 时 手 机 又 传 来 短 信，Monica 要 我 明 天 下午过去兼职。

" 只能做到六点，因为有人请我吃卵巢。"发完短信，我笑得像个疯子似的。

第十八章／人形娃娃

嘴巴吃着乌鱼子芥末奶油意面，我问李奥这个台湾客人是不是巨有钱？再不然就是乌鱼子进口商，否则无法解释为何二度送他昂贵的水产品。

"钱可能有一些，但肯定不是进口商，"他喝了一口配海鲜的白葡萄酒，"实话告诉妳，这次的乌鱼子是我花钱买的，不是送的。"

"为什么？"

"因为过去几年我总是勒紧裤带过日子，现在不需要了，总算可以对自己好点儿，想吃啥就吃啥，妳反正也爱吃。"

呃……这算放纵还是解脱？我决定好好开导他。

"听着，以后你会遇到一个看对眼的人，倘若她的父母也嫌贫爱富，你怎么办？难道又重新做……"我赶紧咬住舌头。

李奥冷哼一声，表示从现在起将只谈恋爱不结婚，被别人放在台面上品头论足的滋味他受够了，何况婚姻这玩意儿……

说着说着，他竟然成了愤青。

"需不需要我给你一个扩音喇叭好昭告天下？"我问。

"不需要。"他终于停止演说。

看他的神情转为落寞，像极原本欢快的小狗突然落了水。哎！我是怎么了？李奥好不容易才找到宣泄口，我有必要将它堵上吗？

"得！"我举起酒杯，"如你所说，婚姻是爱情的坟墓，让结婚的人通通死去！"

我先干为敬。

"喂！想不想和我谈恋爱？"

听他这么一说，我嘴巴内那些还没来得及下肚的酒水"噗嗤"一声向外喷去。

"对不起！"我赶忙四处找面纸。

李奥要我别管，先回答他的问话要紧。

这次我囫囵吞了两杯酒，再一口吃掉二十美元的乌鱼子，冷静几秒后才说："虽然我们已经越过男女之间最后的一道防线，但你还未从上一段感情中走出来，我不想当任何人的替代品。"

"哎！连妳也没看上我。"

我要他别曲解我的意思，他应该彻底和前任做个了断再开始新的恋情，这才是交朋友的正确态度。

"好！听妳的，这周末我就和前任做个了断。"

这周末？这周末艾玛不是要带Steven回家见父母？

我想提醒他改日，但李奥把酒当白开水喝,一杯又一杯，我把到嘴的话吞进肚里去,想着还是另找个良辰吉时再告诉他吧！

～

明天是公演前的最后一个休息日，逢戏服到，今天下午我们每个人都抽空拍了定妆照。

我以为女仆服会是仿中古欧洲的传统样式，没想到是改良型，围裙虽然依旧是白色加荷叶边，但黑色连身裙换成了粉色，长度也缩短至膝盖以上，白色网状丝袜让人浮想联翩，我感觉自己就像日本成人漫画里的女仆形象。

"Jesus, 妳这是要抓几个魂？台下的男观众估计都管不住自己的老二。"李奥说。

我一直不明白导演的思路，原来走的是"黑色幽默"路线，拐个弯又往"情色"路上奔去，还好关键时刻点到为止，否则我要以为自己演的是"黄色小电影"了。

拍照过后，李奥匆匆离去，这几天他总是这样，好像在进行什么计划似的。

与他不同，我不着急回家，因为害怕面对艾玛和……她的新男友，那感觉像是看到老鼠护着它的奶酪，两只眼睛贼溜贼溜地瞪着我瞧。

有家归不得，但民生问题总得解决，我不想再吃肉夹馍，任谁吃了第两百个"中国汉堡"后，即便是忠诚的中国胃也会举白旗。

一听说我在找美食，同事们纷纷给意见，我因此知道罗迪欧大道附近的小巷里新开了家韩式烤肉店，二话不说便赶过去，心想口袋里的钱应该还负担得起便宜的拌饭或冷面（讲实话，我是冲着餐前小菜去的，因为无论客人点什么都附赠小菜，这是韩国餐厅的特色）。

就在经过威尔希尔酒店（没错，就是电影《风月俏佳人》的拍摄地），正要弯进罗伯森大街时，我与那人不期而遇。

"去哪儿？"他像大树般挡住我的去路。

我答找地祭五脏庙，反问他怎么也在这里？

"我工作的地方就在附近，明天有个拍卖会，今天是预展的最后一天，我留到最后才走。"他解释，听起来像在向上级做报告。

我早听说过拍卖会，印象中那是超级有钱的人会去的地方，一般的升斗小民大概一辈子也不可能踏入。

Steven说此言差矣，拍卖行赚的是佣金，价高当然佣金也高，但市场不是每天都有梵高、徐悲鸿这样的大师作品在流通，所以价廉的小商品还是有可能参与拍卖。说白了，拍卖会并没有那么多的传奇色彩。

价廉？都说"瘦死的骆驼比马大"，我问所谓的"价廉"是多廉价？

"起码也得好几万刀，若比这个还低，那就只能试试其他小的拍卖行，反正我工作的地方是不收的。"

呵呵！果然很廉价。

"怎么，有兴趣瞧一瞧吗？就现在。"他问。

"Are you kidding? 我哪有钱参与竞拍？"

"看看也好，这次的拍卖品中有王羲之的'草书平安帖'。"

听到竟然能亲眼目睹"国宝级"的文物，哪有错过的道理？

"好呀！王羲之老人来一趟美国多不容易，我这就过去打声招呼。"我答。

我们进入拍卖行时，保安正要启动保全系统。我听见Steven向他们介绍我是VIP客户，要做最后的确认。

待保安离开后，我抱怨："你不应该这么说，我看起来根本不像有钱人。"

"妳以为有钱人长什么样？还不是两只眼睛一个嘴巴。妳除了年纪轻点外，没什么大问题，何况很多大老板都是委托竞拍，自己不出面。"

知道自己没被人一眼看穿，我放松心情，也有闲情逸致浏览拍卖品，它们大多是字画瓷器，也有玉器珠宝、衣服及玩具。

Steven 走向角落的人台，指着上面的华服："这三件礼服都是黛安娜王妃穿过的，出自英国服装设计师Catherine Walker之手，预估可拍出6～8万美元。"

"呵呵！果然名人穿过的就是不一样，价钱能往上翻两翻。"我说。

衣服也就罢了，毕竟是黛安娜王妃穿过的，拿出来拍卖总有迷哥迷妹买单，但玩具屋是怎么回事？有人会花高价买玩具吗？

Steven要我别小看这个不起眼的玩具屋，"埃尔金楼"已经有两百多年的历史，是弗朗西斯·帕尔格雷夫爵士为孩子们制作的，特别之处在于两侧有把手设计，方便携带（没错，当时上流社会为了让乘马车的孩子不感无聊，往往会带上玩具出行）。

"真是大开眼界！对了，平安帖呢？"我想起"国宝"。

Steven 歉然地表示我们来晚一步，帖子已经被锁进保险箱里了。

"好失望呀！没能一睹王羲之的真迹。"

"噢！不，王羲之的真迹早就不存于世，现留世的有称宋摹或唐摹，专家更倾向唐摹。"

什么？！原来是仿品，那还有什么收藏价值可言？

Steven 说即便是高古摹本也得到过历代皇帝的赞赏，堪称顶级藏品。

啊！真是隔行如隔山，仿品也能做出高规格，甚至被供奉为精品，也没那个谁了。

此时 Steven 驻足在一个玻璃柜前，很投入的样子，让我感到好奇。

"你在看什么？"

"日本人形娃娃。"他答。

人形娃娃顾名思义是根据真人所做的娃娃。每当日本女孩节到来，有女孩的家里都会摆上人形娃娃为她祈福，这是从平安时期就流传下来的习俗。

我走过去一瞧，玻璃罩下是一对极为精致的玩偶，做工非常考究。

"不错，很美。"我品评。

"妳不觉得那个女娃娃很像中山美穗？"

中山美穗？谁是中山美穗？

他答日本影星，曾拍过电影《情书》，他看过后惊为天人。

"噢！原来是你的梦中情人呀！"我笑说。

"是的，"他的目光重新回到娃娃身上，"如果不是规定了拍卖师不能参与竞拍，我很想买下。"

"起拍价多少？"我问。

"20，000美元。"

我一直想着该如何把钱还给Steven？既然他要求老板娘三缄其口，可见不愿我知道后心里有疙瘩，但58，000美元毕竟不是个小数目，总得归还。

现在听Steven这么一说，我心中有了主意。

第十九章/拍卖会

离开拍卖行，Steven问我是否回家？他今天骑哈雷，能顺路载我一程。

我曾看过重型机车呼啸而过的身影，那声音之大震耳欲聋，想不引人注目很难。

"不了，今天穿裙子不方便，何况待会儿我要去吃韩国烤肉，吃完才回家。"我答。

"那么吃完饭，妳要如何回家？"

我觉得好笑。昨天怎么回，今天就怎么回，我又不是小孩子………

Steven 听完双手叉腰，似乎在思考什么。

"你在想什么？"

"我在想我也好久没吃韩国烤肉了。"他答。

韩国烤肉以牛肉和五花肉为主，事先腌制过，略带甜味，吃时在手里摊开生菜叶或苏子叶，夹一块烤肉，放一些辣椒，抹一点儿酱料，最后收拢菜叶，裹成一团塞进嘴里。

这样的一餐人均在三、四十美元之谱，白领偶尔聚个餐也能负担得起，只是我还是太小看罗迪欧大道上"高级餐厅"的价位，同时也气同事的恶作剧，这哪是拿着最低时薪的人能上的餐厅？

"对不起，我不知道这么昂贵，要不，我们换别家？"合上烫金的菜单，我压低声音说。

"既来之则安之，和矢泽烧肉比，这里算便宜的了。"

"矢泽烧肉"是L.A.有名的日式烧肉店，吃的是贵死人的和牛，肉身有漂亮的大理石纹理。

老实说，我原本想在高级餐厅点便宜的拌饭或冷面吃，无奈Steven喊来服务员加热烤肉盘，害我只能跟着吃烤肉。还好他家的肉很出彩，对得起钞票，特别是雪花牛及猪五花，前者肥瘦相间、肉质嫩滑；后者焦脆，外皮裹着肥腴的汁水，蘸上店里秘制的酱料，再拌随豆芽葱丝，简直是人间美味。

"妳的同事没介绍错，这家的确好吃。"他说。

我尴尬地笑了笑，没吐槽。

"嘟……嘟嘟……"Steven 的手机响了，他接听。

"是……和同事聚餐，今晚不过去了……有男有女，吃韩国烤肉……明天拍卖会结束就去接妳……下午四、五点吧……Bye！"

不用猜也知道是艾玛的来电。

"你明天去见艾玛的父母？"

"是。"

"吃晚餐？"

"是。"

我特意避开他撒谎的部分（哪里来的同事？什么叫有男有女？），专挑安全的问题问。

他很配合，巧妙地转移话题，问我知不知道那个人形娃娃为什么如此昂贵？

"该不会曾经属于日本皇室所有？"

"这倒没有，价昂是因为它们来自后藤工艺世家。"他答。

日本的人形娃娃代表独一无二的梦想，它们陪伴主人成长，所以每个娃娃一定得力求完美才行，这是"后藤人形娃娃"第一代创始人的信念。

一个做工精致的"后藤人形娃娃"，背后往往是100多名工匠的倾心投入，用料也极为珍贵，木料选的是树龄超过300年的老木，缝线则来自京都最有名的西阵织线，无论材质还是做工都精确到一分一毫无误，堪称艺术精品。

"不过有部分妳说对了，明天拍卖的这一组娃娃虽然不属于皇室所有，却是为了纪念德仁亲王大婚所制作的，采素雅的平安时期皇室造型，服装上的花纹参照英国玫瑰品种，非常的浪漫。"Steven 附带一句。

我就知道这娃娃大有来头，否则不会在大型的拍卖市场上出现。

"明天的拍卖师是你吗？"我问。

"是的，上午一场，下午一场，早上的那一场只拍卖王羲之的'草书平安帖'。"

"还好，错过今晚一睹庐山真面目的机会，明天尚能弥补。"

"噢！不，'草书平安帖'的起拍价是一百万美元，竞买人得交20%的保证金才能入场。"

呵呵！我若有二十万美元就先从艾玛家搬出，"寄人篱下"的感觉并不好受。

"真可惜，明天是公演前最后一个休息日，我本来想借此观摩一下拍卖会……"

"那么下午来吧！保证金只需缴纳5000刀，没有成交的话，全数退还。"他说。

尽管我一再说不，STEVEN 还是坚持送我一程，而且保证骑得慢慢的，不让我的裙子飞扬。

到了家门口，他没多做停留，道别后急驶而去，气管排气声之大好似有坦克压境。我忍不住抬头望向那个熟悉的窗口，昏黄的灯光代表艾玛还未入睡。

"回来了。"我一进门，房东喊了一句，又低头看杂志。

"嗯。"我趿上拖鞋。

她问我吃过了没？如果没有，桌上有面疙瘩，今天煮多了……

"不用了，今晚我吃韩国烤肉。"我答。

"妳也吃韩国烤肉？"艾玛抬起头来直视我。

也？我一惊，Steven不是在电话中说他正在吃韩国烤肉吗？

"那个……和同事聚餐，有男有女……"我猛然住嘴，搞什么？越描越黑。

"萌萌，妳……"

"Hello………Yes, that's right. I will be there …………"慌乱中我掏出手机，佯装有来电，顺理成章地躲进房里。

下午的拍卖会从一点开始，缴完5000美元的保证金后，我得到一个号码牌（1331）。

工作人员提醒我这场的加价规则是两千刀，也就是举一次牌加价两千美元，当然也可直接喊一个高价，避开层层累进。

呵呵！我肯定是慢慢爬，若不是有加价规则在，我宁愿一次加一百。

门开后，竞买人依次入场，从闲言碎语中我得知早上的王羲之"草书平安帖"拍出了天价，加上给拍卖行的佣金，买受人一共得付五千多万美元，相当于三亿多元人民币，这大概是有史以来最贵的仿品吧？！

Steven上台后，稍做拍卖流程的介绍，很快便开始第一件商品的拍卖，那是民国时期的单色釉老陶瓷蓝釉圆笔洗，起拍价两万五千美元。

我看了一眼工作人员给的顺序表，"后滕人形娃娃"排在第19号，起拍价两万美元。

"希望最后的成交价低于五万，因为还得付佣金。"我心想。

今天的Steven穿着阿玛尼双排扣灰色西装，头发梳得一丝不苟，语速跟着现场的节奏，时快时慢，能Hold住全场。

" Going once……going twice……going three times, gone."他将槌子高高举起，轻轻落下，意味着帝陀古董表成功卖出，由一个看起来油腻的中年大叔竞得。

" Next one, number 19……"

来了，来了，下一个便是人形娃娃。我握紧拳头，蓄势待发……

第二十章/分手仪式

起拍价从两万美元开始，陆续有竞买人举牌。

" Twenty-two thousand dollars.........Twenty-four.........Twenty-six......forty......"

喊价到四万美元时停了下来，拍卖师Steven 环顾四周，喊了声："Forty thousand dollars going once."

我怯生生地举起自己的1331牌子，Steven 看见我，怔了一秒钟，很快稳住情绪。

"Forty-two thousand dollars."他宣布四万两千美元。

此时前排有人举牌，Steven 高喊四万四千美元，我只好又加价。

双方你来我往，很快便炒到我的上限。

" One hundred thousand dollars."那个女人喊出十万美元的数字，大概厌倦与我竞争，想一次性将我甩出好几条街外。

我咬咬牙，举起1331，这次全场哗然，像在看即将上演的好戏。

Steven 望向前排，那个头顶酒红色梨花头的女子随即转过头来看我，我认出她是Monica的"供货商"Elsa，住在大到不能一眼看到尽头的比佛利山庄豪宅内。

我心中暗自叫苦，这叫"鸡蛋碰石头"，我怎么可能拼得过人家？还是早早偃兵息甲要紧。

神奇的是，当Elsa 将目光从我身上移开后，一切都变得不一样了。

" One hundred and two thousand dollars going once.........One hundred and two thousand dollars going twice.........One hundred and two thousand dollars going three times, Gone."

听到落槌声，我心想完了，哪来的钱？

工作人员随后告诉我，加上佣金，我总共得支出107,100 美元，14个工作日內到账。还有，支付完所有的款项后，一个月內得提取拍卖标的，否则按日收取保管费用。

我意兴阑珊地走出拍卖会场，完全没有竞拍成功的喜悦。

"什么时候Monica 也对人形娃娃感兴趣？"Elsa赶上我，问了一句。

"不关Monica的事，是我买下的。"我弱弱地答。

"行哪！小助理也买得起有钱人的玩具，看来妳不是一般的助理。"

是呀！我的确不是一般的助理，现在的我已经是不折不扣的"负翁"了。

"Elsa,"Steven 介入我们的谈话，"谢谢妳大老远跑来。"

"哪里，许久没参加拍卖会了，老实说，你们的货每下愈况。"

Steven 答如果她上午来就不那么说了，王羲之的"草书平安帖"拍出了高价。

"我上午能来吗？"她睨了他一眼，"Sabina有芭蕾舞课，非得我亲自接送不可。"

"看来妳需要一个好保姆。"

"谁说不是？已经前前后后换了好几个，小公主的脾气不好，现在这一个大概也做不长。"

从谈话中不难看出他俩私下有交情，还有，Elsa有个脾气乖张的女儿。

"走了，有空来家里坐坐。"

贵妇人走后，Steven 望着我，等我做出解释。

"如果……如果拍下后无法及时付款会怎样？"我小心地问。

"首先会面对来自拍卖行的催缴压力，接着便会收到律师函，若仍不支付就走法律程序进行诉讼，保证金当然是不退的。"

听完简直让人生无可恋。

"我不知道妳也喜欢人形娃娃，而且……手头宽裕。"他说。

我把头摇得像波浪鼓："不，我不喜欢娃娃，我也没钱，拍下它纯粹是为了你。你代还了戒指钱，我无以回报，就想用另一种形式归还，没想到……我是不是被下降头了？"我可怜兮兮地问。

"妳………哎！"他的反应无疑宣告我的智商为零。

"我知道了，我会尽快凑钱，不给你添麻烦。"

"妳要怎么凑？"

好问题，也许去买张强力球彩票，听说奖金池已经累积5.32亿美元了。

~

离开拍卖行后，我真的掏出四美元买了两组机选号码。

"我能不能翻身就靠你们了。"我竟对着彩票说话。

强力球（power ball）是美国最受欢迎的博彩彩票之一，每张彩票2美元，从59个白球中选出5个，再从35个红球中选出1个，若6个号码全中即可夺得头奖，中奖概率为1/1.75亿，每周三和周六开奖。

我揣着几亿美元的希望回家，没想到艾玛还没出门。

"我以为妳今晚回父母家吃饭。"我说。

"心情不好，改期了。"

本来想问为什么心情不好，但看她一脸愁容，我把到口的话吞下肚。

"大概今天的黄历不对吉时，我的心情也不好。"我喃喃道。

"萌萌，能谈谈吗？"她问。

虽然我也有一堆烦心事，但有人向我发出求救信号，我不能坐视不管。

"好，妳说我听。"

这一说就是半个小时，她把自己和李奥的感情路巨细靡遗地给交待了。

"看来妳还是放不下他，那又何必分呢？"

"父母只有我一个孩子，除了这件事外，我几乎没让他们失望过，加上李奥把钱赌光又……又做了不光彩的事，不管当初的用意为何，我认为有重新审视这个人的必要。"

"既然如此，那就分呗！有什么好纠结的？"

艾玛答今天下午李奥来找她，邀请她参加下个月二十号在眉州东坡酒楼举办的婚宴……

"他要结婚了？"我瞪大双眼，"怎么这么突然？新娘子妳认识吗？"

"我不认识，但妳认识，听说演的也是女仆。"

我的心喀噔了一下，话剧中的女仆角色只有我一人，什么时候我要结婚了还有劳别人告诉我？

见我不吱声，艾玛问我那女孩是怎样的人？怎么要结婚了也没发喜帖给剧组人员？

"她……她……很古怪，平常不喜欢交际，也……也许就是个小型婚宴，请双方至亲吃个饭就算定了。"说得我口干舌燥、冷汗直流。

"李奥也说女方想低调，只请了两桌。"

"哈！那不正好？李奥要结婚了，妳也有了新男友，岂不皆大欢喜？"

"妳不懂，李奥说分手有个仪式，经过那场仪式后，我们的感觉又回来了。我……我不想看他挽着别人的手走进婚姻殿堂，妳说我是不是太贪心了？"

仪式？什么仪式？

看艾玛羞红了脸，我心中了然了，问Steven怎么办？

"这就是我烦恼的地方，我也不想放弃他。"她答。

第二十一章 / COSPLAY?

果然坏运一来，挡都挡不住。强力球彩票星期三夜里开奖，六个号码竟无一个中，神不神奇？意不意外？如果全不中也有钱拿，那该有多好？

~

这一天排练完毕，导演要大家聚集起来听他讲话。

等我们像精子游向子宫似地将他团团包围住，他开始长篇大论，不外两天后的星期六是第一次公演，大家得严阵以待，拿出最好的状态示人，千万别犯低级错误，因为剧评人和城中有影响力的大佬们都会来观看，这是鲤鱼跃龙门的最好时机……

我们的排练中心在好莱坞，但演出地点却在洛杉矶市中心的艾曼森话剧院。这所剧院曾推出过许多知名的百老汇音乐剧，如《音乐之声》、《人质》、《国王与我》等。

冗长的谈话结束前，导演不忘为我们打鸡血，要我们向全球连续上演时间最长的剧目努力！

你知道戏剧史上演出最久的舞台剧是什么吗？答案是推理女王阿加莎·克里斯蒂的名著《捕鼠器》。

想当年，为了庆祝英女王伊丽莎白二世的奶奶过八十大寿，这部阿婆级神剧已经连续演出超过半个世纪，早已成为历史的一部分。光头男要我们向全球连续上演时间最长的剧目努力，这无非是种激励罢了，我很难想像六十几年后的我还站在舞台上扮演风骚又略带神经质的女仆，那简直是种灾难。

打完鸡血，我以为可以回家休养生息，没想到手里被导演助理硬塞一沓的硬纸片。我低头一瞧，原来是入场券，怕有二、三十张。

"呵呵！竟有这等好事，每个演员都能得到免费票。"我笑出声来。

李奥问我是不是犯傻？要不就是脑子开小差，刚刚导演已经明白表示首场的售票情况不佳，今、明两晚，每个剧组人员都得上街兜售。

"妈的，我是演员，不是销售。"

"这句话麻烦妳去跟导演说，他还未走远。"李奥无情地打击我。

～

好莱坞的星光大道有超过2500枚用五尖水磨石及黄铜做的"星星"，它们全被镶嵌在人行道上，具体分布在好莱坞大道的15个街区和藤街的3个街区，是对娱乐产业界的杰出人士所做的致敬。

此时的我正脚踩着李小龙的星星向过往行人推销话剧门票。

"这个剧讲中国话吗？"好不容易我逮住一个中国来的观光客，他问。

"不是，"我感到灰心，"不过听不懂没关系，就当看默剧。"

这位中国大叔转问我票价多少？我答好一点儿的位置120刀，差一点儿的只要30刀。

"30刀？咸湿电影有一场啰！"他大笑而去。

我怏怏不乐，像被人甩了两耳光。

"妳卖了几张？"李奥走上前来。

他被分配到紧邻中国剧院和柯达剧场的杜莎夫人蜡像馆，离我站着的地方，少说也有20分钟的步行距离。

"少来抢我的地盘，我一张都没卖掉。"我没好气地答。

"这么悽惨？"他把我手中的票拿走一半，"我帮妳卖。"

我要他别泥菩萨过江还拉我一把，咱们各扫门前雪吧！

"才一个小时我就卖掉一半的票，总得留几张明天卖，否则导演会让我别演戏，专心卖票得了。"他扬扬眉梢，算是对我的疑虑做出解释。

艾玛曾告诉我经过"分手仪式"后，她的感觉又回来了。其实不只她，我觉得李奥也变得不一样了，整天处于亢奋状态。

看他堆起笑脸向过往行人推销，我也强打起精神来，毕竟票卖不出去等于宣告自己的演艺生涯短命，这是我最不愿看到的事。

~

我拖着疲惫的身躯回家。

"今天晚了。"艾玛抬头看了一眼时钟说。

"是的，被抓去卖票，站三个小时才卖掉一张，可悲啊！"我倒向沙发。

我的房东问我话剧何时开演？演的什么？

"这周六晚八点首演，演的是白莲花大战潘金莲。"

艾玛听了呵呵笑，她说这剧一定很有看头，给她来四张票。

"真的？"我大喜过望，"要便宜的还是VIP？"

"当然坐前排，我想看看李奥的新娘子长什么样。"她答。

明天就要公演了，我们这帮演员应该早早上床养精蓄锐才是，偏偏还夹杂在熙熙攘攘的人流中，我感觉自己就像"卖火柴的小女孩"一样可怜。

" Do you want to buy some matches ? Madam."说时迟那时快，一个小女孩轻轻拉我的衣角，问我要不要买火柴？

她身穿一件做旧的连衣裙，赤脚，手上挽着一个竹篮子，里面躺着几个零星的火柴盒。

第一个念头闪过脑海的是—这绝对是个整人节目，隐藏式摄影机就躲在某个角落对准我，看我面对突发状况会做何反应。

于是我蹲下身，柔声地问她几岁了？父母呢？

她答五岁，父母双亡，只能卖火柴养活自己……

他奶奶的，剧能编得真实点儿吗？这年头谁还用火柴点火？

" Poor girl, I will look after you forever. You can live with me."我说，大意是她可以搬过来和我一起住，我会永远照顾她。

" Really?"她惊叫出声，" Promise."

我遂伸出食指和中指起誓。

想想"始作俑者"此时也该现身了吧？我正好可以借此机会面对镜头，替即将上演的话剧打打广告，没想到……

" Sabina ~ "一个司机模样的人冲了过来。

女孩见状，拔腿就跑，我下意识拉住老男人，他气急败坏地表示那女孩是老板的女儿，不抓住她，他会有麻烦。

这是怎么回事？

我左顾右盼，想找出摄像头，就这么一蹉跎，被老男人挣脱了，他追随小女孩而去……

"怎么了？"李奥走过来，眼光从那对老少的身影移开，转落在我身上。

"我也不清楚，大概是玩Cosplay吧？！"我答。

第二十二章 / SABINA

他将我拦腰一抱，再奉上温润炽热的唇，我配合他的动作，双手绕上他的脖子，化被动为主动，然而他的吻像蜻蜓点水，匆匆掠过。

咦！狂风暴雨似的激吻哪里去了？

我原地愣了几秒钟，赶紧将剧情节奏快转，斥问他为何突然热情爆棚？

" Forgive me for needing you in my life;Forgive me for enjoying the beauty of your body and soul;Forgive me for wanting to be with you when I grow old."拳击手答。

我欲迎还拒，此时灯光渐渐暗了下来，我和拳击手陆续下台。当灯光再度亮起时，台上只留庄园黑奴做内心独白。

～

"喂！你今天吃大蒜还是我有口臭？那样冷漠的吻如何表现热情爆棚？害我台词都念不下去，简直打脸！"

相较于我的怒气冲天，李奥倒很平静，他说那一段本来就是多余的，交待过去就行，让观众自行意淫……

亏他说得出口！

我不再发言，泡了杯咖啡到角落平复心情。

其实李奥的表现不难理解，因为台下正坐着他心爱的女人（哎！都怪我大嘴巴，本来他不知道艾玛今晚会来看首场演出）。

然而一码归一码，当调情圣手突然变成循规蹈矩的老实人时，导演的愤怒自不在话下。果然这幕还未结束，光头男就冲进后台骂人，而且下了杀手铜，如果下一幕李奥再这么不温不火下去，明天就不用上台了……

"I'm sorry. No more. I promise."他低头认错。

导演瞪了他一眼后，回到观众席上。

看此情景，我不得不晓以大义，撇开演员的职责不说，我相信艾玛会希望看到台上的他发光，而不是绊手绊脚的演技。

李奥想了想，同意我说得对，他会把感觉找回来，不让大家失望。

果然接下来的演出顺利多了，他把流里流气的渣男形象刻画得入木三分，我们终于又见到导演欣慰的笑容。

～

首场演出不过不失，闭幕后，导演和男女主角被留下来接受各路媒体的采访。

我换下戏服，卸好妆，匆匆离去，走之前没看到李奥。

回家后，里面静悄悄，我当艾玛吃宵夜去了，果然……

"萌萌，我们现在在颐丰园吃夜宵，妳别睡，给妳带了红油抄手及锅贴。"

“不用了，我现在正处减肥期，胖了上台不好看。”

“呵呵！我还以为胖了穿新娘服不好看。Anyway, 吃剩若不打包，难道留着喂狗？妳可不许睡，睡了也把妳叫醒。”

挂上电话，我仿佛吃了一嘴的烂苹果，卡在喉咙里不上不下，难受死了！

艾玛买了四张票，叫上父母及Steven一同捧场，这我老早就知道，看完话剧吃宵夜也在情理之中。换言之，这一天我与她完全没交集，连话都说不上，搞不懂哪里得罪她，冷嘲热讽地，什么意思嘛！

等等，新娘服？什么新娘服来着？

我的脑筋快速运转起来，哎呀！李奥的"激将法"把"女仆"推出去当靶心，而今晚整出剧的女仆只有我一人，艾玛肯定对号入座，误会我就是那个即将与李奥"秘密结婚"的女人，这下子可怎么办？

我一通电话打给李奥，要他马上给我解决！

“妳是说艾玛真的吃醋了？”他问。

“可不是？好大一坛陈年老醋！”

他在电话那头嘿嘿嘿地笑。

“你倒是说话呀！”

“在艾玛回心转意之前，我只能对不起妳了。”

什么？！哪有这种无赖？岂有此理！

我还想发飙，他已先一步挂机，害我气得直跳脚。

面对即将到来的风暴，我决定躲进被窝里避难。奇怪的是，艾玛回来后倒没如同她所说的将我从床上挖起，反而很快进入房间，连动作都是轻柔的。

～

没想到剧评那么快就出来，大概写手都是夜猫子，半夜赶工赶出来的。

我以为那必是惨不忍睹的评论，会让接下来的票房雪上加霜，没料到除了一、两篇持中立态度的报导外，大部分都是一边倒地赞扬，譬如：从作品中看到导演为社会生活、影视艺术及广大观众提供了一条新的思考方向；剧本有"悬念大师"希区考克及"黑色幽默作家"库尔特的影子；灯光运用得宜，呈现一种鬼马的气息；演员的表现可圈可点，发挥了戏剧的张力；整出剧算是最近舞台剧中比较出彩的，后期可待……等等。

"导演该不会请水军了吧？"我的中国式思维开始发酵，但很快被打消，因为连专业剧评人Mike Williams也发声表扬，我才知道自己跟对老大、压对宝了。

～

下午一点，当我走进后台，发现每个人都在笑，我问是否有好消息？

"白莲花"告诉我接下来一个星期的票都售罄了。

Well, 这真是个好消息，至少我们不用在大街上鞠躬哈腰地售票了。

～

周末一天有两场，分别是下午三点到五点及夜里八点到十点。夹着戏剧好评的威力，所有演员都卯足了力，甚至比昨天的表演更胜一筹，然而……

当我拿着左轮手枪冲进房间，想一枪击毙正在床上巫山云雨的狗男女时，一个童稚的声音响起。

"I know her. She promised me to look after me forever." 一个前排的

小女孩站起来，手指着我说认识我，还说我曾发誓要永远照顾她。

" Plato.........Plato is dear to me, but ......but dearer still is truth."面对突发状况，我把亚里士多德的名句说得坑坑巴巴的。

还好灯光暗下，帷幕拉起，剧终。

当再度听到如雷掌声，帷幕拉开，我们一众演员一字排开地向观众挥手致意，也只有在这时候才能感觉到身为演员的荣耀，同时拭去收入低微所带来的屈辱感。

" Hi， do you remember me?"刚下完阶梯，一个女孩冲了上来，问我是否还记得她？

眼前的这个小女孩身穿质量很好的亮红色连衣裙，外罩有小鸟图案的真丝印花小背心，披肩的长发上系着粉红色发带，十足的小公主装扮。

" Are you ...."

" Do you want to buy some matches ? Madam."她给了提示。

我想起来了，她就是那个"卖火柴的小女孩"。怎么她会在这里？而且翻身一变成了上流社会小名媛的模样。

" Sabina，告诉妳别乱跑，怎么又不听话？"一个女人适时出现，并且与我四目相望，"我道是谁呢？原来是小......助理。"

她特别加强"小"字，让我很受挫。

" 没错，我就是小助理，没想到又见面了，希望你们喜欢这个剧。"

我正要走，叫Sabina的女孩突然挡住我去路：" You were lying. You said you will look after me forever."

呃! 这叫我从何说起？当时我以为是整人节目，随口胡诌的，严格来说不算说谎，我也无庸兑现诺言......

然而小女孩听不进去，就地撒泼，让人好生尴尬。

"小助理，借一步说话。"

我被Elsa叫到一旁，她要我先答应下来，后续由她处理。

"答应什么？"我问。

"答应……妳不是答应永远照顾她？就这么答覆。"

"可是万一……"

Elsa说不会有万一，他们一家三口就要到法国度假，等一回来，小公主早把我丢到九霄云外。

既然母亲都这么说了，我乐得做顺水人情，于是走向Sabina，重申照顾她的心意没变。

"那么妳什么时候搬过来？"这次小女孩索性说起普通话。

我看了一眼Elsa, 她对我点个头。

"妳从法国度假回来后，我就搬过去和妳一起住。"我答。

她仍不放心，又要我发誓。

"I promise."我伸出食指和中指起誓，老实说，心里很忐忑。

"耶！"Sabina终于露出笑脸。

"那么两个礼拜后见。"Elsa说，然后拉起女儿离去。

我待在原地苦不堪言，原来说谎的滋味并不好受。

"对不起，Sabina."我对着那个小小身躯表达无声的歉意。

第二十三章/小虎牙

艾玛对我不冷不热，纵使我有"千言万语"，也不知从何说起，只好给她冷默脸。

经过周末的暖身，我倒没有"星期一综合症"（指在星期一上班时，出现疲倦、头晕、注意力不集中等症状），反而很期待今晚的演出，然而自从两分钟前收到拍卖行发来的短信通知，一切都变了，我的发病症状开始出现，不想工作，只想当一只躲进壳里的龟……

"嘟……嘟嘟……"

这又是哪个讨债鬼打来的？我捂住双耳，决定来个耳不听为净，但它却很有毅力，一声接着一声。

"该不会是导演打来的？"我忽然想起，赶紧爬起来接听。

"是我，代表拍卖行给妳打电话。"

听到拍卖师Steven的声音，我顿时泄了气。

"我会筹钱的，能不能让人喘口气？拜托了。"我几乎是哀求着。

与想象不同，Steven 不是来催款的，他告诉我拍下的人形娃娃有瑕疵，请我务必过去察看。

我的妈呀！107，100美元的娃娃还给我出状况，到底让不让人活？

"我这就过去。"我下床找凉拖。

"就是这里，看到没？"Steven指着玻璃柜里的精致娃娃，"女娃娃的发带上有个线头跑出来。"

我凑脸上去，都快贴紧玻璃面才总算看到一个短到不足一毫米的黄色线头。

"是有，但……这不正常吗？"

Steven答对于自我要求严苛的工艺匠人来说，这是不可饶恕的错误。

"噢！那怎么办？"我随口一问。

"妳可以退货，拿回保证金。"

什么？！这么容易就让我全身而退，我问他说的可是真的？

当听到"Yes"的答案时，我像飞出铁笼子的鸟，欣喜若狂。

"太好了，你中午想吃什么？我请客。"连我都能感觉到自己的声音像浸过蜜似的。

"这么高兴？嗯……就吃妳一顿。"他上下打量我一番，"还好妳今天没穿裙子。"

为了吃烧饼油条，Steven 不惜花两个钟头从比佛利山庄骑到尔湾，当我从哈雷机车上跨步下来时，脚都伸不直。

"不碍事的，坐久了就习惯。"他对我说。

尔湾是美国加利福尼亚州橘郡的一个城市，气候宜人、治安好加上学区优良，吸引了很多华人在此居住。有华人的地方就离不开吃，中国餐馆随处可见。

我们点了豆浆、豆花、萝卜丝饼、凉面、酱牛肉烧饼及馒头夹蛋，随便吃吃竟也花掉40多刀，就当把美金当人民币使吧！

"妳演得不错，就是不够风骚，没办法，女人的骚味与生俱来，不过看得出来妳很努力。"Steven吃饭之余不忘对我的演技下评论。

哎！其实我的角色本来是个打酱油的，但导演导着导着就加戏了，而且天马行空。我猜一开始他根本没想好故事要往哪个方向走，边拍边改写剧本，活活地把个"路人甲"拍成女二，也没那个谁了。

"呵呵！可不是每个人都有这等好运气，妳该去买彩票。"

"已经买了，六个号码无一个中。"我唉声叹气。

"有人算过，一个号码都不中的机率约为25%。恭喜！这么低的机率都被妳碰上，了得。"

我要他少气我了。

说到运气，今天的确是我的"幸运日"，如果不是他火眼金睛看出瑕疵，我恐怕得到青楼卖身才能还上那笔巨款，说到底，他是我的贵人。

"快别这么说，认识妳是我的福气，我有第六感，妳会是将来的中山美穗。"

这是我第二次听到"中山美穗"的大名，上一次他提是因为人形娃娃长得像中山小姐。

"如果你说我是未来的Angelina Jolie或Molly Alba，我会很高兴，偏偏你提一个小日本，谁知道她是谁？"

“我知道她是谁就好，在我心目中，她永远是《情书》里痴情的博子。”

为了印证自己是头号粉丝，他给我看他的手机墙纸，那是一位有知性美的女子。

“《情书》里的她短发，如果妳把头发剪了，会更像她。”Steven补上一句。

有没有搞错？我为什么要像一个八竿子打不着的人？

“我叫卫萌萌，中国人，这辈子还未踏上日本国土，你若想做日本梦，别找我，我一句日语也不会说。”我沉下脸来。

“对不起，交浅言深了，”他将手机放回口袋，“吃饱了吗？吃饱了我载妳回去，不会耽误妳今晚的演出。”

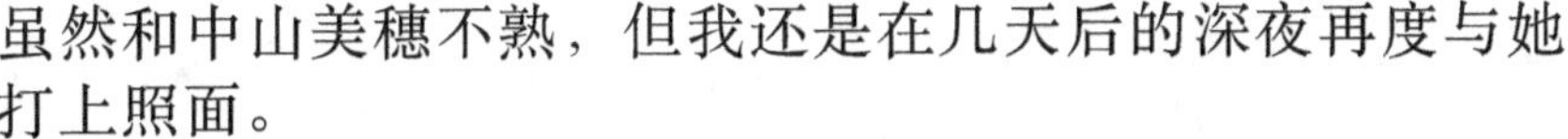

虽然和中山美穗不熟，但我还是在几天后的深夜再度与她打上照面。

“妳在看什么？”我问。

下班回家已近夜里11点，艾玛还在客厅。

“《情书》，日本电影。”她答。

电视屏幕中出现一个短发女人，她身穿褐白格子衫，正骑着单车，一转头，那叫个“惊鸿一瞥”。

“她就是中山美穗。”我坐了下来。

“妳也知道？”她看了我一眼，“Steven买了一对日本娃娃，他说因为女娃娃长得像演员中山美穗。我一好奇，跟个日本友人借录相带看，没什么特别的嘛！长得非常普通。”

我的心喀噔了一下。

“妳说……Steven买了……娃娃？”

"是的，今天我上他家吃饭看到的，就摆在一个玻璃柜里，娃娃的衣服上有玫瑰刺绣，看起来很精致。"

原来Steven 对我撒了个弥天大谎。

"妳觉得我长得像中山美穗吗？"我问艾玛。

她细细打量我，又对照一下电影里的女人。

"不是很像，不过小虎牙倒是如出一辙。"

原来这才是主因。

"明天我就把小虎牙给拔了。"我说，然后气冲冲地回房。

第二十四章/白色谎言

考虑到观众的作息，逢工作日，剧场每天只安排一场演出（晚八点到十点）。这倒不错，整个白天都是我的，所以当Monica问我愿不愿意到她那儿打全职工时（当然排除周末），我一口答应下来。

所谓"人无远虑，必有近忧"，为了不寅吃卯粮，我不得不事先囤好大米，尤其打从搬进艾玛家，除了第一个礼拜曾付过300刀后，一直没付房费，日积月累的结果，我已欠下五、六千美元，哪天房东若问起，我拿什么付？

"萌萌，妳是不是特别喜欢吃曲奇？"这一天老板娘突然问我，她正给寄卖于此的LV包写下售价的小标签。

"曲奇？没有呀！我对零食不感冒。"我答。

"怎么'灯泡'说剧团的曲奇都被妳包办了？"

Monica和导演的恋情正火速蔓延起来，她叫他"Bulb"(灯泡，因为大光头）；他则唤她"Sweet Bun"(甜馅小圆包，因为丰满的身材）。

"哎呀！还不是因为这边六点下班，那边八点就得上台，又要化妆及换衣，哪有时间吃饭？剧团若提供炒饭、炒面当点心，谁还吃曲奇？"

"难怪妳瘦了，这样吧！我让妳提早两小时下班，薪水照付。"

这是什么状况？Monica 竟成了大慈善家了？

老板娘要我别替她戴高帽，这完全是"灯泡"的主意，因为我经常缺席上台前的暖身排练，导演已经无法服众，为了留住我，所以……

原来光头男才是那个大善人。

"得，为了报答导演的'知遇之恩'，我决定跟定老大，只要他不嫌弃。"我说。

"喂！妳可别跟定他，他是我的。"Monica如临大敌，"对了，那笔58,000美元的款妳还了没？"

我问她为何突然提起此事？

"我可不是什么乱七八糟的人，当时收下两笔58,000刀时，分别都留下手写收据，现在妳收回了一笔，理应交回其中一张收据，省得落人口实。"

Monica说的没错，钱的事还是得"清清楚楚、明明白白"。

"好，这周末把事给办了。"我答。

我跟Steven约了周日中午吃饭，他说朋友送他一只阿拉斯加帝王蟹，足足有八斤，就等我来好开膛剖肚。

因为是抱着"还钱"的目的前去，我有"底气"吃昂贵的食物，所以立即要他把地址发过来。

"叮咚！"短信很快来到。

当看到屏幕上面写着Beverly Hills，我才惊觉原来他住在比佛利山庄里。

"这是个富家子弟，难怪买得起107,100美元的娃娃！"我的疑问终于得到解答。

~

我没有车，加上对比佛利山庄的门牌号不熟悉，所以雇了辆出租车前往，当看到那扇"似曾相识"的欧式铁艺电动门，上面还有两只四脚兽的金色Logo时，大大吃了一惊，这不是Elsa的家吗？

" Do you have an appointment ?"门卫没认出我来，问我是否有约？

我报上Steven的大名，他很快启动大门让出租车进入。

" Are you somebody?"开车司机是个皮肤不太黑的非裔，此时他问我是不是重要人物？

我当然否认。

他接着说这座豪宅的主人肯定不一般，虽然比佛利山庄到处是大房子，但还没见过占地这么辽阔的，目测起码有三个足球场大。

有没有三个足球场大我不清楚，地大倒是不假，光地皮应该就值不少钱。

车子开过近万平米的生态园林后，停在一栋都铎风格的英式建筑前。

" 32 dollars."司机跟我要32美元。

老天！十几分钟的路程也要三十多，坑人呀！

我给了他三张十元及两张一元的纸钞，司机老大不高兴，问他的小费在哪里？

小费？坐出租车也得给小费？

那个老黑反问我是不是第一次来洛杉矶？在洛杉矶坐出租车向来给小费。

我半信半疑地给了他一枚上面印有华盛顿总统头像的金色硬币，他沉下脸来，连谢都没说就加速离去，大概还没遇见过这么小气的客人。

"扣、扣、"我轻敲用桧木做成的拱门。

开门的不是上回的小个子，但一样腰系白色荷叶边围裙。她微笑着说Steven正在餐厅等我，然后走在前面为我开路。

餐厅在一楼，经过有巨型巴卡拉枝形吊灯的客厅、再绕过令人瞠目结舌的室内高尔夫练习场以及三、四个紧闭的房门后，我看到Steven坐在一个复古型的大理石餐桌前，帝黄金材质的桌面上还带着自动转盘。

"妳来了。"他收起《Los Angeles Times》。

"我来过这里。"我冷冷地说。

他答Elsa很好客，却没对两人的关系做出解释，让我如鲠在喉。

"想不想看我煮帝王蟹？我的厨艺不错，在朋友间小有名气。"

我耸耸肩，答："客随主便，主人要我看，臣妾岂敢不从？"

他笑了笑，起身走向一墙之隔的厨房。妈呀！这厨房也太棒了，不仅有时新厨柜、钢化玻璃面炉灶、壁挂式抽油烟机、双门大冰箱、骨瓷餐具、擦得雪亮的大小锅子……等，还有一个大到可以打桌球的中岛，中岛上面放置一个中型泡沫箱。

"为了等妳，我不得不把螃蟹放进韦廷家的冷冻库里。"

"韦廷家？难道这里不是你家？"

"当然不是，"他又笑了，"Elsa和老公、孩子去法国度假，我借用他们的厨房而已。"

嘘～我松了一口气，虽然不确定自己在紧张什么。

Steven把泡沫箱打开，里面赫然有一只灰黑色的庞然大物，尺寸之大的确不是一般冰箱的冷冻室能容得下。

"帝王蟹要长这么大个儿可要好几年的功夫，它们是螃蟹中的异类，平时所见的螃蟹都是八条腿，帝王蟹却只有六条。再者，它们不仅可以'横行霸道'，还可以'纵行霸道'，素有'蟹中之王'的称号。"他介绍。

"哎！即使是海霸王，到了人类手里也只能成为盘中餐。"我感叹。

"你说的没错，人类的确是地球上其他生物的终结者。"

他边和我对话边动作麻利地将已解冻的帝王蟹斩成大小适中的块，再把小米椒切小段，葱、姜、蒜切片待用，万事皆备后开大火爆炒一下，一大盘色泽红润、鲜香味美的"姜葱帝王蟹"便上桌了。

"咱们不讲究，就用手抓着吃，要啤酒吗？"他问。

我答来点儿，结果他给了我一瓶最受美国人欢迎的啤酒王Bud Light，口味清淡爽口，配海鲜正好。

酒足饭饱后，他告诉我刚吃掉的蟹，市场价约五百美元。

其实早料到那么大一只蟹不可能便宜，但得知价格还是吓一跳。还他58，000美元已经是我的最大极限，再多就吐不出来了。

他要我别误会，请客他乐意，58，000美元也没催我还。

"欠债还钱本来就是天经地义的事，请给我银行账号，收到款后别忘了归还Monica的手写收据，只是……那个因一时脑热所拍下的巨资娃娃，一时半会儿我还给不了差价。"

“妳……妳怎么……”

“艾玛告诉我你买下那个有‘瑕疵’的娃娃，谢谢你的白色谎言及……善心。”

本来我挺生气他“欺骗”我，但再一想，难不成我要“全款”买下娃娃？他不仅把我的麻烦一肩扛起还顾及到我的颜面，到哪里找这么好的人？

“没事，最终我还是得到我想要的东西，这才是重点。”他说。

我问他一向都那么大方吗？

“不，我只对妳大方。”

“为……为什么？”我想起了中山美穗。

“因为……”

此时他的手机音乐响起，是艾玛的来电，她问电影快开演了，人呢？

挂上手机，Steven 问我看不看《饥饿游戏 2》？

“不了，我得赶着回去表演，下午三点有一场。”

“那么我载妳回去，电影院就在Santa Monica Blvd上，离艾曼森话剧院不远。”

本来想回答远多了，两地相距起码半小时车程，但一想到我是只身前来，时间又吃紧，乘坐公共交通工具回去肯定赶不上，倘若再坐出租车，我这两天就别想吃饭了。

“好的，麻烦你了。”我说。

第二十五章/祸从天降

表演让我重生，我能从角色里体验到另一种人生，舞台剧又是反馈最及时的，好与不好，能从与观众的互动中立马得知。我爱极了那种感觉，连突发状况的产生也让我有冒险的快感，好比现在，我拿着左轮手枪冲进房内，刚给了白莲花致命的一枪，紧接着就出状况，击锤竟然卡死了。

我不信邪，试了又试，依然扳不动。拳击手见状，赶紧抱着中枪的白莲花呼天抢地："How can I live without you？"，然后在观众（包括我）的瞠目结舌中跳窗自尽（为了这一幕，他凭空捏造出一扇窗，而且使尽吃奶的力气往外跳，一跃跃到帷幕后）。

我甩了枪，立马喊出亚里士多德的名句："Plato is dear to me, but dearer still is truth."

灯光暗下，帷幕拉起，剧终。

回到后台，我马上检查左轮手枪，击锤好好的，又可以扳动了，真是奇怪！

李奥一拐一拐地走过来，问哪里得罪我了？害他扭伤脚。

"没得罪我，是个意外。"我答。

他说下次得把床移到边边，否则他若跳不远，还得连翻好几个跟头才能滚到帘幕后……

"你跟导演说在床头柜上放一把武士刀，下次手枪若再出状况，你就切腹自杀比较快。"

我们正说笑着，冷不防艾玛大喇喇地走进来，把我们吓坏了。这是后台，她是怎么进来的？警卫呢？

没等我们发问，艾玛主动交待："我说我是某演员的太太，来接老公回家，门口的老先生就放我进来了。"

"这老头儿也太好说话了，若进来一个恐怖份子怎么办？"我说。

艾玛反问我看过长得一脸无公害的恐怖份子吗？

我本来想答坏人的脸上又不会写上"坏人"二字，但看她一副"来者不善"的姿态，我把嘴巴闭上。

"李奥，我想吃炒饭。"艾玛突然点名。

李奥看了一眼墙上钟："十点多了，去凤城吧！他家营业到凌晨一点，萌萌也一起来。"

我正想答不，艾玛接话："我不想吃凤城的炒饭，油腻腻的，我想吃你炒的。"

这个"你"指的当然不会是我。

李奥愣住了，那样子像是中了头彩。

"你需要问你的未婚妻同意不同意吗？"艾玛提示。

这个"未婚妻"指的当然是我。

“不，不用，我们现在就走。”

李奥牵起艾玛的手义无反顾地离开，留我在原地五味杂陈，像吃了什么大杂汇。

房东一夜未归，知道她和前男友在一起，我没往坏里想，一觉到天明，然后赶着上罗迪欧大道打卡。

“怎么，男的还是没买？”看那对男女走了，Monica问。

“没，男的胡子都还没长齐，看穿着也不是什么富贵人家，女的又专挑贵的看，怎么可能买？”我答。

在二手奢侈品店做久了，不出一分钟我就能判断买卖能不能成交，屡试不爽。

Monica大呼不信，指着金小姐和尹小姐正在服务的客人，问我能不能成交？

金小姐的客人是个手挽鳄鱼皮皮包的中年女士，尹小姐的客人则是一个高管模样的男子。

“金小姐的成交机率在50%以下；尹小姐的就容易多了，几分钟能搞定。”

话刚落音，尹小姐就带着客人过来买单，他买的是一条黑底金色印花的桑蚕丝围脖，很显贵气。

送走客人，老板娘对我伸出大拇指，说我了得，此时门上铜铃声响起。

“那个呢？”Monica问。

我转过头去，当下判断这个一定能成交，然后迎上前去。

“有什么好建议？”Steven 问。

“看你买给谁？男的女的？送礼目的？”我答。

"买给女朋友的，Say sorry."

对照昨晚艾玛的表现，他们两人应该吵架了，所以女的向前男友诉苦去。

"那么别买二手的，艾玛一眼就能看出，嗯……买香水吧！我们进了新货，没开封过。"

"好，听妳的。"

在我的建议下，Steven买了两款，分别是CHAM PANGME的果香香水和 BVLGARI OMNIA AMETHYSTE 的紫晶淡香水。

我把它们放进Monica特制的小礼袋里，然后问："怎么吵架了？你不像会挑事的人。"

"让艾玛看不成电影的确是我的错。"他答。

还是没赶上？这么说我也有错。

昨天下午为了省下出租车费，我没拒绝Steven的好意，加上想当然尔地认定电影有好几场，错过这一场，还有下一场，没想到小俩口还是起龃龉。

"艾玛认为我没把她放在心上，已经从看不看电影升级到爱不爱她的问题上，我想了想，自己的确有错，说话不算话，难怪她生气。"

"放心，女人哄一哄就没事，加上有这么好的礼物，拿人的手短，我相信很快就会雨过天晴。"

他答但愿如此。

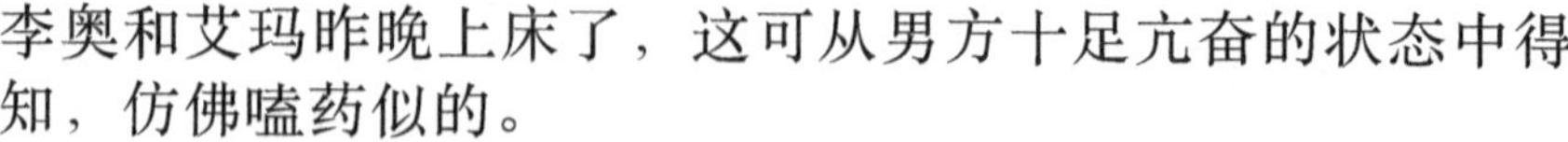

李奥和艾玛昨晚上床了，这可从男方十足亢奋的状态中得知，仿佛嗑药似的。

"要上台了，拜托你调整好自己的情绪，你是渣男，不是大情圣。"我说。

然而他依旧在梦幻里神游："女人都是水做的，所以爱哭，但哭也是有选择性的哭，绝不会在不喜欢的人面前掉眼泪。昨晚艾玛梨花带雨，是男人都会动容，何况我……我是如此爱她，为她牺牲生命也在所不惜。"

"好了，好了，知道在现实世界里你是大情圣，但她是有男友的人，你……"

李奥说这就是重点，那个书生根本不懂爱，除了有好的家庭背景外，给不了艾玛幸福，他很快就能将前女友重新追回。

我问他的底气从何而来？

"他是Gay，妳不知道？"李奥答。

Steven是同性恋者？我试着回想他的一举一动，的确，对女性"发乎情止乎礼"，如果这样就是Gay，未免太过武断！

回家后，我发现艾玛还没睡，桌上有个小礼袋，上面写着"Monica"。

"喜欢Steven的礼物吗？"我问。

"嗯！是两瓶很好闻的香水，妳推荐的？"

我没忘记胸针事件，谎称自己当时不在店内，是老板娘告诉我才知道Steven今日上门。放心，店里的香水全是正品，一手货，有批号可查……

"好了，我又没怀疑你们卖假货，只要是Steven的心意就足够了。"

看艾玛心情大好，果然礼物送对了。

“你们和好了，我也不用再心怀愧疚，那天若不让Steven送我就没后面什么事了。”

“Steven送妳？”

“对呀！吃完帝王蟹，S……Steven ……送……送我一程……”

看艾玛的脸色渐渐不好，该死！她竟不知情。

“难怪我觉得香水有一股骚味，老远就能闻到。”

她起身把精美小瓶连同礼袋一起扔进字纸篓里，再把房门甩上，声音之大，天摇地动。

五百多美元就这么扔了？造孽呀！

我还在心疼钱，殊不知更大的灾难正等着我……

第二十六章/烫手山芋

第一次和艾玛见面，我就发现她是个豪爽的女人，不拖泥带水，表现在情感上也是敢爱敢恨、剑及履及，所以当看见衣服上裂开一个小口子时，她选择立马扔掉（而不是找来针线缝补），也就不难理解了。

"有人预约了妳的房间，后天搬进来。"我刚把脚伸进高跟鞋里，艾玛在我背后说。

"那我住哪里？"我转头，一脸懵相。

"妳……有很多选择呀！华尔道夫还是半岛酒店都不错。若住不惯酒店，罗迪欧大道附近也有很多高档公寓出租。"

我总算听明白，自己被扫地出门了。

"好，我会尽速搬走。"我沉下脸来。

"房费6120刀，加上清洁费20刀，总共6140刀，我帮妳抹去零头，妳给我6000刀即可。"

我答不必，一分钱都不会短少她。

"很好，妳可以付现也可以选择支付宝支付，看妳方便。"她说。

我闷闷不乐一整天，连Monica都看出来了。

"怎么了？昨天还活蹦乱跳的，今天却像林黛玉似的。"

"没什么，花死了，我得葬花。"

"还说没什么，哪朵花死了？工作花还是情感花？"

听Monica这么一问，我噗嗤一笑，回答都不是，而是被房东赶出来，现在连落脚地都没有。

"我还以为是什么大事呢！在找到租处前，妳可以搬过来和我一起住。"

"真的？"我喜出望外，"太好了，妳真是我的贵人！"

Monica要我别高兴得太早，所谓"救急不救穷"，让我短住几天没问题，久了就不妙，容易有嫌隙。

"知道了，我会尽快找房子。"

没想到刚解决了一个棘手问题，另外一个麻烦又上身。

我谢完幕回到后台，李奥在我身边鬼鬼祟祟的，我问他是否有事？他答请我吃宵夜。

"不了，我累了，想早点儿回去休息。"

"那个……那个……"

"你是不是有话要说？赶紧地，我真的累了。"

然后另一个恶耗传来，李奥说他急需用钱，能不能……能不能归还那笔58，000美元的借款。

"是艾玛要的？"我喉咙发干地问。

"不是，她说好久没度假，很想到迪拜旅游。妳也知道前阵子我花钱如流水，一时半会儿还真没有，如果……方便的话……能不能……"

我答没问题，问他接受支付宝支付吗？

哈！绑定支付宝的银行卡里只有几千元人民币，为了收工资而开的富国银行卡里虽然有四、五千美元，但给不了房费更还不了债务，亏我还一副老神在在的模样，我都快被自己给愁死了。

隔天一早，艾玛问我租处找到了没？我答找到了，是西木区的penthouse,能俯瞰整个加州大学洛杉矶分校。

我那即将成为过去式的房东有些欲言又止，但还是把话吞下肚。

"放心，新的住处大到能开派对，我还巴不得早点儿搬。"我说。

话可以说得很满，但我的心却是空的。果然口袋里没钱，人会像离岸的水母，马上成了干瘪的塑料袋。

想到明天就得付6140刀，我思忖着该不该去申请小额贷款？

~

我问MONICA明天能搬过去吗？她答可以，我乘胜追击，问能否预支下个月的薪水？最好是现金，马上要。

Monica的眼光很快从电脑屏幕移开落在我身上，她表情严肃地说："生活教会我凡钱的事都是大事，其他是小事。妳一时没地方睡觉，上我家挤挤可以，但别想向我借钱，很多纠纷都是因钱而起，最后连朋友都做不了，反倒成了仇人。"

我抿了抿嘴答知道了，是我欠考虑，对不起。

中午吃饭时间我冲向富国银行，只因金小姐说用信用卡借款最快，几千美元不成问题。我心想自己在富国银行开户，是老顾客，肯定行，没想到板上钉钉的事也会出状况。

" You can receive your credit card after 3 weeks."柜台行员说三个星期后我会收到信用卡。

" No.No.No. I need it now."我赶紧表明自己现在就要。

那个年轻女孩给我一个莫可奈何的表情。

我垂头丧气地走出银行，不巧撞上一个人。

" Hay, watch out."那男人要我小心点儿。

我抬起头来，看到Monica的老相好—Peter.

"我道是谁呢！原来是小虎牙，家里的三个小孩还好吗？"

我瞪了他一眼，转身想走。

"等等，上次……是骗我的吧？妳没生过孩子，对吗？"

"骗你干嘛？今天上银行就是为了借钱买奶粉。"

"是不是银行不肯借？要多少？我有。"

"何必对残花败柳的人nice?"

他解释上回气昏头了，等冷静下来才发现自己上当。一般来说，生过孩子的女人，骨盆和臀部会比较大，胸部也会下垂，不像我，还是水蜜桃一个……

"原来你还身兼妇产科医生，失敬失敬！"我揶揄他。

谁知他忽然俯身在我耳边低语："妳还是处女，对吧？"

我用力推开他："滚！你这个老不修。"

"五万美元，一口价。"他说。

我烦躁了一下午，见谁都没给好脸色，让好几单从我手上溜走。

"萌萌，到厨房说话。"老板娘下令。

所谓的厨房不过是茶水间，了不起有个微波炉，连蛋都煎不了，因为没有炉灶及抽油烟机。

"听着，别把妳的坏情绪带到我的店里来，妳的债务是妳的，跟别人无关，想在我这里做就得带上妳的笑容和好心情，否则请尽早离开，我不是非用妳不可。"

我马上低头认错，保证不再犯。

Monica看了一眼墙上钟："还有一个小时下班，这样吧！我让妳提早走，去喝杯咖啡舒缓心情，免得晚上上台又出差错。"

尽管我一再表示不需要，她还是跟我Say Goodbye, 大概害怕我再赶走客人。

走出店铺，下午三点多，阳光正好，我不知该何去何从？

"小虎牙，妳在找我吗？"

我没想到Peter的车就停在店外。

"你怎么在这里？"我问。

"中午遇见妳之后一直想妳，班都上不了，只好到这里等妳。"

我又让他滚，他要我别逞强了，如果事情不紧急，我也不会一副天要塌下来的模样......

他接着把副驾驶座的门打开："要不了两个钟，妳马上就能丢掉手上的烫手山芋。"

"我不......"

Peter已经先行上车。

第二十七章/搬家

债务追着我跑，左肩是艾玛的房费6140刀，右肩是58，000刀，总共64，140刀，我被这个数字压得喘不过气来，如果……如果只是忍耐不到两个钟头的时间就能让我卸下重担，我要不要……是不是……

"叭……叭叭……叭叭叭……"

在美国按喇叭被视为不礼貌（某些地段甚至属于非法行为），只有在紧急情况下才允许按喇叭，想来Peter大概等不及了。

我伸手刚触及副驾驶座的车门，马上被一只孔而有力的手抓住。

"妳又想上哪儿去？家里的三个小孩哭着找妈妈。"

没想到我的"老公"又出现了。

"喂！"Peter下车，很气急败坏地走向Steven，"别再做戏了，这次我可不傻，你再从中作梗，小心吃我拳头。"

"我刚从Monica那里拿到监控硬盘，只要利用'视频侦查作战系统VICS'内的丢失视频提取功能，就能将文件进行重组，达到还原的目的，现在你还动拳头吗？"

"什……什么意思？"Peter的脸霎时惨白。

"意思是很快就能知道是谁偷走你的鸽血红宝石男戒，是不是很神奇？"

Peter马上转向我，语带威胁地要我别忘了自己是黑工，被抓到后直接遣返，五年内不准入境美国。

Steven 马上接话："别忘了不是只有黑工受罚，雇主同样也得罚款，甚至坐牢。"

"呵呵！不关我事，是Monica要倒大霉。"

孰料Steven说Peter是实际出资人，Monica不过是个打工仔，擒贼当然先擒王……

那个"老顽童"开始不淡定了，暴跳如雷地表示要回店里责问Monica为什么把监控硬盘交给不相干的人。

" Go ahead. 只怕你再回到这里时，我和萌萌已经带着硬盘消失了。"

此时Peter才灰头土脸地问Steven到底想怎样？

" 把 58,000 美元归还给我身边这个傻女孩，并且永不再打扰她。"

Peter想了想，回答"一手交钱一手交货"。

就在Steven的监督下，我当场发了银行的个人信息给Peter, 他收到后，神情很不悦地走了。

"怎么回事？"我问。

"监守自盗。"他答。

我又问他怎么知道整件事的来龙去脉？

"一切只是猜测而已，我没有硬盘，什么都没有，是做贼者心虚，主动入瓮。"

听他这么一说，我惊讶到不行，原来真正的演员在此！

"你真让人出乎意料。"

"妳才真让人出乎意料，如果我不及时出现，妳是不是就上车了？"

被人瞧见了秘密，我尴尬死了！

"兜兜风，没什么。"我懦懦地答。

"兜兜风没什么，哈！我记住了。"

他取笑我，我却一点儿也不以为忤，反而心生感激。

没有了两肩的重担，我立马走路有风。

隔天，我把6140刀当面交给房东。

"我还以为肉包子打狗了呢！"艾玛收下钱，"萌萌，妳该不会以为我是小气之人吧？！如果不是踩了我的底线，我断不会赶尽杀绝。"

我问踩了她什么底线？

艾玛欲言又止，最后还是以一句"妳上班要迟到了"带过。

我拉着两件行李出门，预定的Uber车已在外面等候（这次我学乖了，不再使用价贵的出租车）。

你一定很好奇我是怎么筹到房租6140美元？

预支薪水在Monica那里受挫后，我转向光头男，他很豪爽地答应下来，并且亲自陪我到ATM机取款，因为财务那里得等到天长地久。

我感动得无以复加，没想到导演面恶心善，对待我这个小演员如此之好，他日若有机会必涌泉相报。

" Don't mention it. I 've been in a similar situation myself."他说。

哎！也只有可怜人才会心疼可怜人，我永远不会忘记这雪中送炭的情谊。

～

因为从奢侈品店下班后我还得赶着上台表演，所以计划是：Monica将我的行李拉走，戏演完后，我跟着导演回家。

" 丑话先讲在前面，因为妳第一次上我家，所以我允许'灯泡'带路，以后可不许单独坐他的车，很多感情都是在车内谈出来的。"她说。

啊？ 老板娘竟然以为我会对光头男感兴趣，真是太瞧得起我了。

" 是是是，以后即使是刮大风下大雨，我也绝不让导演送。"

Monica对我的回答很满意，还说今晚煮宵夜请我吃。

～

从比佛利山庄向西行，沿着威雪尔达或圣塔莫尼卡大道便可直达Monica位于西木区的家。这是一个有着很多戏院、书店以及服装店的大学城（加州大学洛杉矶分校在此），到处生机勃勃，不论日夜都可以见到穿梭的人群。

我们进屋时，浓烈的面包香扑鼻而来。

光头男给了Monica一个吻后快速回房去，我走进开放式厨房，问屋主可需要帮忙？

" 不需要，妳洗个手过来吃宵夜吧！"她答。

此时流理台上除了刚从面包机出炉的吐司外，就只有一盒黄油。我问她烤串、汤面、鸡蛋卷哪里去了？

"没办法，我老公就喜欢吃黄油吐司当宵夜。"

乖乖，"老公"都喊出口了，我这个"借住者"还有什么话好说？

"谢了，加了黄油的面包是女演员的天敌，我不吃了，还是早早洗洗睡。"

Monica说我的房间在楼上，左手边第一间。

我才注意到这个penthouse竟然还是复式的，也好，上下楼隔开，保持一定的隐密性。

"萌萌，"我才上到第一个阶梯，屋主就唤住我，"还是那句话—丑话讲在前面，妳住我家，我不收妳房费，但家里的清洁工作还是得分担做，否则我会误以为自己是个老妈子。"

"没问题，我乐意做。再说了，现在到哪里找像妳这样艳光四射的老妈子？"

一句话把Monica的毛给抚顺了，她提醒我入睡前记得拉上窗帘，否则明日的太阳准五点钟会叫醒我。

我给了她一个甜甜的笑容后，转身上楼。

第二十八章/台风眼

两天后，我的富国银行账户收到一笔58，000美元的汇款，我马上转汇给李奥，并且迅速将好消息告诉Steven.

"太好了，恭喜！"他说。

"哎！要不是你，我现在还处于水深火热之中。这样吧！周末我请你吃大餐。"

打电话前我就已经想好去"红龙虾餐厅"，这是一家主推龙虾的海鲜连锁店，味美量大，点套餐还送餐包和沙拉，估计一张蓝票子就能解决民生问题。

"不了，这周末我有事，改天再让妳请。"他答。

拍摄电影可以随时喊停重拍，话剧不一样，一旦登场就是全程现场直播，对演员的台词功底、舞台应变能力都是考验。倘若有演员因故缺席，那是很要命的，因为后补者未必能达到要求，所以当我六点抵达艾曼森话剧院的后台，被导演告知今晚拳击手换人时，立马冲口而出："Why?"

原来李奥吃坏肚子，现在正在医院吊点滴。

我很想马上打个电话问明白，但光头男要我赶紧跟后补演员对戏，看着那个一脸青涩模样的新进演员，我的心里很忐忑，待会儿上台可别出纰漏呀！

果然怕什么来什么，他应该将我拦腰一抱，再奉上温润炽热的唇，可是……

新演员太紧张了，用力过猛的结果让我的身体呈45度倾斜，而他的臂力没那么大，可想而知，我就这么硬生生地跌落在舞台上。

我愣了两秒钟立马爬起，直接赏给那只菜鸟一记响亮的耳光，并且赶在他做出任何反应前化被动为主动，张嘴就给他粗鲁之吻……

这幕结束回到后台，菜鸟怯生生地走到我面前say sorry, 我安慰他，说他的表现已经很好了，假以时日必是万丈光芒的明星。他这才松了口气，转身喝咖啡去。

没多久，导演走到我身边，坦言新演员让他失望。

我答每个人都有第一次，看得出来菜鸟已经很努力了，还好只是一晚，影响不大。

事实证明影响可大了，因为接下来的五场竟然场场让新人出席，我是次次惶恐不安，怕他又做出什么令人胆战心惊的举动。

由于联系不上李奥，整个剧组因他的恶意缺席而炸开，有人甚至提议报警，就在我们乱成一团之际，那个不负责任的人出现了，带着一只伤眼。

" Jesus, what's going on ?"白莲花首先发难。

李奥解释洗厕所时不慎被洁厕液喷到，经过多天的静养后已无大碍……（我不知别人是怎么想的，反正我是不信。）

导演问他成了独眼龙要如何上台？

他答那岂不是更好？能把渣男的流氓样表现得更加淋漓尽致。

光头男摇摇头又叹了口气，大概也没别的选择，因为新进演员的表现实在不如预期。

~

终场后，我问李奥迪拜好玩吗？

他环顾四周，压低声音：" 妳怎么知道我去了迪拜？ "

我怎么知道？那肯定是，谁受伤归来后还一副像被神仙妙水洗涤过了一样？他也应该收敛收敛，这里的人估计没几个信他的鬼话，只是拉不下脸来，索性将错就错罢了。

"这是不是意味着明天我就能将纱布取下？ "他问。

我啐了他几句，转身离去。

~

为了不惹"房东"生气，我主动接下所有的清洁工作，把上下楼都打扫得一尘不染、干干净净，连Monica都赞美我比钟点工给力，哪天若吃不了演员饭，还能上比佛利山庄应聘女佣。

"女佣？ "我扬起声，" 太小看我了。 "

"妳可别瞧不起这份下人的工作，薪水不比高级白领低。 "

"算了吧！若真沦落至此，我就随便找个人嫁，在自己的家当女佣还理直气壮些。 "

Monica说我稚嫩，这世界只有毛爷爷最实诚，其他都是过眼云烟……

哎！说 的 也 是 ， 如 果 我 有 钱 ， 就 不 用 寄 人 篱 下、仰人鼻息了。

"呵……呵呵……呃……嗯……碰碰碰……"

虽然我住在楼上，但楼下妖精打架的声音还是穿墙而入。我把耳塞塞进耳朵，再把毯子拉高，希望能阻断那些欢乐的笑声。

可惜"安静"没多久，那两人就冲出房外大玩追逐游戏。Monica也不知是不是故意的，一溜烟跑上楼来，一个房间一个房间地躲藏。光头男也是眼瞎，一路喊着："Where are you?",把我仅存的少数几只瞌睡虫全给赶跑了。

"I am here." 我愤而嘶吼着。

万万没想到光头男竟然寻声而来，不仅开了门，还在我没搞清楚东南西北的状态下，趴在我身上猛亲。

"What are you doing?"Monica很快现身，责问这是怎么回事？

这个You不是别人，指的正是我，因为经过方才的"你来我往"，此刻的"始作俑者"竟然像没电似的，一动也不动。

"我……导演喝醉了。"我慌忙将那个男人推开，他像自由落体般跌到床底下。

"妳的门为什么不上锁？"她接着问。

刚搬进来时，我也想过将房间上锁，但又怕屋主多心，毕竟我是白住的客人，把门锁上好似不信任她。

"我……忘了。"

"忘了？妳最好忘了，否则……"

正因为Monica话说到一半，让我下半夜彻底失眠。

"否则什么？难不成我不锁门就是为了光头男能临幸我？"我愤恨地想着。

～

隔天早餐桌上一切正常，但我总觉得这是处在台风眼中的假象，分分钟会夺人性命。

"萌萌，今天我有别的事要忙，不去店里了，妳坐灯泡的车走，他也正好要到罗迪欧大道附近办事。"

我赶紧推辞，没忘了她曾经耳提面命不许我单独坐导演的车，因为很多感情都是在车上谈出来的。

"我说坐他车就坐他车，明明顺路何必赶公交？再说现在时间也晚了，妳不去开门，难道让金小姐和尹小姐干领薪水？"

话都说到这个份上，再推辞就是找罪受。奇怪的是光头男从头至尾未发一语，反倒像"逆来顺受"的人是他不是我。

～

" Do you like Monica?"车子一驶离巷子，导演就问我喜不喜欢老板娘？

这真让人为难，说讨厌未必，但离喜欢也还有一段距离……

见我犹豫，导演像开了闸的洪水，开始细数Monica的种种罪状：**强势、多疑、惟利是图、性欲像脱缰野马、身上有去不掉的狐臭味……**

我张口结舌，不知说什么好。

" Have you seen an Pit Bull Terrier wearing a skirt?"他问我有没有看过穿裙子的比特犬？

我Pardon 了两次才明白光头男的意思，原来他暗喻Monica是只披上羊皮的狼，外表淑女，内心却凶残无比。

" Well, it depends ……"虽然我不见得喜欢雇主，但她曾在我困难时拉了我一把，我不得不开口护主。

大概话也讲了，气也发了，导演终于恢复理智，同意Monica没那么糟糕，否则他也不可能和她同居那么久。

我马上敲边鼓说Monica的确没那么糟糕，若不是他昨晚喝醉跑进我房里，她也不致于打翻醋坛子……

导演听完很吃惊的样子，难不成他忘记曾糊了我一脸的口水？

"It looks like I need to apologize."他说看样子他得道歉。

我点头如捣蒜。

"Sorry."他很诚心地向我致歉。

我提醒他别忘了还有Monica。

"Of course."他答。

第二十九章/何去何从

我到店里不到两小时，Monica也跟着进门，一脸寒霜。

"萌萌，给我泡杯咖啡。"她粗声粗气地命令着。

老板娘偶尔也会让我们帮她泡咖啡，但都是轻声细语地带笑说，像这样对人指来喝去还是头一回。

想到也许她在外面受了气，难免把气发在不相干的人身上。为了不被台风尾巴扫到，我默默把事做了。

"萌萌，"她端起杯子喝了一口，"浴室的下水道又堵了，全是妳的头发。"

我"噢"了一声答知道了。

Monica的主卧室带卫浴，她指的肯定是楼上的客用洗澡间。昨晚我洗澡时还好好的，怎么今天就堵上了？还用了"又"字。

我还在"大惑不解"，雇主突然宣布最近是淡季，店里有老员工在即可，人太多，转不开身……

花了我好几秒钟的时间才搞明白自己被Fired掉。

哎！这世界老板说了算，我没得选，但……她赶人的借口也太奇怪了。

万圣节即将来临，对于美国人而言，这是个狂欢的时刻，人潮即是钱潮，我们的店也会跟着热闹起来，何来"淡季"之说？

"那好，明天我就不来了，正好趁这个空档看看哪里有房出租，老住在妳家，我也怪不好意思的。"我赌气说。

"也对，有狐臭味的女人还是敬而远之好。"

有狐臭味？这是什么意思？难不成导演把车上的对话转述给Monica听？……不对，话是导演说的，怎么我成了替罪羊？

我还想说什么，但老板娘接了个电话走出店外，再回来时已错过澄清的最佳时机，我选择把委屈吞下肚。

"萌萌，这么早就收工了？"柜台后Monica的姐姐说。

"还没收工，过了今天又得找兼职了。"我唉声叹气。

"别难过，机会总会有的。"说完，她递给我一个腊汁肉夹馍。

我边吃边阅读桌上的华文报，虽然上面有油渍及酱油印子，但我还是不放过任何的租房信息。很明显，Monica那里是住不下去了，我还是自觉点儿，早早脚底抹油为宜。

" Sabina，别走，给妳一个Chinese Burger。"

" Thanks, anti."

听到"Sabina"这个名字，又听到熟悉的童音，我转过头去，天哪！那不是"卖火柴的小女孩"吗？只是这次没那么凄惨，脚上有鞋穿（虽然是拖鞋），衣服也有了色彩（不再灰扑扑）。

怕她发现我，我赶紧回过头去，还将长发抓来遮住半张脸。

"可怜呦！单身家庭出身，和生病的母亲住在救济院里，到现在还没有身份，连学都上不了。"Molly 向店里的中国客人介绍那孩子的身世。

我听了心中窃笑，他们若知道Sabina住在有三个足球场大的山上豪宅里，不知作何感想？

吃饱喝足后，我问老板娘能否把手上的报纸带走？她很豪爽地答可以，反正报纸是免费的，要多少有多少，我也可以上华人超市取。

我没时间上超市，因为还得赶着回店里上最后的半天班。

下完戏，我被导演叫住，他说顺路载我回家。

" No, I don't think Monica will be happy."我立马回绝。

没想到光头男说正是Monica下的圣旨，那女人还说今晚若让我独自回家，他也别想进门。

不知怎的，我惴惴不安，这该不会是个陷阱吧？！

导演要我别担心，他会站在我这边。

Well, 这才是我要担心的，他若站我这边，我不被老板娘大卸八块才怪！

在车上，我问光头男是否把今早我和他在车内的谈话转告给Monica？

" No, of course not."那男人否认，甚至对我的提问感到莫名其妙。

于是我把Monica白天说过的话复述一遍，他也觉得可疑，不过把它归为更年期前的歇斯底里症状。

我笑说老板娘没那么老，这反而打开导演的发泄口，他喋喋不休地抱怨那女人是他妈，什么都想管，心情好时没事，乐得有人照顾；心情不好时，还真想拿缝衣针将她的嘴巴缝上……

"HaHa."我干笑两声，算是回应那个抑郁男人的幽默。

再也没有比这个更令人难受的了。

Monica难得煮了炒面，我满心欢喜地坐下来享用，没想到一张嘴就悲剧了，面条没煮熟，硬梆梆的；豆芽菜发黄，让人误以为是菜场捡来的；猪肉是腥的，还带血水（任何人都知道吃了没煮熟的猪肉容易感染寄生虫）。

我客气地把盘子往前一推，说自己忘了正处减肥期，不吃了，请他们慢用。

上到二楼，我往下探去，那"两夫妻"一副山雨欲来之势，我突然有"背叛盟友、自行逃脱"的罪恶感。

果然不到十分钟，楼下就开打，锅碗瓢盆齐飞。

通过"唇枪舌战"，我终于搞清楚导演的车被Monica装上窃听器，当那个不明究里的男人正"大鸣大放"时，全被Monica远程监听到。

光头男知道事情真相后暴跳如雷，他大骂Monica是间谍，什么偷鸡摸狗的事也干得出来；Monica则说还好窃听了，否则哪天被人用缝衣针缝上嘴巴都不自知……

我捂住双耳，希望黑夜赶紧过去，这样的争吵让我作恶、让我头疼、让我烦躁不安。

～

天还没亮我就拉上行李箱步出Monica的家门，原以为蜜月期会比这个长一些，没想到住不到两个星期就彻底闹翻。

"我该上哪儿去？"面对朦胧的天色，我没有答案。

第三十章/处心积虑

我拉着行李箱跳上BBB7公交，它沿着圣塔莫尼卡大道往东行。由于很多人在 Ocean and Santa Monica 这一站下，我也跟着下，而之所以又跳上红色的Metro 4路，那也是命运的安排，因为见它刚好停了下来……

Well, 你也看出我就是一只无头苍蝇，根本不知要往何处去，所以当有人在Crescent站拉扯黄色绳子，提醒司机停车时，我也跟着下。没别的理由，只因兜兜转转，我又看到*Mr. Mo Chinese Burger* 的招牌，想想还是先吃个肉夹馍当早餐，再开始我的"找房之旅"吧！

"萌萌，这么早就……就搬家了？"柜台后的Molly问。

"是的，人在屋檐下。"我唉声叹气。

"别难过，住的地总会有的。"说完，她递给我一个腊汁肉夹馍。

走一趟 Mr. Mo Chinese Burger 其实收获颇丰，因为就在吃一个肉夹馍的时间里，老板娘及食客纷纷给了我不少小道消息，包括哪个商场在打折、哪家餐厅在促销，还有还有，罗迪欧第二大道的Gucci名店正在招店员，提供住宿。

"萌萌，如果真能这样就好了，一石二鸟，工作和住宿一次搞定。"Molly兴奋地说。

由于我已有一份全职工（周六和周日基本无望），我不认为Gucci会雇用周末无法上班的员工，但为了不拂他们的美意，我答自己待会儿就过去瞧瞧。

Molly 很体贴，她允许我把行李箱搁在店里。

罗迪欧第一大道是世界闻名的名店聚集区，很短的一条路，走走最多10分钟，都是一些非常精致又看起来昂贵的店面，这里的名言是：**买东西不要问价钱，问了就表示买不起。**

近年来又开张了罗迪欧第二大道，和第一大道的奢华不遑多让，有手雕大理石、黄铜大门、擎天的拱柱、音乐喷泉……等，气派辉煌，宛如美术馆。

不管是第一大道还是第二大道，我通通买不起，若不是为了找工作，断不会在此停留。

由于离开始营业的时间尚早，我便觑了个空先去参观一下附近的市集。

国外的市集不外手工艺品的销售，时间多半安排在周末，今天是周五，一大早竟然也有市集，倒叫人诧异。等我发现好几处都在售卖南瓜及手工制作的糖果时，这才恍然大悟，原来明天是万圣节，所以市集提早开张了。

我已经过了"装神弄鬼"的年纪，南瓜除了吃之外，我想不起别的，但"阎王易见，小鬼难缠"，我要不要买包糖果以防Trick or Treat (不给糖就捣蛋)呢？

"真是的，今晚都不知睡哪里，我反倒担心起孩童会不会敲门讨要糖果？"我摇摇头，对自己的"傻气"感觉不可思议。

此时，一只小手轻轻拉我的衣角，问："Do you want to buy some matches？Madam."

老天！这不是富家女Sabina吗？怎么又出现了？简直阴魂不散！

"No, thanks."我答不，同时脚底抹油，期望她没认出我来。

"You promised me to look after me forever."她冲着我的背影喊，口气很是委屈。

呃！我的确说过要永远照顾她，但任何人都听得出来这是白色谎言，谁能跟随某人一辈子？就算是亲生父母也未必做到。

"Sabina,"我蹲下身去，刚好和她等高，"我也想照顾妳，但怎么办？口袋里没钱，连住的地方也没有，我照顾自己都有困难，何况照顾别人？"

之所以说普通话也是为了让她"知难而退"，间接告诉她我的英语不太行，她得时时刻刻用我的语言沟通。

"妳要多少钱？我有；没住的地方也好办，我家有好多好多房间，妳想住哪间就住哪间。"

呵！果然是名媛的口吻，而且这普通话说得也太溜了，跟北京孩子无异。

我站起身来，冷酷地表示这可不是她说了算，二十分钟后我有个interview，如果面试结束她还在这里，我就请她吃中国汉堡。

本以为这是绝佳的拖延战术，没想到……

"Mummy, don't dump me again. I will be a good girl. I promise."

那孩子戏精上身，用力抱住我，哭喊着要我这个当妈的别再次扔下她，她保证当个好女孩。

我的老天！真叫人百口莫辩。此时我若真弃她而去，左前方的刺青男肯定不放过我，看那双"虎视眈眈"的眼睛就知道。

"好了，适可而止吧！我带妳回家。"我不得不举白旗投降。

如果说好莱坞是洛杉矶的王冠，那么比佛利山庄就是这王冠上的明珠；如果比佛利山庄是明珠，那么Sabina的家无疑是其中最大的一颗。

还是那扇"似曾相识"的欧式铁艺电动门，上面有两只四脚兽的金色Logo，门卫依旧没认出我来。

" This is my new nanny."Sabina介绍我是新保姆。

那门卫一脸无奈地问她是怎么偷溜出去的？他已经克尽职责，她还是有办法开溜，女主人已经对他表达强烈的不满，拜托别再给他添麻烦……

Sabina 笑 眯 眯 地 答 应 不 再 犯 ， 因 为 她 已 经 找 到 她 的"守护天使"。

她用"Guardian Angel"形容我，让我很动容。

" All right. Please come in, my little master and guardian angel."门卫很快开启电动门让"小主人"和"守护天使"进入。

光从入口处走到建筑物主体就花了我近10分钟。

"如果我想减肥，就上妳家哈！"我对那个小女孩说。

" 妳 怎 么 知 道 我 家 有 健 身 房 ？ 今 天 我 出 门 时 ， 我 妈还在上课。"

哈！好极了，连健身房都有，这个家就是个小型社区，可以做到"足不出户"……

Sabina问我什么是"猪不吃虎"？

我正要解释，小个子女佣突然跑向我们，拉拉杂杂说了一长串英语，大意是今天小主人又不见了，Elsa一生气，辞了西班牙裔保姆，那女人走时哭哭啼啼的……

" Never mind. I got a new nanny. "

Sabina对照顾她的人如此冷漠，倒叫我心寒，难保自己不会落入失宠名单内，心想还是对这个"人小鬼大"的孩子保持距离为佳。

" 小……助理，妳怎么在这里？ "我们一踏入玄关就和Elsa打上照面。

我支支吾吾半天，还是没讲到重点，Sabina遂把话筒抢去："我在bazaar找到她，她说没钱，又说没住的地方，我就把她带回来了。"

Well, 这跟实际有很大的出入，要不要说一说我是如何"处心积虑"想摆脱这个女孩而不可得？然而女主人根本听不进去。

" 今 天 Felicia 才 被 我 辞 退， 妳 想 来 就 来 吧 ！ 别再'处心积虑'了。"

什么？怎能这样颠倒是非？事情根本不是那么回事！

我还没大义凛然地开始"澄清"，就被女主人给"封口"了。

" 一周一千刀，月休两天，包食宿。"她说。

" 我……工作日晚八点到十点，周末的下午及晚上各有一场演出。"

Elsa 问 Sabina 接受不？见后者点头，她答既然这样，她也没问题。

"hum……hum……"事情来得太顺遂，一时真不知该说什么好。

"妳有话快讲，我马上得飞华盛顿和美国第一女儿伊万卡喝下午茶。"她边说边将脚伸进红色高跟鞋。

比佛利山庄离首都华盛顿少说也有三千多公里，现在已是早上十点多，两人约了吃晚餐还差不多，喝下午茶恐怕赶不上……

说时迟那时快，嗡嗡嗡的声音由远及近。

"小助理，Sabina今天下午有芭蕾舞课，晚上有钢琴课，课程表跟管家拿，别再让她跑了。"

说完，贵妇人快步走向绿油油的草坪，脚一跨，上了等候在那里的橙色直升机。

第三十一章／UNCLE

"萌萌，面试结果如何？"柜台后一个胖墩墩的中国妇人问。

"不错，通过了。"我答，依旧浑浑噩噩。

"太好了，机会总会有的。"说完，她递给我一个腊汁肉夹馍。

Molly 不知道我没上Gucci面试，还絮絮叨叨地叮嘱我就职后要注意穿着，那种店最会"看衣服办事"，自己得先乔装成有钱人，才能跟有钱人谈得上话……

"知道了，我会的。"我给了她三美元，然后坐到角落狼吞虎咽起来。

Sabina的芭蕾舞课排在下午三点，我得赶紧吃完午餐，再拿走寄放在这里的行李箱，然后风尘仆仆地带着小主人赶到Brighton Way和N Canon Drive交叉口的舞蹈工作室。它处在高档餐厅、咖啡馆、美容院、美发沙龙、女装店、女性內衣店、美甲店之中，大概母亲把孩子交给舞蹈老师后，转身就钻进这些店內，正事、娱乐两不误。

~

我替小主人穿好芭蕾舞裙、连袜裤、软底鞋，再用钢丝U型卡、发网、皮筋扎出一个丸子头，等一切就绪，管家祝迪适时来敲门。

"The driver's already waiting for you outside, understood?"她说。

我答知道了，并且迅速带孩子出門。

这个据说拥有工商管理硕士学位的港女，屈尊降贵到韦廷家当管家，一时风头无两，把自己当成御前红人，对于其他员工（尤其新进的我）更是趾高气扬，一口一个understood, 把我当成百年前来美国开荒的华奴，英语一句不会。

犹记当我把行李箱带进门，祝迪抛给我的第一个understood是指定我的房间在走道尽头右侧的那一间。

接下来的两个小时，她又给我下了十几道御令，每道御令的后面都加上一句understood, 可见她对我的英语能力有多怀疑。

"Do you have any questions?"她像很多开完工作会议的领导, 交待完毕后问我有没有问题要发问？

我答Yes, 紧接着问她是否也在"下人"餐厅用餐？还有，跟女主人汇报时说英语不？（有此疑问是因为Elsa的英语水平一般，用的词语都很简单，还夹带很重的口音。）

祝迪首先表明自己的女管家身份，还说缺了她，韦廷家全乱套了。换言之，像她如此这般重要的人，当然是和主人用同一张桌子吃饭，只是时间安排在后，这也无妨，反正生理时钟可以调整，至于语言问题……和男主人讲话当然得用英语，他是德裔美国人，除非我会说德语；和女主人讲话则用普通话，因为Elsa认为讲家乡话更自在些。

我心里犯嘀咕，原来祝迪会讲普通话（否则她如何与女主人沟通？），面对我却非得用英语不可，还时不时问我听懂了没？真不嫌累。

不过有一点倒提醒我，男主人是德裔，代表他原是高头大马的欧罗巴北欧人种（多金发碧眼），反观Sabina，却是十足的亚洲脸孔，根据遗传学，再怎么基因突变也应该有"混血儿"的模样才是。

别看祝迪学历高，又是一副咄咄逼人的姿态，八卦起来一点儿也不输胡同里的大妈，而且兴奋非常，以致忘了使用她引以为傲的英语。

"这妳就不知道了，William 和 Elsa 都是二婚，不同的是 William 的前任把孩子带走，Elsa则拥有Sabina的监护权，每个月固定从前夫那里拿到不菲的抚养费，understood?"

原来如此，William 的心好大，能接受与自己毫无血缘关系的孩子。

祝迪笑说我out了，这在洋人世界里根本不算什么，大概他们都没有为子女"鞠躬尽瘁，死而后已"的伟大情操，一旦孩子满18岁就早早踢他们出门自立，既然"忍耐"是有期限的，乐得睁一只眼闭一只眼，况且William 还满喜欢Sabina，这孩子很会谄媚，是墙头草……

我早知道Sabina是个鬼马小精灵，但听管家这么一说，我倒很期待亲眼目睹那孩子是如何恶心人的。

"今天能见到男主人吗？"我问，说的是普通话，反正她听得懂。

祝迪答男主人跟随剧组到新西兰的天堂谷取景，怕是见不着。

"那怎么办？Elsa去了美国东海岸，也不知今晚回来不，如果William 也不在，Sabina 会有多孤单？"

祝迪看着我直摇头，问我是来干什么的？我的任务无非是代替Sabina 的父母行义务。

"可怜的孩子，现在我知道她为什么总是逃跑。"我喃喃道。

祝迪笑了，她说如果Sabina不可怜，那我就可怜了，死守一份低工资，前途茫茫，甚至没有个落脚地，不像现在，攀上加州最大电影制作公司的总裁，估计很快就能捞到一个好角色，在竞争激烈的演艺圈中杀出一条血路来……

呃！我倒没想到这一点，也许……也许哪天找个机会把自己推销出去，说不定还真能在人才济济的好莱坞电影中捞个有台词的角色。

通过落地玻璃门，我能清楚地看到Sabina习舞的情形，她总是慢半拍，还趁老师不注意，推了前面的黑女孩一把，害她跌个四脚朝天，舞蹈助理随即上前将哭得稀里哗啦的"受害者"带到一旁安慰。

我对我家主子猛摇头，她朝我吐舌头又扮了个鬼脸，十足欠揍的模样。

下课后，我还没来得及训斥她就被舞蹈老师拦了下来。

" You must be Sabina 's new nanny for this month."她说我必然是Sabina这个月的新保姆。

以"月"为单位称呼保姆，可见韦廷家换保姆的速度有多勤快。

我无奈答是。

接着那个气质高雅的女老师开始把想得到的赞美词全送给了Sabina，包括有舞蹈天赋，一点就通；形体佳，天生就是吃这碗饭的料；容貌秀丽，Face 即是Pass……结论是假以时日，我家小主必是第二个Svetlana Zakharova。

Svetlana Zakharova是目前俄罗斯乃至国际芭蕾舞界最走红的

明星，无论相貌、身材比例、柔韧度、舞姿技巧……都堪称顶级。有人评价她是上帝赐予人类的礼物，是为芭蕾而生的仙女。

我完全无法将眼前这个折磨人的小妖精和芭蕾舞大师划上等号，但仍礼貌性地答谢，接着老师才讲到重点—学费该缴了，下学期有成果发表会，是不是很令人期待？

Well, 我对Sabina的舞姿完全没有期待，倒是很好奇这个座落在寸土寸金土地上的舞蹈工作室收费多少？

她给了个数字，比我打两份工的月薪还要多，彻底打消让自己的孩子在比佛利山庄习舞的念头。

～

下完课，我只想坐原车回韦廷家，一来司机已等候在外，二来我的行李箱还没来得及打开，三来晚上有演出，最晚六点得离开比佛利山庄，而现在已经四点了……

“I want an ice cream.”Sabina大声宣布她要吃冰淇淋。

我答家里有（其实不确定，但那么大一台冰箱肯定内藏冰淇淋，我猜）。

Sabina不依，她说她就要吃Sprinkles的巧克力冰淇淋。

比佛利山庄的甜食店数量之多堪称世界之最，在这里你可以轻易买到最高品质的蛋糕、冰淇淋、巧克力……等，当然价格也绝对不亲民。

“妳妈还没付我薪水，我没钱哪！”我说。

“妳不需要付钱，只要给一张小卡片就行。”

我愣了几秒钟才恍然大悟，敢情Sabina以为使用信用卡就不需给钱？

"宝贝儿，"我俯身对她说，"那也得付钱，只是晚一点儿付，而我身上连那张小卡片也没有。"

小主人很失望，但下一秒便意气风发，冲着我身后喊"uncle"，我转过身去……

第三十二章/韦廷家

"是你！"我很惊讶。

Steven 一把抱起奔入他怀里的Sabina, 笑着答真巧，刚开完会走出来就遇见我们。

" Do you know my new nanny?"小主人问他是否认识我这个新保姆？

" Nanny?"Steven 转头看我，"我不知道妳换工作了？"

我答不是换工作，而是多了一份工作，我……接连被两位房东嫌弃，没地方住，是韦廷家收留我，还给了好工资。

"哎！Elsa也不是好对付的。"他中肯地说。

"我知道，"我也叹了口气，"只能走一步算一步，希望这次的蜜月期能长一点儿。"

我们还没"叙旧"够，谈话就被Sabina打断，她说她要吃Sprinkles的巧克力冰淇淋，now！

Steven答那正好，吃完冰淇淋还可以上公园走走！

"不了，我今晚有演出，再说司机已经在下一个路口等我们。"

他想了想说："那么我们走过去告诉司机别等了，吃完冰淇淋，我载妳去艾曼森话剧院，不会耽误妳上台。"

~

正值交通高峰期，Steven放我在N Highland Ave下，我步行过去就是。

走没几步，我又回头叮咛主子别忘了七点有钢琴课，她一定得准时坐在钢琴前。

"倒霉鬼！"Sabina 嘟起小嘴，"老师来了，我就跟她玩Hide and seek, 找得到我才上课。"

想到韦廷家有三个足球场大，这找起人来岂非海底捞针？

我还没开始"威胁"，Steven就接手"利诱"。

"明天是万圣节，如果妳今天乖乖上课，明晚我和保姆带妳上街讨要糖果。"他说。

"真的？"

"真的。"

Sabina不放心，还分别与我们打勾勾。

"我明晚有演出。"我压低声音对Steven说。

"妳不是十点下班？放心，越夜越精彩。"他对我微笑。

洛杉矶的道路白线区域仅限乘客上下车，且停车时间不得超过5分钟，于是我很快挥手道别。看着凯迪拉克急驶而去的车影，有那么几秒钟，我以为是自己的老公送我上班，然后马不停蹄地赶着回家让女儿上钢琴课……

~

临上台前，李奥喜滋滋地宣布他已经击败对手攻顶成功！

"噢！我不知你还有爬山的爱好。"我假装听不懂。

李奥答的确像爬山，他仿佛是西西弗斯，刚把巨石推上山又滚落下来，周而复始，他都快放弃了，好不容易这次终于把它安置在山顶。

"你怎么知道从此石头就屹立不动？"我竟较起真来。

"从迪拜回来后，那小子就没找过艾玛，大概知道自己不如人，所以早早偃兵息甲。"

我问他可是艾玛亲口说的？

"切，这哪需要亲口承认？每次……从那久旱逢甘霖的销魂表情就知道。早告诉过妳，Steven是gay，那两人基本没戏。"

是这样的吗？为什么条件好的男人多半对女人缺乏"性趣"？那真是人类的悲哀，这年头好基因的人不多了。

"恭喜啰！结婚时别忘了给我一张喜帖。"我忽然想起重要的事，"对了，请向艾玛解释我不是你的结婚对象，以前不是，现在不是，未来更不是。"

"妳怎么知道将来不会爱上我？话可别说得太满喔！"他对我扬扬眉梢。

老天！这世上竟然有如此"自我感觉良好"的人？

"Please attention."导演要大家聚集起来听他讲话。

突来的"集结号"让我错过揶揄李奥的机会。

如果我说我还来不及"看完"韦廷家，不知你相不相信？

昨天临时接下任务，又一刻也不停歇地来回奔波，等我回到走道尽头的房间时已接近午夜，稍微梳洗一下便早早上床，连行李箱内的衣服都还没来得及进衣柜。

"扣、扣、"听见有人敲门，我翻个身继续好眠。

"扣、扣……扣、扣……扣、扣、扣……Miss Wei, are you still alive?"

若不是敲门声后夹杂女巫的声音，我会误以为有人一大早就敲木鱼。

"Coming."我揉揉惺忪的双眼起床应门。

"Sabina needs you."祝迪面无表情地说小主人需要我。

我问那孩子现在在哪里？

女管家睨了我一眼，反问我还会在哪里？小主人的房间当然紧挨着主卧室。

我正想问她主卧室在哪里？她接了个电话，很堂而皇之地走开。

妈的，这让我从何找起？但再一想，这是让我"认识"豪宅的绝佳机会，我能大摇大摆地四处参观，借以满足我那爆表的好奇心。

Monica曾说过这栋房子原来是个英国佬的，所以房子外观及花园都被设计成都铎复兴式庄园，Elsa购入后决定来个混搭，花了五百多万美元把屋内打造成摩尔式建筑风……

所谓的"摩尔式"就是由摩尔人所创造的混和伊斯兰教与基督教的艺术风格，硬装上多采用马蹄形拱门及不加装饰的拱顶，软装上则大量使用木器、象牙、金属、纺织及陶瓷，偶见阿拉伯文或者几何图形做装饰。整个开放空间中，水是重点，不仅花园中会有喷泉及水道，连屋内也有水池，结合光线运用，呈现出清晰的水中倒影，宛如海市蜃楼。

我一间房一间房地找去，顺便验证"摩尔式"建筑风格，果然如同网上所说，到处充满异域风情。

如果说这屋还有什么特别之处，那就是每个房间都有无敌美景，能看到山景、海景及洛杉矶城市景，二楼还有超大阳台，大到能摆得下两辆豪车，简直奢华得可以！

拿破仑曾说"大就是美"，韦廷家无疑是大的，当然也很美，就是不知为什么，有股忧郁的气息，连播放的音乐也很忧伤……

等等，这不是独幕歌剧《贾尼·斯基基》中的一首咏叹调 O Mio Babbino Caro 吗？是谁那么有音乐涵养，懂得欣赏这优美深情又动人的旋律？

我寻声往那扇暗红色的马蹄形拱门走去……

第三十三章/情非得已

O mio babbino caro,

Mi piace, è bello bello,

Vo andare in Porta Rossa

A comperar l'anello!

Si,si ci voglio andare

e se l'amassi indarno

andrei sul Ponte Vecchio

ma per buttarmi in Arno!

我轻轻推开那扇半掩的暗红色马蹄形拱门，液晶电视屏幕上正上演着电影《憨豆先生的假期》中的经典桥段，MR.BEAN与语言不通的俄罗斯少年因缺盘缠在法国市场表演默剧，背景音乐正是这首用意大利语演唱的歌剧《啊！我亲爱的爸爸》。

· · ·

MI STRUGGO E MI TORMENTO!

O Dio, vorrei morir!

Babbo, pietà, pietà!

Babbo, pietà, pietà!

我那个戏精上身的小主子此时化身为恳求父亲允许自己与爱人在一起的可怜人，嘴巴一张一合，对嘴对得很到位。

"Well done."音乐声甫歇，我不吝给予赞美和掌声。

Sabina起身致谢，顺便问她的奖赏在哪里？

"妳的奖赏就是梳洗过后会有一顿丰盛的早餐。"

"那是处罚不是奖赏！"她恶狠狠地看着我。

我可不管是处罚还是奖赏，一把抱起她往浴室走去。

显然女主人仍然未归，因为早餐桌上只有一人份的早餐。

看小主人瞪着桌上物迟迟不开动，我忍不住问："妳会自己吃，对吧？"

"我的nanny一向喂我吃。"她答。

"Well, 现在是我当保姆，如果妳想等着我喂，那就饿死好了。"

Sabina把头撇向一旁，一副谁怕谁的模样。

"好，既然妳不吃，那我吃了。"我不客气地坐下来大快朵颐。

今天的早餐有谷物、荷包蛋、薯饼、香煎西红柿、德国热狗肠、蜂蜜薄饼及橙汁。

等主子感觉苗头不对时，桌上只剩一片薄饼及加谷物用剩的半杯牛奶，Sabina赶紧抢了去。

"记住，下回动作得快一点儿，否则连面包屑都吃不上。"我露出胜利的笑容。

～

今天是周六又适逢万圣节，一个五岁小孩的行程却排得满满的。

09:00 Kumo math

10:30 practice playing piano

14:00 kids golf

16:00 English tutor

18:00 Halloween dinner with upper class

我指着行程表上的最后一项问管家是什么意思？

"今天是万圣节，小贝家的小七发了邀请卡给Sabina 。"

我问这个小贝该不会是身价五亿英镑的贝克汉姆？那个小七是不是出门不带腿，集万千宠爱于一身的 Harper Seven Beckham？

"可不是，Sabina 太幸运了，结交的都是上等人。"祝迪一脸羡慕。

果真幸运，也果真是上等人。

虽然我也想借机一睹贝克汉姆的风采，无奈自己周末有演出（下午三点到晚上十点）。

"咳、咳、Elsa同意我继续保有剧场的工作，也就是说把小主人送去打高尔夫球后，接下来的行程皆无法参与，我先知会妳一声。"

"女主人肯定是脑子进水才会签下不平等条约，住宿也是，以前的保姆住佣人房，这次竟然允许妳住大房，大概害怕Sabina再次出走。哎！坏了规矩可不好，有人会因此恃宠而骄，对其他下人来说也不公平。"

祝迪有很深的阶级观念，上等人和下等人中间隔着一个太平洋，而我偏偏被归为弱势的那一方。

"这些话请对主人说去，有人有资格恃宠而骄，有人没有，怨不得！"我反击。

"呦！给几分颜色就开起染房来？妳也不过是这个月的新宠罢了。"

我懒得理眼睛长在头顶上的人，借口主子学习的时间已到，有恃无恐地转身离去。

～

上完数学课，我又盯着小主人练弹《汤普森》、《拜尔》及《哈农》里的钢琴曲后，很快便到了午饭时间。

有了前车之鉴，Sabina这次快速拿起刀叉。

"很好，以后都自己吃饭。"我微笑。

根据韦廷家的规定，我得等小主人吃完才能到地下室的下人餐厅用餐。

"妳为什么不吃？"Sabina问。

我答待会儿吃。

"你们吃的跟我的一样吗？"她又问。

Well,让我告诉你我家小主吃什么？有黑松露菲力牛排、鹅肝酱面包、鱼子酱温泉蛋、芦笋沙拉、煎蘑菇，外加一杯现榨的混合果汁。可想而知，若主人在场，丰盛的程度必是往上又翻了两翻。

"嗯！差不多。"我答，虽然截至目前为此，我还没吃过"下人餐"。

"那么妳去把午餐端来和我一起吃，一个人吃饭很无聊。"

我说那可不成，管家会杀了我，然后那个熊孩子就有胆把祝迪唤来，命令她将我的午餐呈上。

管家也不是吃素的，立马回绝。

" All right. I will call my mom."

听到Sabina要打电话给Elsa告状，祝迪晓以大义，说她妈正和美国"国王"讲话，请别做无礼之举……

呵！Sabina何许人也？若那么好沟通就不是Sabina了。

只见她怒气冲冲地起身，大有"鱼死网破"的气概。

祝迪大概也害怕小主人真会做出愚蠢的事，果真如此，她的饭碗就不保了。

" All right. You win."识时务者为俊杰，管家很快举白旗。

等我的午餐一呈上，我才知道今天吃的是炸鱼和薯条，一种最平民且相对廉价的食物。

"原来你们吃得这么好！"Sabina惊呼，"比我的好吃太多了，我不管，我要吃妳的。"

尽管我一再强调她吃的才是山珍海味，一般人吃不上，她仍嚷着要跟我换。怕她又使出杀手锏（打电话告状），加上我认为懂得"民间疾苦"也是教育的一部分，所以没怎么坚持就让她把炸鱼薯条抢了去。

看小主人吃得津津有味的样子，我忽然想到"得不到的才是最好的"这句话。

我把Sabina送往高尔夫球俱乐部，不忘提醒她今晚有万圣节晚餐吃。

"我讨厌Judy，她总要假装是我妈。"

"我也不喜欢她，但能怎么办？今晚我若不上台，整个剧组会急跳脚。"

让祝迪送小主人上小贝家也是无奈之举，若不是今晚有演出，我怎肯把大好机会送人？

"那么今晚的Trick or Treat 还算数吗？别忘了妳和uncle 跟我打过勾勾。"她可怜兮兮地问。

这也是我担心的，有一板一眼的祝迪在，Sabina 恐怕很难脱身。

"妳放心，uncle说的话肯定算数，如果不能兑现，那也是情非得已。"

我以为说得面面俱到，没想到Sabina只听进前半段，后半段自动屏蔽。

"唧！太棒了，我肯定能讨到好多好多的糖果。"说完，她蹦蹦跳跳地跟随教练走进高尔夫球场。

第三十四章/天国的回信

也许是万圣节的关系，今天的上座率很惨淡，看着空荡荡的观众席，演员的热情也跟着被浇熄，导演不得不为我们打气，还说演出结束后带我们去吃宵夜，借以避开被儿童骚扰（讨要糖果）的可能性。

我心想这是治标不治本，表面上"外出"是远离了纠缠，实际上更大的灾难正在后面等着（熊孩子一旦讨不到糖果，轻者在信箱内留下"威胁或咀咒"；重者扔鸡蛋在大门及窗户上，保管隔天一早臭气熏天）。

果然工作结束后，众人皆作鸟兽散，有人说孩子是天使，赶着回家发放糖果，也有怕事者，宁愿给几粒糖果也不想清理门窗上的秽物，只有李奥坏坏地说他就不给糖果，谁捣蛋就抓谁，最好来个胖小子，家里的汤正炖着，就少块肉……

"你也积点儿口德，不是每个孩子都作恶。"我说。

"真没幽默感，我早早买了环球影城'万圣惊魂夜'的夜场门票，打算和艾玛一起体验恐怖时刻。一想到鬼屋及死亡电车，我就全身热血沸腾，烹煮孩童的事还是留到明年吧！"

我问他真的和艾玛复合了？她父母那关怎么办？

"艾玛的年纪不小了，我就不信她父母不着急。听过'持久战'没？我现在改打持久战，只要死死咬住她不放，久了就是我的了。"

我想起大自然中的猛兽，牠们一旦咬住猎物就不松口，即使外力干扰也无视，直至口中物气绝身亡为止。

"那好，祝你和你的猎物今晚玩得开心。"

"You too."他把同样的祝福也给了我。

我在艾曼森话剧院门口站了有一刻钟，由于Steven没接听手机，我已经有被放鸽子的心理准备，孰料……

"萌萌，快上车！"那人从一辆似曾相识的豪车内探出头来。

"你换车了？"坐上副驾驶座，我随口一问。

"Uncle开的是我妈的车。"坐在后座的Sabina代答。

难怪我觉得眼熟！

韦廷家的车究竟有多少辆？我也搞不请楚，反正他家司机会换着开（据说若不"雨露均沾"，车子容易故障），所以"早上玛莎拉蒂，中午劳斯莱斯，下午兰博基尼"的情形司空见惯，其数量之多可见一斑。

"妳妈对uncle真好！"我转头对后座的小主人说。

"只有一个uncle, 我妈当然对他好。"

只有一个uncle？这是什么意思？我望向Steven, 等着他解释。

"Elsa是我姐。"他答。

什么？都这么久了，我竟没有"对号入座"？怪就怪国外对所有的男性长辈一律称uncle，无论有无血缘关系。

"Elsa不高，顶多160公分。"我仍心存怀疑。

他答他是隔代遗传，他家姥爷的身高有两米。

这样说来，Steven也是家财万贯，妥妥的富二代、富三代、甚至富N代。

我突然觉得自己像《爱丽丝梦游仙境》里的女主角一样，喝下不明液体后身体瞬间缩小，小到能钻进树洞里。

"太好了，都是上等人，呵呵！"我笑得很勉强。

他问我什么意思？我遂告诉他祝迪的阶级观念。

"都什么时候了还分等级？在我眼中人只有眼界高低的差别，无关贫富。"

瞬间，我又像爱丽丝吃了故事里的神奇蛋糕一样，身高蹭蹭蹭地往上冲，成了可以"小天下"的巨人。

"Uncle, 我们去哪里？"Sabina突然问。

"马里布。"他答。

马里布位于洛杉矶西北部，是一个海边城市。那里的豪宅稍微便宜些（但对升斗小民而言，仍是天价），买不起比佛利山庄者会退而求其次在此处购置房产。

果然富人区就是不一样，深宅大院的主人们个个出手大方，Sabina的红色戴妃包儿童款很快就不够用，还好我从1元店买来的帆布袋够大，无形中帮了大忙。看小主人乐开花的模样，也只有此刻我才发现她不过是个孩子，也有童心。

趁着Sabina又去敲门，Steven偷了一颗她的战利品，剥了糖果纸后塞进我嘴里。

"好吃吗？"他问。

"嗯！橘子口味的。"我探向袋内，"你要不要也来一个？袋子里有Lindt巧克力。"

他答不了，自己对甜食不感冒。

"你这个不感冒，那个也不感冒，难怪艾玛找别人去了。"

原本只是脑中一闪而过的念头，不知怎的竟然被我用语言给输出了，Shit！

"艾玛找别人？谁？李奥吗？"

"我……胡言乱语来着，你可别当真，也别往心里去。"我赶紧亡羊补牢。

"妳肯定不是胡言乱语，弗洛伊德曾说过没有'口误'这件事，它往往来自内心深处的真实想法。"

呵！这个弗洛伊德也太会帮倒忙了。

"好吧！我承认自己不是胡言乱语，今晚艾玛的确和李奥狂欢去了，但不怪她，你太温吞也太不积极，这样是不行的，女孩子会误会你对她不感兴趣。"

谁知Steven直率地表示他对艾玛失去兴趣了，也许一开始有，因为她留着俏丽的短发，和《情书》电影里的渡边博子如出一辙，但接触下来以后发现完全不是那么回事，加上艾玛的前任积极介入，他觉得是时候退出……

"所以你不是Gay？"我问。

"艾玛告诉妳我是Gay？"他很诧异。

"不是，李奥猜的，因为你太克己复礼了。"

Steven因此笑得好大声，他说自己的确是"克己复礼"，已经有三年不沾荤腥了。

我问为什么？

"因为……"他犹豫了一下，"因为我在等天国的回信。"

Steven送我们回家时已过了午夜。

" 赶紧把孩子送上床， 早过了睡觉时间 。 "Steven 摇下车窗说。

"知道了，你明天上班吗？ "

" 嗯！有个小型拍卖会等着我。"

于是我们很快互道晚安及再见。

服侍完小主人上床，自己又梳洗过后，躺在床上的我终于有时间思考Steven说过的话，什么是"天国的回信"？

他是影星中山美穗的粉丝，爱屋及乌，喜欢电影《情书》里的渡边博子不难理解，但我总觉得哪里怪怪的，就是不知道怪在什么地方，也许看完电影会有所启发，但到哪里看呢？那是多年前的老片，连当初有水润苹果肌的中山美穗也成了皮肤松弛的半百老人了……

我忽然忆起不久前艾玛曾借来《情书》录相带，只为找出中山美穗的魅力所在，我也跟着看了其中片断。

" 哪天该向她借来看。"我心想。

第三十五章/初见男主人

兴许是昨晚睡晚了，张开眼时已是早上九点多，我火急火燎地跑到Sabina的房间，她果然还在呼呼大睡。

"哎呀！我的小祖宗，快起床，不然赶不上做礼拜。"我一把将她从床上挖起。

"妈咪不在，不用去。"她挣开我的怀抱，躲进棉被里继续好眠。

祝迪给的行程表上写着周日早上十点到十一点上教堂做礼拜，显然即使我三两下将小主人穿戴完毕，赶到教堂时大概刚好来得及跟神父道别。

一想至此，我不再急如星火，Sabina想睡就睡吧！这个年纪的孩子很需要睡眠。

我气定神闲地回房，待梳洗完毕，想着"下人餐厅"应该不提供早餐了，但喝杯咖啡也好（早上滴水未沾总是怪），于是往外走去。经过厨房时，我看到韦廷家的意大利厨子在擀面皮，祝迪在旁絮絮叨叨，似在交待什么。

"这时候就准备午餐未免太早了吧？"我心想。

与厨房一墙之隔是餐厅，里面应该空无一人才是，然而我却看到一个穿白衬衫的男人，他正坐在大理石餐桌前翻看报纸。

"Good morning."我向他道早安。

他放下报纸，看了我好几秒后，问我是新来的女佣还是Elsa的亲戚？

我还没来得及回答，从我背后现身的祝迪抢先一步代答，她毕恭毕敬地称呼对方Sir，想必这就是久闻其名的男主人，我因此细细打量起他来。

此人四十至五十岁，古铜的肤色、鹅蛋脸、浓眉大眼、高鼻梁、尖鼻头、嘴唇很薄……气质上予人一种沧桑感，像两肩扛着大山，像极了"忧郁王子"。

"行礼，叫人。"祝迪拉了一下我的衣角，大概怕男主人听懂，说的是普通话。

我大梦初醒，赶紧行屈膝礼，唤了声Sir.

"Good morning."他对我说。

"What?"我冲口而出（后来才想到他是回应我先前的道早安）。

我能感觉衣角又被往下拉了两下，可见又讲错话了，赶紧说对不起。

他问我为何道歉？

"Because ……"我看了一眼祝迪，她反倒瞪我一眼，"I don't know."

我的无厘头回答让"忧郁王子"笑了，他的眼光重新回到报纸上，代表谈话结束。

祝迪拉着我又行了屈膝礼，两人退出餐厅。

～

管家说我让她丢脸了，有必要重新教育我一番。

"可以，但先让我喝杯咖啡，一个早上粒米未进，待会儿还得唤醒Sabina, 这个磨人精一起床，我哪有时间进食？我可不想不支倒地。"我说。

于是我们一同来到地下室的"下人餐厅"，我泡了两杯咖啡，加奶加糖的给她，我的则是黑咖啡。

"昨晚你们几点回来？"她问。

"记不清了，反正过了午夜，妳呢？"

"也差不多那个时候。听着，以后……"

我赶紧岔开话题，问她贝克汉姆是否像电视上看到的一样？

"比电视上的好看，全身散发男性成熟的魅力，光看他裸露的臂膀就让我想入非非……"

然后的然后，我因此知道小贝原先的家"只有"4000平方米大，因为太小（啥？），不适合孩子成长，后来以2400万英镑卖掉。现在住的这栋庄园是2017年买的，占地18615平方米，是洛杉矶目前最大的豪宅，有14个卧室27个浴室，还有健身房、网球场、保龄球间、游泳池以及可停100辆车的停车场，当时花了一亿六千万英镑买下，折合人民币14亿元。

"呵呵！上等人果然不一样，起步价以亿元计。"我呼应祝迪的阶级观念。

"我还没说完呢！他家的内景也奢华至极……"

于是我又得知小贝家的地板铺的是黑白方格形瓷砖，通往卧室的楼梯则是乳白色大理石，与整个房间的单色主题保持一致……厨房是开放式，以深色系为主，除了常见的锅碗瓢盆外，还配有一台Fracino Contempo咖啡机，价格约在2700英镑之谱……木质吧台把厨房和餐厅隔开。餐厅正中央摆放一张宴会式长桌，上方悬挂着一排水晶吊灯……靠窗处摆了一张卡其色长椅，小女儿Harper玩累了就窝在那里打盹儿……屋外有花园，花团锦簇……

"房间呢？维多利亚号称'时尚女王'，她的衣帽间是不是比Elsa的大？"我忍不住问。

"这我怎么知道？客人不能随便进入房间。"她答。

说的也是。

话题瞬间冷了下来，祝迪又重新捡起旧话题，说我在男主人面前不够庄重，这是不行的，迟早……

"Wettin这个姓氏很特别，不像美国人会有的。"我赶紧另起炉灶。

"当然特别，早告诉过妳William是德裔美国人，历史上有名的韦廷王朝就是由他家开启的，韦廷家族至今仍是叱咤欧洲的三十大家族之一。"

"难怪在家也得行屈膝礼。"我喃喃道。

祝迪说不止此，这个家处处可见家族盾徽，这又是皇族后裔的铁证。

"说的可是电动门上的两只金色四脚兽？"我问。

"答对了，妳看看这比佛利山庄上哪家有贵族纹章？高低立马可见。"

噢！原来"忧郁王子"还真是"王子"，如果德国现在仍采君主立宪制的话。

"Well, 男主人回家了，可是女主人怎么还是不见踪影？"我说。

"Elsa明天中午到。噢！对了，Sabina今天没吃早餐，我跟主人报告她昨晚参加万圣节活动睡晚了，但若连午餐也错过就不好交待了，妳……"

"我这就过去唤她起床。"我立马起身，很好意思地把空了的咖啡杯留给管家善后。

第三十六章/风云变色

我唤Sabina的名字不下二十次，她像睡死了似，完全听不见。

"妳爸爸回来了。"我冷冷地说。

"哪一个？"她突然坐起，眼睛睁得老大。

哪一个？我忽然想起Sabina有两个爸爸，一个生父，一个继父。

"好看的那一个。"我答。

"原来是William，"她泄了气，没过几秒又喜形于色，"他答应给我买Souvenir，我得看看是什么好东西。"

"等等，"我把仿佛装上强力电池的小主人抓回，"脸没洗，头发也没梳，妳想害我丢工作？"

就在Sabina的尖叫声中，我抱起她走向浴室。

~

"Daddy."Sabina一见到继父，立马冲向他，"Where is my present?"

男主人抱起她亲了又亲，一脸爱宠，那样子像极了一位真正的父亲。

我没忘记该有的礼节，行了屈膝礼后，唤了声Sir.

"Is she a good girl？他问我Sabina是不是好孩子？

呃！这叫我如何回答？我总得威胁兼利诱，加上过人的体力才能让脱缰野马的她按既定的路线走。

"Well, it depends ......"我答看情况。

William 因此深看了我两眼。

"Where is my present? Where is my present? You told me if I am a good girl, I can have a present."

现在换Sabina对继父亲了又亲，目的只有一个：索要礼物。

抵不过一个五岁女孩的死缠烂打兼撒娇，William 问我能否上楼取礼物？深蓝色的纸盒，就摆在书桌上。

"Certainly."我答。

主卧室不难找，祝迪曾说过Sabina的房间紧挨着主卧室，所以不是左边那一间，就是右边那一间。

当发现进到小型电影院后，我果断走向另一间。果然是最好的房间，三面都是落地玻璃窗，阳台还有个按摩浴缸，美景就不用说了，山景、海景、城市景全囊括了。

待我将房间横扫一遍后，很快发现那张带异域风情的实木书桌，上面有个纯铜打造的长臂折叠水晶灯，礼盒就在灯座旁。

本来我应该拿起礼物走人，不知为什么被椅背上的浅米色围巾给吸引住。

"这是'忧郁王子'的吗？"我边想边将它取下，然后往脖子上一围。

羊绒做的围巾很保暖，我忍不住将鼻子往前一凑，大力吸一口气。嗯！就是这个味道，混合柑桔的清甜味及薰衣草的香味，是一种令人舒适愉快的清新气息……

"卫萌萌，醒醒吧！他是不难看，但年纪大妳不止一轮，还是二婚，现任老婆Elsa刀枪不入，妳斗胆有非份之想，小心尸骨无存。"大脑的理智机制开始启动。

我吓得赶紧将围巾取下放回椅背上，匆匆拿起礼盒往外走去。

客厅里没有那对父女，我寻声找过去，原来他们已经开始用餐了，吃的是意大利饺（将面皮做成袋状，包入肉类及蔬菜，再放入热水中煮，起锅淋上面酱）。据说意大利饺来自于中国的饺子，但确实来源已不可考。

"Sir."我行屈膝礼，再呈上盒子，"Here it is."

还没等William 道完谢，Sabina以迅雷不及掩耳的速度一把抢过盒子，并且三两下拆封，当发现是一件白色羊毛童衫，上面有一只红色Kiwi鸟时，难掩失望之情，但也只是匆匆几秒，很快又眉开眼笑。

"Thank you, daddy."她给他一个感谢之吻。

眼看皆大欢喜，是时候告退……

"I don't like the Italian dumpling. I want to eat fish and chips."Sabina忽然提起。

男主人答现在没有炸鱼薯条，然后我的小主指向我。

见"忧郁王子"盯着我瞧，我只好据实以告。

"Then bring it here, please."William 竟然要我端上来。

莫非他以为我们餐餐吃炸鱼薯条？

怀疑虽怀疑，我还是答Yes，然后转身下到地下室。

～

今天没有炸鱼薯条，吃的是牛肉汉堡，我拿走自己的那一份。

" See, no fish and chips. Only beef burger."我对Sabina 说，还将手中物晃了晃，以示证明。

谁知她欢呼一声，下桌抢走我的汉堡。

我微愠地表示那是我的午餐。

此时男主人开口了，他说如果我愿意，可以坐下来一起吃午餐。

突然被天上掉下的馅饼打中，我支支吾吾了一下，"忧郁王子"因此判断我的答案是Yes，于是伸手招来小个子女佣，要她通知厨子给我做一份意大利饺。

在等待午餐到来前，William 说他下午没事，打算带Sabina到长滩晒晒太阳，Elsa不在，所以请我随行，因为他照顾不好一个孩子……

我面有难色地表示自己下午得上台表演，Elsa同意的了。

" Are you an actress?"他问。

知道雇主老公是加州最大电影制作公司的总裁，此时不施展浑身解数更待何时？于是我点头如捣蒜，并且主动告知自己曾拍过的电影及MV。

不知怎的，William 对我的态度有了180度的转变，他很快用餐巾擦拭嘴角，客气而生疏地请我慢用，然后留我和小主人四目相望。

" Daddy 不喜欢妳了。"Sabina 坏坏地笑。

再怎么反应迟钝，我也知道他"突然"不喜欢我了，为什么呢？难道我说错了什么？

我感到困惑。

第三十七章 / STEVEN的秘密

今天的李奥不似昨天神采飞扬，我问他怎么了？

"女人心海底针，我越来越不了解艾玛在想什么，一会儿与我亲近；一会儿又冷冰冰的，我对她还不够好吗？只差把心挖出来给她。"他唉声叹气的。

我说他又不是第一次认识这个女人，应该知道她的雷区在哪里，小心避开就是。还有，女孩子一个月总有那么几天不舒服，情绪不佳也正常……

"通通都不是，昨晚她一听说妳和Steven带个孩子挨家逐户地讨要糖果，瞬间就不对劲，鬼屋也不去了，硬要我带她上马里布找人，妳说这是什么状况？"

我想起在马里布时，Steven的确接了通电话，当时Sabina在旁叽叽喳喳的，我的心思也被抢了去。

"我不清楚，也许……也许你还是西西弗斯，石头又滚落下来了。"

话讲得太直白，李奥的眼神因此更加黯淡无光，让人瞅着忧心。

"别难过，爱情哪有一次就攻顶成功的？孙中山尚且需要革命II次，你……"

"我革命的次数比他多好不？再这么下去，我只能革自己的命。"他叹了口气，姿态摆得很低，"萌萌，妳能帮我探探口风吗？都说'知己知彼，百战不殆'，我需要知道自己处在什么位置，好重磅出拳。"

我当然拒绝，我的"前前任房东"已经不把我当朋友看，我去了岂不是自讨没趣？

~

就这么凑巧，戏刚演完我就接到艾玛的留言，她约我下班后去她家，她调鸡尾酒请我喝。

所谓"宴无好宴"，面对突来的邀约，我很忐忑，遂回覆"没空"二字，没想到很快又收到第二条短信：**Steven躲我一整天，妳不赴约也成，麻烦妳通知那个避不见面的人今晚到我家。**

呃！我竟然成了李奥、艾玛、Steven三人间的传声筒？

我决定来个相应不理，但走出话剧院，经过停车场时，我看到一个落寞的人影坐在斯巴鲁里，样子很萎靡。

哎！上辈子我肯定欠了他们三人。

我一伸手招来出租车。

~

"妳想喝什么？只要不是太冷门的，我都能调。"说完，她打了个酒嗝，我闻出威士忌的味道。

才三个礼拜不见，艾玛家的角落多了个小型吧台，墙面新置的架子上有好几瓶酒，叫得出名字的有：伏特加、朗姆酒、威士忌、金酒、特其拉、白兰地等。

"我不知道妳现在是调酒师。"我说。

她答还未出师呢！学着好玩，也许哪天不做包租婆可以改行当酒吧老板娘。

"那么祝妳心想事成。"

"想喝什么？"

"我没特别想喝的，妳看着办吧！别让我醉得不省人事就好，待会儿还得打车回去。"

"行，给妳来杯《玛格丽特》。"

只见她在杯口抹上细盐，再将特基拉酒、橙皮香甜酒及鲜柠檬汁加冰摇匀后滤入杯中，最后饰以柠檬片。

"不错，可以开店了。"我啜了一口后赞扬。

因为受我所托，艾玛给我酒性温和且度数低的鸡尾酒，但给自己调的却是100%酒精（没放果汁或其他），可见今晚的她打算彻底解放。

"妳知道我手中的这杯叫什么吗？"她摇晃杯中的紫红色液体，"它叫《罗伯塔阿姨》，这个阿姨可不是吃素的，传说她是19世纪末美国阿拉巴马州一个奴隶主的女儿，后来做起卖酒的生意。她的客人大多来自社会底层，传言曾有34位工人在喝了这款名为《罗伯塔阿姨》的鸡尾酒后身亡。"

艾玛不解释则已，一解释让人细思恐极，她若挂了，我岂不成了头号嫌疑人？

"有什么事要问，赶紧的，我还得回家侍候小主人上床。"我催促，心想还是早早离开是非地为宜。

"呵呵！我听说了，妳现在是有钱人家的保姆，够厉害！简直是打不死的蟑螂。"

"没办法，造化弄人，但 who knows? 也许这是生命中的转机。"

也不知是哪句话刺激到她，艾玛突然呜呜呜地哭起来，说Steven不理她了，就因为我长得比较像小日本，他就倒戈，这是不对的，哪天她也可以整出小虎牙来……

"我以为妳和李奥复合了。"我说。

她答那是做给Steven看的，不论上迪拜玩还是参加环球影城的"万圣惊魂夜"，她都把确切时间和地点告诉他，让他来找她，没料到Steven根本不当一回事，现在竟然开始玩起躲猫猫，让人为之气结。再说，我要颜没颜，读的也不是什么好学校，还他妈的特穷，那人咋就看上我了？……

我进屋前，艾玛已经半醉，再喝下几口阿姨的"毒酒"后，现在已经神智不清，有什么说什么，也正因如此，可信度很高，原来在她眼里，我的条件比我自己想的还要糟糕。

"他没看上妳是真的，但也不见得看上我，我总觉得Steven的心里有个秘密，一个天大的秘密。"

"什么秘密？说！"

"我还不知道，也许等我把《情书》录相带看完就知道了。"

艾玛答那还等什么？然后她踉踉跄跄地去取录相带，还好心地做了放映的工作。

其实我原本想借回去看，但当听到北风呼啸而过的声音，再看到女主角从雪地爬起，片头音乐传来，我不由自主地进入剧情……

这是由岩井俊二所导的纯爱电影，改编自同名小说，讲述一封寄往天国的情书却出乎意料地收到回信，并且逐渐挖掘出一段深埋多年的纯真单恋故事。

电影的画面极美，没有一个多余的镜头，节奏很慢却不枯燥，把一个极普通的故事用隐晦的手法表现出暗恋的青涩、独特及美好，真正印证了那句话：有些爱止于唇齿，藏于岁月，掩于心……

· · · ·

"故事虽好，电影虽美，可惜看完后我仍一头雾水，无法将它和Steven的秘密联想在一起。"

"要说相像，除了没有小虎牙，我觉得妳更像女主角。"

"强扭的瓜不甜，妳确定要死磕到底？"

"李奥待你不错，能坚持这么久也挺难得的。"

"拿得起放得下才是聪明人。"

……

听到片尾曲响起，我有感而发，但等半天得不到回应，一转头，原来艾玛已歪倒在沙发上会周公。

我长叹一口气，抱来一床棉被盖她身上，再把桌上的杯盘狼藉收拾好，然后轻轻关上门离去。

第三十八章/急转直下

打车回到韦廷家已近凌晨两点，由于没侍候小主人上床，我很尽责地上到二楼查看，睡着了的Sabina少了戾气，像天使一样可爱。

回到自己的房间后，我将闹钟设置为7:00 am，意即五个小时后得起床，老天！这是在慢性自杀。

我来不及洗澡便上床。

当诡异的闹钟音乐《顽皮豹》响起时，我拖着疲惫的身躯进浴室。洗完战斗澡，再套上两件式运动服，我往二楼走去。

" Leave me alone. I want to sleep."Sabina喊。

我怎么可能听她的？经过三分钟的拉锯战后，我成功让那个熊孩子就范，并且在八点前像个小淑女似地端坐在餐桌前。

" Good morning, Sir."我行屈膝礼。

男主人深看我一眼后，问我是否凌晨才回来？

我答是。

" I don't think you can do this job." 他说他不认为我做得来这份工作。

我赶紧解释因临时有突发状况才会晚归，我也不想怠职，一回来马上赶到小主人的房间查看……

" Daddy, I like her. Don't let her leave."

没想到Sabina开口护我，我真爱死她了。

William当场没表态，而是要我送完孩子上学，立马回韦廷家，他有话对我说。

我能感觉低气压正一步步地逼近，那是一种很不愉悦的氛围。

" Yes, Sir."我诚惶诚恐地答。

〜

Sabina上的是贵死人的私立幼儿园，课程安排着重生活教育、感官教育、数学教育、科学教育、艺术教育，另外又多了创意课程与实验室教学，让孩子在关爱与互助中体验教育的精粹……这是墙面看板上写的。

一转头，我看见我家小主拉了某个小女孩的马尾，后者立刻嚎啕大哭。

我随即用眼神制止她，她对我努努嘴，转身跑进教室。

据说此幼儿园有半天班及全天班两种选择，以Sabina的三分钟热度，能从早上九点待到下午一点已属万幸，再多待一分钟，恐怕老师都得喊救命，所以我以无限愧疚之心交出这个闯祸精，然后坐上韦廷家的专用座驾回比佛利山庄。

〜

我以为男主人会在客厅等我，没想到他回房去了。

"妳惹了什么麻烦？"祝迪问。

"昨晚没及时回来照顾小主人。"

" 那妳完了，这个家把Sabina当公主养，推诿塞责是很大的罪过。"

我叹了口气答是福不是祸，是祸躲不过，该来的总要面对，大不了去住"流浪汉之家"……

"那可不是给'外国流浪汉'住的，"她一盆冷水泼下来，"若真活不下去，妳可以去 Food Bank看看，那里总会有好心人捐些金枪鱼、饼干、花生酱之类的东西，不见得好吃，但至少不会挨饿……Wait，妳不是还有话剧演出的收入吗？那笔钱刚好可以拿来在墨西哥区或韩国城租房，虽然治安欠佳，但租金便宜。"

我还没想明白，祝迪已经替我把未来之路归划好。

" 谢谢妳的良心建议，哪天真丢了工作，我就在比佛利山庄找个管家的工作，没有折腾人的小孩，也没有说翻脸就翻脸的雇主。"

话可以说得很满，但我心知肚明工作不好找，即使当住家女佣，也得出示前雇主的介绍信。我是运气好，摊上对我"一见钟情"的小主人，物换星移，现在到哪里找一周一千刀的保姆工作？就算打着灯笼找也未必有。

正因如此，我想保住这份工作的欲望就更加强烈，打算不论男主人做什么、说什么，我都要死守"打不还手、骂不还口"的最高原则。

进到房內，William 正坐在阳台的藤制沙发上晒太阳，戴上雷朋太阳眼镜的他看起来像明星般耀眼，我这时才发现美貌是有杀伤力的，不论男女。

我行屈膝礼，唤了声Sir.

" Have a seat，please."他说。

我战战兢兢地坐下来，他开始洋洋洒洒地高谈阔论，说不明白我使了什么魔法，让Sabina对我着迷，听说中国有种幻术，对人一吹气，那人就会像个傻子似的……也许我以为拥有Sabina这张王牌就能呼风唤雨，早着呢！看过为了谋一个角色无所不用其极者，但屈尊降贵到他家当保姆倒是头一回……

我总算听懂了，William 认为我到韦廷家工作的动机不纯良。

" No, the truth isn't what you thought." 我说事情不像他所想的那样。

他答事实是什么不重要，重要的是他不会给我任何角色，即使是没台词的群演也不可能……

换作从前，对于错怪我的人，我会直接要他下地狱去，但如今我有要务在身，必须努力做到"泰山崩于前而色不变"。

然而我的委屈求全并没有替自己带来好运，男主人更有理由相信我是只"不动声色但心思缜密"的狐狸，遂竭尽全力地羞辱我，连Be a dog in the manger（占着茅坑不拉屎）之类的话都冲口而出。

是可忍孰不可忍？就算流落街头也比胯下之辱强！

我立马起身，说自己不跟蓝血人玩（古老的西班牙人认为贵族身上流淌的血液是蓝色的，后来统称欧洲贵族为蓝血人），爱咋咋地，我就做到此时此刻为止！

他冷冷地说我就这么走掉可不行，Elsa下午到，我得跟雇我的人当面请辞才成。

想到还得"忍气吞声"几小时，简直生无可恋。

" Fine."我答可，然后没行礼就转身离开。

~

我去接Sabina放学，老师说她有表演天赋，打算在成果发布会上让她扮演《龟兔赛跑》里的兔子……

在车上，Sabina说还好她扮演的是可爱的兔子，她可不想穿上丑陋的乌龟装……

"可是最后乌龟赢了。"我说。

"妳当我傻？上台表演时，我会一马当先冲出去，给大家一个Surprise。"

呵！这的确像是Sabina会干的事。我突然可怜起办活动的老师，看到自己的学生不按理出牌，又不能在大庭广众下发火，那情景要说多尴尬就有多尴尬。

"随便妳，只是别跑太快，跌个狗吃屎可不妙。"我随口一说。

"那么我们晚上彩排一下，我当兔子，妳当龟，记住，最后得让我赢。"

我答晚上不行，待会儿送她回家后，我马上打包走人，她妈妈会另外给她找保姆……

"Who said?"她虎着眼问。

"我说的，我侍候不了妳和妳的奇葩父母。"

话一说完，她紧抱住我不放，勒得我快喘不过气来。

"Sabina, stop it."我制止她

即使下车进到屋内，她依然不松手，直到听见男主人唤她"Sweetheart"。

"Daddy, tell her I want her to stay."小妮子找到救兵，立马松开手奔向他，并且在第一时间要求她的继父命令我留下。

William看着我，我答我可没使什么妖术，完全是Sabina自己一厢情愿……

" Please stay."他忽然开口挽留，态度很诚恳。

哈！我可不是召之即来挥之即去的人，树活一张皮，人活一张脸，再怎么着也得……

我话还没说完，他竟然在出其不意的情况下跟我道歉。

" Well……then……fine……if you mean it. I accept your apology."出走不是我想要的，既然他给梯子，我便顺势而下。

Sabina欢呼一声，过来拥抱我，也只有在这时候，我觉得那孩子其实……其实还挺不错的。

第三十九章/有求必应

我没忘记昨晚因没及时回来侍候小主人上床而惹出的祸端，所以戏一演完，立马走人。

"萌萌，我载妳回比佛利山庄。"李奥手里晃动着车钥匙走过来。

"不用了，公交车很快就来。"我一步也不敢停留。

"妳昨晚去艾玛家，都谈了些什么？"他问。

我停下脚步，等着他解释。

"我没跟踪妳，是凑巧，信不信由妳。"

"不信！"我继续往前走去。

"你们都被骗了，Steven 是结过婚的人。"他冲着我的背影喊。

我紧急刹车，转头问他这终究是怎么回事？

在车上，李奥告诉我Steven的老婆是登山爱好者，在一次登美国惠特尼峰时，从冰瀑顶跌落下去，当时出动了很多搜救队，没想到结局以悲剧收场，新闻还上了报纸头条。

"你是怎么知道的？"我问。

他答想知道还不容易？在网上输入人名，再删除地域不对的同名同姓者，剩余的就不多了。

"真厉害！"我言不由衷。

"我还发现他以前是篮球运动员，姐姐Elsa的二婚老公目前是加州最大电影制作公司的总裁，而前任搞出来的拖油瓶现在正由妳照顾着。"他补充说明。

我翻了个大白眼，原来网络无远弗届，只有你想不到的，没有挖不出的。

"结过婚就结过婚，那也没什么，何况他老婆不在了，不过现实倒是打了你一巴掌，原先你认定他是Gay."

他干笑两声，承认那的确是场误会，但Steven是柳下惠不假，艾玛就多所抱怨……

我很不可思议地望着说话的人。

"What?"他问。

我答没事，但心里犯嘀咕，这得多脑残才会说出这样的话来？心爱的人抱怨情敌不热情，他竟然判断不出自己的处境岌岌可危？

~

话剧院离比佛利山庄不远，加上非交通高峰期，十几分钟就到了。

门卫这次终于认出我来，他很快按下启动键。

"那两只四脚兽代表什么？"李奥看着正在移动的电动门问。

"一只是狮子，另一只……不知道，反正是家族的Logo，韦廷王朝听过没？男主人的爷爷的爷爷的爷爷……打出的江山。"

"呵呵！挺能打的，他本人大概长得像水浒传里的绿林好汉吧？！"

我否认。

虽然William的年纪不小，对我也不友善，但凭良心说，颜质还是在线的，而且多了岁月的沉淀，像古董似的，看着旧，但是块宝。

"妳怎么了？"他多看了我好几眼，"表情好复杂，好像错过了什么。"

李奥的话醍醐灌顶，虽然不愿承认，但我的确羡慕Elsa，并且有了微微的醋意。这么"金玉其表，败絮其中"的人，又是再嫁，还拖个五岁的孩子，怎么说都高攀了，如果同样的好运落在我头上……

"到了，"李奥踩刹车，"的确是有钱人家，开进来得花好几分钟。"

"谢了，明天见。"我打开车门。

"等等，那人是谁？"

我顺着他手指的方向望过去，原来靠近玄关处的窗户前站着一个严肃的女人。

"管家祝迪，是块硬饼干。"我答。

"她为什么在看我？"

我的老天！她看他是因为他在看她，还有，那女人很爱八卦，我深夜让一个男人送回家，这正是茶余饭后的好谈资。

"她看你是因为你的脸上粘着饭粒。"

"真的？"他赶紧就着车上的后照镜察看。

我下车，嘴角有一抹微笑。

我一进门，祝迪忙不迭问我那人是谁？

"我老公。"我答。

"真的？"

我发现祝迪和李奥两人都很好骗，说什么信什么，会猜疑是好几分钟以后的事。

这可不，等我给小主人换上睡衣、盯着她刷完牙、又讲了两则安徒生童话后，一走出房外便瞧见祝迪，看样子等很久了。

"妳刚刚是骗人的，对不对？"她问。

"刚刚？噢！那个……童话故事当然是骗人的。"我抬起杠来。

祝迪瞪我一眼，挑明了问："车里的男人是什么血型？什么星座？几岁了？住哪里？……"

"我不知道妳对我的老公这么感兴趣。"

"我不是对他感兴趣，而是对妳感兴趣，妳不像结过婚的人。"

我问她结过婚的怎么了？长三头六臂？

"反正不像就是不像，我都没对象，妳怎么可能有？而且对方还长得人模人样的。"

这句话的解读是祝迪认为她的条件优于我，同时李奥的外形也已通过她的审美标准。

"是啊！人模人样的人竟然选择我而不是妳，妳该好好反省了，understood?"

我把她的口头禅奉还给她，然后走回自己的房间。

日子匆匆又过了好几天，我对韦廷家的生活节奏也有了一定的了解。男主人很忙，经常飞来飞去；女主人也很忙，但忙着过"有钱少奶奶"的生活，包括定时定点光顾美容、美发、美甲院，同时参加派对、慈善活动、名媛聚会……她的忙碌不下一个朝九晚五的上班族，甚至有过之而无不及，所以很好意思地把女儿丢给我。这有个好处，由于母女相处的时间不长，Elsa对Sabina总是和颜悦色，到了有求必应的程度；坏处当然也不少，好比现在，女主人竟然答应让女儿上迪士尼乐园玩。

"Sabina 得上幼儿园，其他的才艺课也排得满满的，再说了，我每天都有演出。"我表情严肃地说。

"剧场那边不是一个月公休两天吗？妳随便选一天去得了。"

切，世界上就是有这么厚颜无耻的人，那是我的休息日，如晨星般珍贵，在她眼里却跟白菜一样廉价！

"咳、咳、"我故意咳嗽两声，"人不是机器，偶尔也需要放松。"

Elsa答就是因为需要放松才让我跟着去，她这个雇主算做到位，连门票都帮我买好，更别说包办在园内吃吃喝喝的费用。

敢情我还得叩谢皇恩？

"不了，我宁愿无所事事地压马路或者坐在咖啡馆里发呆。"

见我不愿牺牲，Sabina开始撒泼，说她非去迪士尼不可，否则她就要打电话给daddy，他绝对会带她去。

" Sabina, don't do anything stupid. Your daddy is super busy."女主人制止她，然后转身对我说，"不过是钱的事，没什么大不了，这样吧！带Sabina出游的那一天，我额外多给妳五百。"

我想了想，答："Deal."

第四十章/破冰之旅

世界上第一个迪士尼乐园位于美国加州阿纳海姆市，于1955年开业，被人们誉为地球上最快乐的地方。

乐园的创办人为沃特·迪士尼（家喻户晓的米老鼠、唐老鸭、高飞狗、白雪公主等卡通人物都出自他的笔下），某日当他看着年幼的女儿单独在公园搭乘旋转木马时，脑中有了兴建一个大型乐园的构想，让大人和小孩都能同时游玩。显然这个点子很成功，要不，我家小主也不会铁了心要去。

我把出游该带的东西一一准备好，包括帽子、太阳眼镜、防晒油、泳衣……等，怕小主人玩疯而弄脏衣服，我还备妥了第二套，可惜当"万事俱备只欠东风"时，我才赫然发现韦廷家的司机被Elsa给征用了。

"司机什么时候回来？"我问。

"女主人跟比佛利山庄的'夫人帮'一起上拉斯维加斯看秀去了，单程就得花上五个小时，妳说司机什么时候回来？"祝迪反问我。

"不是有直升机吗？那个快，怎么不搭？"

"直升机现在估计在俄罗斯上空，William今天和该国的娱乐业大佬会面。"

呵！真是踩了狗屎好运，这下子得叫出租车了。

"Sabina, 妳的芭比玩具屋能别带吗？我只有两只手，不是千手观音。"我说。

"不行。"

我退而求其次，问她能否两个礼拜后再去？反正迪士尼乐园又不会跑掉，玩具屋还能放车上。

话一说完，那个熊孩子直接躺地上以示抗议，任凭我怎么拉都拉不动。

"看来妳这个保姆也不过尔尔，根本治不了她。"祝迪下完结论后走开，轻蔑的语气让人为之气结。

"我的小祖宗，"我蹲下身来，"拜托妳别为难我，迪士尼哪天不能去？我总不能扛着玩具屋和妳一起爬'泰山树屋'吧？"

这次Sabina索性当起"三不猴"–勿视、勿听、勿言。

见"武力"无法解决，"动之以情"也起不了作用，我只能找外援。

李奥一听说我的请求，立马拒绝，他答好不容易才轮到公休，绝不当"柴可夫司机"，还问我为什么不把驾照考出来？早干嘛去了？

被人落井下石大概就是这种感觉。

"我若有钱买车，也会一早把驾照考出来，省得听你冷嘲热讽。"我没好气地说。

"何不找Steven? 反正他无家累。"

李奥的建议为我点亮一盏明灯，我一通电话打给他。

"好，二十分钟后见。"Steven很豪爽地答。

放下手机，我告诉Sabina，这下子她不仅可以带玩具屋，连她爸爸买的两米高长颈鹿玩偶也可随身携带。

STEVEN开的是四门轿车,为了装下SABINA的玩具屋、半人高的泰迪熊以及其他林林总总的小东西，不得不把韦廷家的奔驰房车开出来。

"保姆的工作不好做呀！"车子沿着五号公路行驶，Steven有感而发。

"谁说不是？若不是你拔刀相助，估计我会累得像条狗。"

我曾在环球影城打过工，对这类主题乐园其实不感冒，兴许这次一起出游的人不一样，唤醒我那久违的童心。

"很少看妳笑得这么开心。"我们步出旋转风蜜罐,Steven对我说。

"明天和厄运不知哪个会先到，当然得玩得开心点儿，而且'开心'这玩意儿不分贫富贵贱，只有想与不想，无关能不能。"

"是吗？"他仰天长叹，"我也想开心，但我不能，我是说打从心底开心，而非做做样子。"

自从知道Steven的老婆因山难去世后，有部分谜团因此被解开，包括他看起来很阳光开朗，但总有隐隐的伤感；表现在外是谦谦君子，但处久了会有疏离感……无怪乎李奥一度认为他是同志，对女性不感兴趣。

"想谈谈吗？"我问。

"不想。"

被拒绝其实没什么，每个人都有权利保守自己的秘密，但我不知哪个筋不对（肯定是热昏头了），竟然编出一套谎言，而且一气呵成，连草稿都不用打。

"妳……妳的前男友山难死了，到现在妳还一周一封地给他写情书？"他问。

"是的。"我答。

他的哀戚一闪而过，让人看了纠心。

"像我这种悲剧人物尚且活得好好的，你也可以。"我进一步说。

"谢谢！"他苦笑。

体验过"飞跃全世界"（在几分钟内走遍全球）后，我们在迪士尼乐园附属的红龙虾餐厅点海鲜及牛排吃，吃完刚好赶上花车巡游及狮子王庆典。当夜晚的烟火表演将节目推向最高潮时，有人紧握住我的手……

我知道经过这一天，一切都变得不一样了。

第四十一章/农夫与蛇

有人说全世界最好看的秀都集中在拉斯维加斯，这可不，隔天我送小主人上幼儿园，回到韦廷家刚好遇上看秀回来的Elsa，不过是寻常的一句问话："拉斯维加斯的秀好看吗？"，竟然打开女主人的话闸子，我因此知道KA秀、蓝人秀、猛男秀、上空秀、歌舞秀、帝王争霸秀……

"告诉妳，那里的秀花样繁多、精彩纷呈，若不是同行的姐妹赶着回家，我真想全部都看过一遍。"她补上一句。

"什么事非得着急回家不可？"我问。

"布朗家的保姆正在勾引男主人，妳說着不着急？"

说完，Elsa恶狠狠地盯着我瞧，害我半天答不出话来，赶紧找个借口离开。

~

Sabina的幼儿园只上半天班，包含午餐，这倒好，不用为了吃啥而烦恼，同时也给了我和Steven共进午餐的机会。

"想吃什么？"他问。

"天气热，想吃凉面，但这种地方小吃在国外恐怕很难找到。"

谁知Steven说我好运气，在North Canon Drive上新开了一家叫"川味居"的店，说到凉面，还有比四川凉面更令人垂涎的吗？

然而兴冲冲赶去，却发现这家店卖的是大杂汇，既有四川的麻婆豆腐、担担面，也有广东的干炒牛河及叉烧，就是没有我要的凉面。

"这算不算挂羊头卖狗肉？没凉面，店名怎么可以叫'川味居'呢？"我很不满。

还好点的红油炒手、水煮牛肉、清炒芥兰、扬州炒饭等的味道都不错，服务也还行，我便不再抱怨，专心在吃食上。

"谈谈妳的男朋友吧！"趁我喝热茶解油腻之际，Steven忽然问。

我的男朋友？噢！山难那一个。

"他……他是很多女孩子心目中的男神，185公分高，有六块腹肌及人鱼线，人很聪明，是学霸，对我特别好，到了有求必应的程度……"

无形中，我把自己长久以来幻想的白马王子形象全抓来当男友，殊不知在现实世界中，我的前男友再平凡不过，甚至会因我坚守最后一道防线而跟我拜，毫无美感可言。

"难怪到现在妳还一周一封地给他写情书。"他无限感慨地说。

"唉……嗯……呃……"我尴尬至极。

"他是在哪里出事的？"Steven又问。

哪里？我认识的山不多，除了人尽皆知的世界第一高峰（珠穆朗玛峰）之外，就是武侠小说里会有的昆仑山、武当山、峨眉山……等。想到我那"神圣不可侵犯"的白马王子不应该爬太接地气的山，但若回答珠穆朗玛峰又过于夸张……

见我半天不吭声，Steven主动交待自己曾有过一段婚姻，妻子是登山爱好者，在一次登惠特尼峰时出了事，当时出动了很多搜救队，没想到结局以悲剧收场。

"一样，我的前男友也是爬惠特尼峰时出事，看来那座山险象环生，还是别去，呵呵！"

意识到自己竟然笑出声，这对死者太不敬了，我赶紧捂住嘴用力咳嗽两声，想把难堪掩饰过去。

"萌萌，"他突然抓住我的手，"妳太不容易了，如果……如果不介意我结过婚，让我来照顾妳，好吗？"

听到有人要照顾我，我感动得无以复加。长久以来都是孤独一人，一个人吃饭、一个人睡觉、一个人开心、一个人流泪……现在竟然有人要和我并肩而行，与我分享生活的点滴，给予我温暖的怀抱，怎不令人雀跃？

"好，当然好，"我拭去夺眶而出的泪水，"我太高兴了。"

他笑我傻，这样也哭？

"我就是傻，你不也喜欢傻里傻气的我？"我答，冷不防又滴下一颗欣喜之泪。

～

我们一同去接Sabina放学，那个鬼灵精一眼就瞧出有事不对劲。

"Uncle, 为什么你也来接我？"她问。

Steven望了我一眼，笑说："因为萌萌在这里呀！"

那女孩转动一下她的大眼睛，问我们可曾接吻过？

"哈哈！这是什么烂问题？我们当然接吻过。"说完，他低头亲了我脸颊，害我羞红了脸。

"噢噢！小心我告诉妈咪。"显然小主人并不乐见此结果。

"Sabina，回去可别告诉妈咪，妳uncle是逗妳玩的。"我赶紧扼止流言，虽然心中早已冒出无数个幸福的小泡泡。

谁知那个一根筋的男人马上重申我的女友地位，害我进退两难。

Sabina因此深看我们好几眼，那样子像是拿着放大镜看古化石的老学究，深不可测。

匆忙带着我家小主去上芭蕾舞课及打儿童高尔夫后，我赶着粉墨上台。

和往日一样，全体演员在热烈掌声中下台，不同的是，我好像在观众席上看到William的身影，惊鸿一瞥，看得不是很真切。

"妳怎么了？"大概帘幕拉上后，我依然原地不动，李奥忍不住问。

我答好像在人群中看到不该看到的人，所以惊吓到。

没想到一走出话剧院，真的看到不该看到的人—艾玛。

"妳和Steven究竟是怎么回事？"她叉腰质问我。

"什么怎么回事？"我边答边往巴士站走去，没忘记自己得赶回家照顾小主人。

"Steven说他和妳正在交往。"她小跑步跟上。

他真那么说了？我感到意外，毕竟我们才刚确认恋爱关系没多久。

"谁说的问谁去，问我做什么？"

"卫萌萌！"

我转过头去，一个巴掌随即而来，打得我眼冒金星。

"妳就是传说中的绿茶婊，专做挖墙脚的事，亏我对妳掏心掏肺的，妳倒好，直接抢走我的男人！"

我也不甘示弱，强调男未婚女未嫁，什么她的男人？别笑死人了！

就在第二个巴掌甩过来之前，李奥适时出现。

"做什么你？"她试图挣脱孔而有力的臂膀，"今天我就打算跟这个不要脸的女人同归于尽。"

李奥边抱紧艾玛边提醒我公交车来了。

看着他怀里失去理智的泼妇，我当下决定还是别起正面冲突，于是怀着委屈跳上红色Metro 4路。

今晚我给Sabina讲的睡前故事是《伊索寓言》里的一则，她指定要听的。

在一个寒冷的冬天里，赶集完的农夫在路边发现了一条蛇，以为它冻僵了，便把它带回家照顾，没想到蛇苏醒后却本能地反咬他一口，农夫死前后悔地说道："我想要做善事，却由于见识浅薄而害死自己，报应呀！"

故事说完，Sabina问我蛇为什么要咬农夫？

"那是它的本能，解释不了，所以别帮助坏人，坏人最后会反咬妳一口。"我答。

“妳是坏人吗？”

“我？当然不是。”

“那么为什么妈咪说妳是《农夫与蛇》故事里的蛇？”

知道Elsa把我视为不懂感恩的蛇，我问那个闯祸精今天是不是说了不该说的话？譬如……我和她uncle的事。

“我只说uncle亲了妳一下，其他什么都没说。”她面露无辜的表情。

哎！就知道小孩的嘴巴管不住。

“这下子妳妈肯定会给我苦头吃。”我长叹一口气说。

替小主人盖好被子后，我意兴阑珊地回到自己的房间。

第四十二章/替身

早上八点前，我把穿戴整齐的Sabina送上餐桌，真巧，男女主人都在。

" Good morning, Sir. Good morning, Madam." 我分别行了屈膝礼。

William 对我还算和善，至少回礼了；Elsa就不一样，她冷若冰霜，俨然冰雪女王，对我的问候置之不理。

我想着还是赶紧到下人餐厅吃早餐，去晚了，就只能胡乱喝杯牛奶，毕竟还没梳妆打扮，而待会儿还得送小主人上幼儿园。

"卫小姐，坐下来一起吃吧！"Elsa忽然开口挽留。

"不，不了。"我很受宠若惊，并且看了男主人一眼，"我还是另外吃吧！"

" Have a seat, please."这次是William 开的口，怕我推辞，还唤来管家，要她通知厨子给我来份火腿蘑菇蛋卷加热饮。

我只好道谢坐了下来。

韦廷家的早餐很丰盛，光面包就有好几种，包括带盐粒的八方形扭结面包、牛角包、蜗牛面包、小麦面包、黑麦面包等，把面包篮塞得满满的。

大概我的眼光落在面包上，William 把面包篮递给我。

为了不拂他意，我取走一个小面包。

等男主人也把黄油、果酱、蜂蜜、坚果酱往我这边挪时，Elsa不淡定了。

"给我黄油！"她下令。

我立即诚惶诚恐地把黄油碟子递过去。

"果酱、蜂蜜、坚果酱也要。"她接着说。

于是我一股脑地把东西全给她，自己拿起面包干啃，还好火腿蘑菇蛋卷和热可可适时送到，多少免去一些尴尬。

" My brother, Steven, has fallen in love with a poor girl."女主人对男主人说。

" Who is she?"

" Nanny knows her."

于是Steven望向我，呃！我要如何告诉他Steven的恋爱对象是我，那个Elsa口中的穷女孩呢？

"I ......I......"

我还在支支吾吾，Sabina毫不客气地把话筒夺去，说Steven昨天吻我了。

William 有些惊讶，问我是不是属实？

我窘得不知如何是好，恨不得将头埋进地底下。

Elsa不忘继续捅刀，她说Steven的亡妻是大家闺秀，毕业于常春藤名校，长得也大大方方、仪态万千，可惜红颜薄命，Steven因此消沉了许久，最近才认识一个包租婆，和Christine

根本无法比，没想到每下愈况，现在竟然被一个小小的保姆给俘虏了，真不知该说什么好，怪就怪在他还没有从失去爱妻的创伤中解脱出来，但凡有人和Christine有那么丁点儿相像就深陷进去……

男主人不苟同，他说我和Christine一点儿也不像。

Elsa答把头发剪短，再露出小虎牙就像了，然后转头用普通话对我说："别以为自己中了大奖，这不是真爱，我弟弟找的是替身，他们夫妻俩的感情可好了，鹣鲽情深。"

所谓"打蛇打七寸"，Elsa算是打中我的脊梁骨，我立马没了底气。

"快吃，否则上学要迟到了。"我叮嘱小主人，然后低头默默吃早餐，把蛋卷一扫而空，连残渣也不留。

~

"如果妳认为我言过其实，待会儿我发Christine的照片给妳看，妳自行判断。"临出门前，女主人是这么跟我说的。

把Sabina送进幼儿园后，我找了一家咖啡馆坐下，直到喝完两杯咖啡，我才打开邮件。那一张张栩栩如生的照片如雪片般飞来，我看到一个阳光、有活力的女子，发型和《情书》电影里的女主角如出一辙（艾玛也是这个发型），不笑时形似中山美穗，笑起来露出两颗小虎牙，虽然不愿承认，但瞧着的确跟我有几分相像。

再看他们夫妻俩的互动，照片应验了何谓如胶似漆、情投意合、水乳交融、亲密无间……就差没亲眼目睹他们的画眉之乐。

"原来……原来Steven真的在找替身，压根儿不是对我这个人感兴趣。"我喃喃道。

"嘟……嘟嘟……"

说曹操，曹操就到，是 Steven 的来电，他邀我中午一起吃饭。

我答好，突然一个念头在脑海里闪过。

"天气热，我想把头发剪短，你觉得如何？"我问。

"随便，只要妳喜欢。"

我望向窗外，街对面有家美发店，我立马要他过来帮我拿主意。

"还是妳自己决定吧！我对女人的发型没概念。"

"不嘛！女为悦己者容，你认为好看才是真的好看。"

他最终同意了，问我是哪家店。

发型设计师建议我剪贝壳头，说是今年的流行款，STEVEN不同意，他认为偏分斜刘海的齐耳短发更干净利落，同时予人清爽的感觉。于是在他的指示下，我的长发一把一把地落地，最后终于成了第二个渡边博子（或者说是中山美穗、艾玛、CHRISTINE），就是不像我—卫萌萌。

"喜欢吗？"Steven微笑问我。

"嗯！"

"笑一笑。"

我勉强笑一下，当看到Steven"眼前一亮"的表情时，我几乎可以认定他已经把我打造成Christine，那个已逝的亡妻。

"我想买件衣服，你帮我。"我继续不撞南墙不回头。

他低头看了一眼腕表，说："该吃饭了，下次吧！妳不是还得上幼儿园接Sabina？"

"我不管，饭可以不吃，衣服不可以不买，我就想买，现在！"

拗不过我的胡搅蛮缠，他答应陪我买衣服，还好比佛利山庄最不缺的就是服装店，个个价格不菲。

当他带我走进Abercrombie Fitch，一个美国高端品牌休闲服饰店时，我的心像自由落体般直直往下坠。这是热爱户外活动的Christine最心仪的牌子，因为照片中的她经常穿着以鹿为Logo的服装。

"这件如何？"他拿起正面有三粒扣的蓝白条纹Polo衫问我。

我认出Christine也有类似的一件，只是条纹细了些。

"嗯！"我弱弱地答。

等我从更衣室走出来，Steven立即建议我再买条白长裤搭配。

我记得那张站在黄石公园超级火山前拍的照片，Christine穿的正是条纹Polo衫配白长裤。

"好。"我说。

于是他帮我找来白色宽脚裤，与照片上的款式一模一样。

"妳真好看。"我们从门店走出来，Steven在我耳边低语。

呵呵！当然好看，我像极了他的再版亡妻，还有比这个更令人振奋的吗？

那个男人在接了个紧急电话后，匆忙向我道歉，说他得赶回公司了。

"没事，我也得去接Sabina."

他接着在我的脸颊上小啄一下，并且说"爱我"，我很想哭，但忍住了。直至他走远，远到只剩一个小黑点时，我才让不争气的眼泪流了下来。

"你好残忍！"我心呐喊着。

第四十三章/突如其来

Sabina看到我的新造型没说什么，只是睁着一双大眼睛吧嗒吧嗒地看我，倒是祝迪很兴奋，直说有型，比以前的"路人形象"好太多。

~

下午的计划着重课业辅导，写完数学及ABC后，我把Sabina交给刚到的钢琴老师，然后走出房间打算小憩一会儿，意外在走廊碰到男主人。

"You look different."他说。

"Ugly, I know."我答很丑，我知道。

我以为他会说些反驳的话让我好过点儿，结果没有，反而问我要不要喝杯咖啡聊聊？

知道Elsa飞去美东参加纽约华裔社区举办的妇联活动，一时半会儿不会回来，我耸耸肩说午饭没吃上，喝杯饮料也好。

当厨子推着小车子过来，上面有手指春卷、黄瓜三明治、司康、巧克力马芬及两杯现磨咖啡时，我转过头去，蹚巧看见祝迪站在敞开的落地窗前看我们，带着谜样的眼神及少许的不快。

不止她，其实我也不懂。

刚开始，男主人对我有戒心，认为我来韦廷家的动机不纯，后来虽然碍于Sabina,态度稍有缓和，但也就那样。没想到今日竟然邀身份卑微的我喝咖啡，还因我没吃午饭，煞有介事地安排一桌子的点心，真是太阳打西边出来！

" I prefer you have long hair. It looks more like you."

我正吃着糕点，William 突然发表己见，害我感触良深。其实我也喜欢留长发，不想变得不像自己……

他安慰我头发过一段时间会长出来，再不济，商场里也有卖假发的。

我猜想William 见过 Christine，所以完全明白我剪头发为哪桩，也许心里正嘲笑我"东施效颦"、"画虎不成反类犬"。

一想至此，我放下刀叉，赌气地说自己真愚蠢。

他答我不蠢，只是不知道自己是块发光的金子。

" What do you mean?"我问。

然后男主人给了我一张名片，要我过几天去见Douglas Back，那个著名的《California Hospital》剧集制作人。

《California Hospital》翻译成中文就是《加州医院》，每周三晚上九点到十点播放，已经演到第五季，算是美国家喻户晓的影集。

我难掩兴奋之情，问为什么是我？

William答他看过我演的话剧，挺好的，刚好Douglas需要一名亚裔女演员，他便自然而然地想到我，但可别高兴得太早，事情未必能成。

我当然知道推荐是一回事，能不能成又是另一回事，这一行最缺的就是机会，所以每一次机会都得好好把握，说不准哪天真能咸鱼翻身。

" Thanks! I will do my best. I promise."我太高兴了，几乎忘了自己被当成"替身"所带来的屈辱感。

William 说他相信我会做到最好，并且祝福我拿下角色。

啊！如果有贵人，想必就是眼前这位，当Steven为我关上一扇门时，他适时为我打开另一扇窗。

~

剧场的工作人员纷纷赞美我的新发型，我谢也不是，不谢也不是，尴尬得不得了。

"这是怎么回事？妳越来越像艾玛了。"李奥质问我。

知道他指的是发型，我问他谁好看些？

"当然是我女朋友好看，模仿的总是次。"他答。

我原谅他被爱情冲昏头，但模仿的确很次，何况我是心不甘情不愿地"被动"模仿。

"知道了，我也很后悔，都说世界上有四样东西一去不复返：说出去的话、射出去的箭、逝去的日子、错过的机会，现在又多出一样……剪了的头发。"

见我心有悔意，他对我俏皮一眨眼："没事，还可以补救。"

~

由于心中有疙瘩，我婉拒Steven的午餐约会，转而随着李奥来到韩国城，那里有一个据说是世界上最好的发型设计师。

"老天！这么破的店也要排队？"拿到号码牌，我不禁埋怨。

"这么破的店也要排队，可见技术很好。"他答。

也对，一件事有两个面，端看你从哪个角度看。

"现在怎么办？下午一点我得接小孩。"我问。

"我们找家餐厅吃饭，然后妳去剪发，我帮妳接小孩，两不误。"

于是我吃了10刀的猪排饭，他吃了12刀的牛肉石锅拌饭，最后再以梅雀果（一种裹糖的油炸物）完美收官，此时也到了约定的时间。

李奥丢下一句"妳进去，我去接小屁孩"后，走了。

我拉开玻璃门，将自己的头发交给那个左耳上有耳钉的男子。

不得不说韩国发型师还是有两把刷子，不过十几分钟的光景就把齐耳短发改造成具时尚个性的露耳短碎发，不仅鬓角遮挡了一部分脸庞，有瘦脸效果，而且让原本不太平整的发尾显得饱满，而最令人满意的是发型和"那些女人"的完全不一样，我终于又做回自己。

～

李奥把Sabina送到美发院，她望着我好一会儿后说："妳又剪发了。"

"是的，好看吗？"我问。

"Uncle不会喜欢。"

Sabina提起Steven让我很忐忑，不知他看到新发型作何感想？

"我喜欢，好看。"李奥把话截了去。

我说他当然喜欢，这下子没有第二个艾玛，他的女友又独一无二了。

他嘿嘿嘿地笑，算是默认了。

～

今晚我给小主人讲的床前故事是格林童话《莴苣姑娘》，大概因为版本的不同，手上的这版充斥着大量的性和暴力，我不得不合上书，把印象中的《莴苣姑娘》用浅显易懂且"平和"的方式讲述。

从前从前有一个头发具有魔力的女孩遇见了王子……他们历经磨难后终于再次相遇，女孩的两滴眼泪让王子被刺瞎的双眼恢复了视力，两人从此幸福地生活下去。

"妳讲的和祝迪讲的不一样，她说莴苣姑娘是坏女人，没结婚就生孩子，不要脸！"

知道祝迪对五岁小孩这么"口无遮拦"，简直太吓人了。

"咳、咳、这个故事是很久很久以前的一对德国兄弟搜集而来的，妳知道故事传来传去总有不一样的版本，我相信莴苣姑娘不是坏女人，她很爱王子，所以才会掉眼泪。"

"妳爱uncle吗？"

Sabina突来的问话让我想起昨天面对Steven的背影掉眼泪的我，但那是屈辱之泪，不是深情的泪水。

"我还不知道，爱情是互相的，如果只有一方爱，另一方不爱，那就不是爱情了。"

"像Daddy 和Mummy吗?"她问。

我想起Sabina的母亲带着她改嫁William，肯定是与前夫的感情出了问题。

"算是吧！妳只要记住他们两人都是爱妳的，只是不能在一起了。"

"哎！我就知道我妈不爱William，我可不想再有第三个爸爸。"

什么？！我睁大眼睛问她是什么意思？

"Daddy 对祝迪说我妈不爱他，然后祝迪亲Daddy 一下，像uncle亲妳一样。"

这消息来得太劲爆，我问是什么时候的事？祝迪真的亲了William？

重要时刻，那小妮子竟跟我玩起游戏，她瞬间沉沉入睡，叫都叫不醒。

无奈之下，我只能帮她盖好被子，然后怀着惆怅离去。

第四十四章/苏醒

我一走出Sabina的房间，正好撞见祝迪从主卧室出来，她看见我，样子有些诧异。

"又剪发了？"她问。

"嗯！"

由于刚从小主人那里听到爆炸性的消息，我不禁细细打量起眼前的这个女人：身高约165公分，不高不矮；五官端正，没有明显的缺陷；身上的衣服中规中矩，但仍掩盖不住大胸、细腰、丰臀；硕士学位，读书人的气质尚在……换言之，她是那种看起来无公害，实际上会一锅端走的人。

"怎么了？"大概我的眼光停留在她身上过久，祝迪忍不住问。

"没什么，Elsa回来了吗？"

"明天回。"

明天回？孤男寡女的，她就这么进出主卧室，也不懂得避避嫌？

"William睡了吗？"我接着问。

"他还没回来，对于日理万机的人来说，这不挺正常的？"

我嘴巴称是，心里松了口气。老实说，在演艺圈看过太多光怪陆离的事，真不想回窝还不得安宁。再说了，Elsa是不讨人喜欢，但Sabina可怜，我不愿见她的家庭四分五裂。

~

Elsa不知是几点回来的，反正早餐桌上有她，嘴巴一样不饶人，把我的发型批评得一无是处。

William不苟同，他认为我的"新"发型好看多了，比较像我。

Elsa睨了自己的老公一眼，说他不懂女人的心思，我剪短头发是为了与死去的人互别苗头，但发型不对，和Christine的完全不一样……

这真是一件奇怪得不得了的事，我和男主人有共同的秘密，女主人却不知情，一个人自顾自地说话，像演独角戏。

我不知道William是怎么想的，反正我偷着乐，有捉弄人后的隐隐快感。

~

送小主人上幼儿园后，我在学校外面的阶梯上坐了下来，打算上网看《加州医院》影集。面试约在两天后的早上10:30，我不想让Douglas Back认为我什么都没准备。

当我一口气把第五季的前三集看完后，对剧情终于有了一定的了解。影集描述加州某家公立医院的日常，这里有一支勇敢无惧的医护团队，每当特定事件或灾难发生时，他们便团结一致地化解危机……

剧中的医生非白即黑，只有一个黄皮肤，还是可有可无的打酱油角色，所以我猜自己"客串"一集的成分居多，大概会比群演好一些，台词也应该有几句。

"这样也好，不用跟光头男解释，搞不好他压根儿没发现我在外面接私活。"我心窃喜。

"嘟……嘟嘟……"是Steven的来电。

我照旧给了个冠冕堂皇的借口回绝，他没怀疑，只是提醒我要好好照顾自己，别累坏了。

"会的，谢谢！"我答。

"爱妳！"

"嗯！"

挂上手机，我心里发酸，他若真爱我倒也罢了，怕就怕连他自己也搞不清楚爱的究竟是谁，那才可悲！

～

今天下午的行程安排是上芭蕾舞课，不巧SABINA在幼儿园和小朋友打架，一头栽进沙堆里，回家后我不得不将她拎进浴室，等一切就绪，时间已经晚了一刻钟，跳舞的孩子已经在做伸展动作了。

隔着玻璃窗，我还能见到我家小主心不甘情不愿的样子，嘟起的小嘴可以挂三斤猪肉。等我留意到玻璃上的倒影时，那已是好几分钟以后的事。

"你……"我转过头去，"怎么来了？"

"两天不见妳，挺想妳的。"他答。

我等着Steven主动提，但他没有，只好由我先开口。

"那个发型我不喜欢，很不喜欢，非常非常的不喜欢，所以又找人修剪了。"

他摸摸我短俏的发，说："不错，妳喜欢就好。"

"我……我也不喜欢Abercrombie Fitch的衣服，所以退了。"

在美国购物有个好处，只要保留小票，一个月之内无条件退货，售货员也不会追问理由。

"没关系，不喜欢就退，没什么大不了的。"

他的"宽容"让我迷惑，难道我误会他了？

"今晚想带妳上格里菲斯天文台。"他忽然说。

格里菲斯天文台是世界上最著名的天文台之一，位于洛杉矶西北方向的山上，与好莱坞遥遥相对，曾经在电影《霹雳娇娃2》及《黄金眼》中出现过。

"等我离开话剧院，天文台早关了，何况我还得给Sabina讲睡前故事。"我答。

Steven说时间的确晚了，但不妨碍看夜景，至于工作……他打个电话给Elsa即可，没问题的。

"嗯……好吧！不过不能太晚回去，隔天一早还得送Sabina上幼儿园。"我说。

～

回到韦廷家刚好来得及唤小主人起床。

"妳昨天怎么没洗澡？"她睁开惺忪的双眼问。

"为什么这么问？"

"我认得妳T恤上的小熊，和昨天的一样。"

这个鬼灵精！什么事都瞒不了她。

"对，昨晚我发懒，没洗澡就睡觉，妳可别学我。"

好不容易把Sabina送上桌，男主人望了我一眼，没说什么，倒是女主人开口了，说现在的女孩子不得了，一抓住男人就急着献身，一点儿矜持也无……（说的是英语，想当然尔把William纳入听众名单内）。

由于她以"devote"这个文雅的字眼表达男女之事，Sabina 问是什么意思，害我们三个大人面面相觑。

小主人向我挥手过后走进教室，我终于有时间回顾昨晚发生的种种。

从天文台座落的山顶往下看，洛杉矶的夜景流光溢彩、美不胜收，但我们没在那里待很久，而是回到Steven 的住处，原来他住在马里布，和国际巨星成龙比邻而居。

"你很有钱吗？"看着屋内奢美的软装加硬装，我忍不住问。

"正确地说是我父母及父母的父母有钱，我只是碰巧投对胎而已。"

"呵呵！那可不是简单的技术活呀！"

说这话时，我的眼光落在人形娃娃上，玻璃罩下的女娃娃留着日本平安时期女眷惯有的长发，系上华丽的发带后，东洋味尽显。

"你曾说娃娃长得像中山美穗，我觉得不是，她更像Christine多一些，你认为呢？"

为此，Steven俯身向前，想看仔细一点儿。

"妳说的对，的确不像中山美穗，但也不像 Christine，Christine是短发，我觉得反倒像妳，留长发的妳。"

我懊恼地说可惜长发没了……

"没关系，还会长出来，到时我给妳买一样的发带，嗯？"

当Steven进入时，我笑了，原来性爱如此美妙，在坚守27年后，我的身体终于……苏醒了。

第四十五章/瑟瑟发抖

我当然知道我的第一次被李奥给夺走了，那是一次很糟糕的体验，匆匆上场又匆匆谢幕，一点儿甜头也没尝到。

书上说性爱犹如火热地狱中的天堂，又好比汗流浃背几小时后突然跳入泳池所带来的清凉触感，可惜我完全没体会到，有的只是被强盗捣毁后的一片狼籍。

我以为也就那样了，没有飞上天后带来的快感、没有心悸、没有无意识的呻吟，当然也没有高潮后带来的肌肉瘫软。

还好，Steven给了我一切，包括一飞冲天后被无数颗星星环抱的舒适感。

"这是妳的第一次吗？"他柔声问。

"嗯！"

Steven随即拥紧我，无限爱怜地说："放心，我对妳是认真的。"

我以为男人会害怕遇到处女（虽然我已经不是），他的"主动负责"反倒让我眼前一亮，这的确是个优质男。

"我对你也是认真的。"我说。

然后我们心满意足地相拥而眠。

~

下台后，李奥问我有什么开心事？

"为什么这么问？"

"因为妳仿佛嗑药似的，整个人兴奋异常。"

我摇摇头答没什么，小气地不愿与旁人分享我的喜悦。

~

隔天送Sabina上幼儿园后，我赶往Sycamore Avenue的一栋办公楼，Douglas Back约我在那里见面。

整个会面的过程非常顺利，那个有点儿口吃的制作人说他和William是多年好友，还未曾见他如此大力推荐某人，今日见面只是彼此熟悉一下，不需要试镜，下周一进棚，动作快一点儿，一天就能拍完。

果然和我猜想的一样，是客串性质。

向他道谢后，我拿走自己的剧本。

" By the way, your pay is \$600 before tax."

我没提薪资问题，他倒提了。税前600美元的所得差强人意，我以为会比那个多一些，毕竟该剧的收视率极高，五个季度下来，主要演员都已是亿万富翁了。

离开办公楼，我立马打电话给Steven，告诉他这个天大的好消息。

"太好了，《加州医院》是非常受欢迎的影集，妳很快就会扬名国际。"

我笑说哪儿这么容易？估计就在屏幕上出现几分钟，也许连个特写也没有。

他答不管怎样，这是个好的开始，他祝福我旗开得胜！还问我中午想吃什么？他提早帮我办庆功宴。

"好呀！台记的麻辣火锅，我爱吃极了。"我答。

得空坐下来翻看剧本，这才发现我的角色是一名医闹，因为老公没及时被抢救过来。

完了，这个角色既不讨喜又毁形象，与我原先设想的贵妇或清纯少女有很大的出入。

哎！既来之则安之，有总比没有好，就让我将内心粗鄙的一面展现出来吧！

Douglas说动作快一点儿，一天就能拍完，所以我打算在太阳下山前完工，如此一来便不会耽误晚上的演出，但白天的工作肯定受影响。

"既然是男主人推荐我去，他应该会允许我缺勤一天才是。"我乐观地想。

然而人算不如天算，William 又日理万机去了，这次是南美洲，大概十天半个月都不会回来。

男主人不在，我只好向女主人报备，她一听说我要把她的宝贝女儿扔下，立马不淡定了。

"妳这样三天打鱼两天晒网也不是个事，要不，我们韦廷家放妳自由，妳看如何？"

我摸摸鼻子说Never mind, 自己会把工作做好，不给她添麻烦……

"我警告妳别让我那个傻弟弟来说项，对于你们的恋情，我是一百个不同意，但阻力越大，爱的力量也越大，现在只能坐等他自己觉醒，这不表示我对妳没意见。"

"知道了。"我吞下委屈，默默走开。

Steven还是从电话中听出有事不对劲，在他的一再追问下，我只好把自己的困难告诉他。

"没事，星期一我请一天假带Sabina。"

"真的？你真的愿意？"我喜出望外。

他答当然，我的事就是他的事，他这是在替世界培养一流的国际巨星，小小的牺牲不算什么。

如果不是在电话中，我真想给他一个拥抱。

他要我把那个拥抱保留到星期二。

挂上手机，我又元气满满，"偷情"大概就是这种感觉吧！

我的戏份不多，只有五幕，前三幕就是过个场，话很少，重点摆在第四及第五幕。我用尽全力演一个歇斯底里的女人，呐喊、嘶吼兼撒泼，连和我演对手戏的莱特医生都吓坏了，当导演喊卡后，他还问我要不要来杯热茶冷静冷静？

这边的戏一演完，我马不停蹄地赶往艾曼森话剧院，光头男来不及责备我就将我推向台前。

嘘～总算没开天窗。

闭幕后，免不了挨导演一顿好骂，我畏畏缩缩像个孙子似的，让面恶心善的他再也骂不下去，丢下一句" Never do it again"后，他放我回家。

回到韦廷家，床上的Sabina忙不迭向我报告今天的行程，我因此知道Steven带她去了哪里，玩了什么又吃了什么。

"这么好？uncle有没有在背后说我的坏话？"我开玩笑地问。

她想了一下答没有，倒是另外有人说我坏话。

"谁？谁那么大胆敢说我的坏话？"我假装生气。

"我不认识，是个短发的女生，她说妳是破鞋，人怎么会是鞋？还是破的。"

听完，我心喀噔了一下，不会吧？

"咳、咳、人当然不是鞋子，妳今晚想听什么故事？"我赶紧岔开话题。

小主人答《孙悟空》，那是纽约妇联会会长要Elsa转送给她的，一共12本，都是铜版纸印刷的精装本。

我抽出第一本，那是有关美猴王出世的故事。

大海里有座花果山，顶上有个大石头墩子。有一天，轰隆一声，这石头墩子裂成两半，从里面蹦出来一个石猴，他就是孙悟空……

边讲故事边心底碜得慌，艾玛为什么喊我"破鞋"？难道她知道些什么？李奥总不会连这个也招了吧？

我不禁瑟瑟发抖。

第四十六章/陪男主人散心

马里布以前是印第安土着的领地，地名Malibu 在印第安语的意思是"响声轰鸣的海滩"。今天的马里布是一个非常受欢迎的高级住宅区，全球顶级的明星和富豪纷纷在此置业。

送小主人上幼儿园后，我要司机载我前往马里布。

沿着1号公路，我看到礁石海滩上有大片大片的房车营，海面有人在冲浪，成群的海鸥迎风飞翔，野鸭和白鹭无处不在，好一副天人合一的美好景象。这里没有圣塔莫尼卡的喧嚣，没有罗迪欧大道的奢华，亦没有威尼斯海滩的风情万种，有的只是野趣盎然的自由。

"哪天也过过'白天看海，夜晚数星星'的小日子，应该挺不错的。"我心想。

车子蜿蜒上山，没多久便停在457号门前。

那天来Steven家已是深夜，外观上看得不是很真切，今天仔细一瞧，原来是栋经过翻新的白色建筑，墙面上还嵌着大大小小的贝壳，和四周围的深宅大院比，算是"小巧可爱"。

我给了韦廷家的司机10刀的小费（心疼死我了），嘱咐他不必来接我，然后下车走向那扇黑色铁门。

今天的 Steven 是个尽责的主人，他请我在挑高的起居室坐下，为我端来一杯果汁，然后正襟危坐地坐在我对面（太严肃了，我还以为自己是来应征工作的）。

"今天不用上班吗？"我问。

"办公室正在检测有无被窃听，下午才上班。"

我笑说不过是家拍卖行，搞得好像谍战大片。

"商场上尔虞我诈，时刻得留意别陷入对方所设下的圈套。"

我说我不懂，这些离我很遥远。

"妳真不懂？"

"什么意思？"

然后他起身离开，没多久拿来两本香港有名的狗仔杂志，从灰扑扑的封面判断，应该是从二手市场掏来的。

杂志上贴了小黄贴，我很快就找到有关我的报导。

我看得很慢很慢，好压住心中排山倒海而来的巨浪。

"如果……如果我说那些裸照是合成的，报导也是假的，被泼脏水是因为自己不想被导演潜规则，你信吗？"我合上杂志说。

Steven直挺挺地看着我好一会儿，似乎想从我的微表情中判断出真伪。

"那算了，我走就是。"我起身。

Steven阻止我离开，他说如果我们要发展下去，诚信很重要，他要我坦诚地告诉他句句属实。

"当然是真的。"我无畏地答。

"包括之前所说的？"

这次我犹豫了一下，最后还是答Yes。

见我点头，他松了口气，上前给我一个拥抱。

"今天的事到此为止，从今往后我不再怀疑妳。"他说。

爱人的怀抱很温暖，但我的心却堵得慌。

"能问你个事吗？"

"妳问。"

"杂志是谁给你的？"

他停顿了一下后，答："艾玛。"

我问他打算怎么办？这样藕断丝连可不好。

"放心，我会解决的。"他亲吻我的发。

我们去接Sabina时，免不了又被鬼灵精揶揄一番，她问uncle今天是否又亲我了？

"当然。"他答。

这次小主人把眼光放在我的肚皮上，问我什么时候生baby？

我吓坏了，问她怎么会有这么奇怪的想法？

"Greg说大人亲吻很多次就会生baby。"她答。

Steven很有耐心地解释："大人得亲吻超过1000次才会生baby，我和萌萌还没超过这个数，所以不会有baby。"

Sabina遂嚷着要我们赶快亲，她想看baby……

我的老天！

"怎么办？大庭广众的，让人好难为情呀！"Steven 望着我说。

我睨了那个"得了便宜还卖乖"的男人一眼，牵起小主人的手先行一步。

~

趁着Sabina在上钢琴课，我给李奥发短信，请他千万千万别道出我们"酒后乱性"之事，对艾玛更要保密。

我以为马上会收到回覆，等半天却无消无息，只好先将此事放下，转身忙别的事。

~

下台后，我问李奥是否收到我的短信？他答收到了，然后很快走人，那模样像是夹起尾巴的狗，带着些许的羞愧。

~

时间匆匆过了好几天，早餐桌上又见到男主人的身影，可惜不见Elsa。

" Good morning, Sir."我行屈膝礼。

他问我Douglas Back有没有给我苦头吃？

我答Douglas人很好，没有给我小鞋穿……

说这话的同时，他招来祝迪，并且和她低语几句，我感觉自己被冒犯了，好歹也等我把话讲完才是。

" What did you say?"男主人终于又注意到我。

" Never mind." 行完屈膝礼，我退了下去，给他一个软钉子碰。

开什么玩笑？好话不说第二遍，既然不尊重我，我也不给他好脸色看！

我和Sᴀʙɪɴᴀ站在门口等司机将车子开过来。

"Hop on."男主人按下车窗，要我们赶紧上车。

Sabina欢呼一声，跳上后座，我傻傻地站在原地，不知做何反应？

"Miss Wei, get on the car, please."他再次喊我上车，并且打开副驾驶座的车门。

我只好一脚跨入。

我把Sᴀʙɪɴᴀ送进幼儿园，出来还见到宾利车的身影，我告诉他不需要载我回去，转角处就有公交站牌。

William答今天不想上班，我若不介意，陪他散散心可好？

我颇为难，因为下午一点得接Sabina放学。

他要我别担心，一点前会回来。

想想前后不过四个小时，应该不碍事，于是我又上了宾利车。

第四十七章/魂不守舍

车子上了州际五号公路后一路往北，看见宾利车上的时速指针指向110，我不得不提醒驾驶员减速。

William答没事，只要不超警车就行，因为美国的公路警察往往按照限速70公里巡逻，但凡有车子超越警车，肯定会因超速而被拦截下来。

果然，只要看到黑白车身的道奇警车，宾利车立马减速，屡试不爽。

我告诉男主人不急，可以慢慢开。他答赫氏古堡有三百公里远，不快不行。

赫氏古堡？我以为他所谓的散心是在比佛利山庄附近转转，哪知却选在遥远的地方。可想而知，即使一路风驰电掣，到了目的地也已经是中午时分。

" Are you hungry? We can eat inside the castle."William 问我饿不饿？我们可以在古堡里用餐。

我答不太饿，但下午一点得接Sabina, 都这个点了，恐怕要来不及了。

" Don't worry. Judy will pick her up."话一说完，他立马打给祝迪，三两句话交待完毕。

我心中五味杂陈，这肯定是计划中的事，William 早知道来不及接孩子，却跟我说赶得回来，什么意思嘛！

大概我的表情泄露了心声，男主人解释他原本只想到日落大道买几张老唱片就回，是上了高速公路后才临时起意的。

他没交待为什么改主意，我噢了一声，不再追究。

赫氏古堡座落在圣西蒙海滨的一座山头上，本来是美国传媒大亨的私人别墅，他死后，子孙不堪重税，早早把这座城堡捐给政府，如今成为当地的旅游景点。

由于不能自行参观，只能参加城堡组织的Tour，我们遂报了 Grand Rooms的英语向导团，下午两点出发，空出来的时间刚好能吃中饭。

古堡的入门处就有快餐店，类似宜家餐厅，选项中竟然还有适合美国人口味的中国饭。

我取了汉堡及可乐，William 则拿了糖醋排骨和麻婆豆腐，看颜色就知道放了很多番茄酱在里面。

" I thought you would've missed Chinese food."他说他以为我会想念中国食物。

我摇摇头答与其吃四不像，倒不如吃用料十足的汉堡。

他遂问我比佛利山庄附近可有道地的中国餐馆？我答当然有，我常吃的肉夹馍，一个只要三美元。

" Well, I'd like to try a Chinese Burger. I'm available tonight."他说。

呃！这是什么意思？吃完午餐又预约下一餐？

" Sorry, I've a performance tonight."我把话剧表演推出来当挡箭牌。

他无奈一笑，答以后有的是机会。

～

古堡总共有一百多个房间，想要一次性仔细参观完毕有困难，所以分为四个 tour，分别带开。

下午两点，英语向导集合大家做行前说明，叮嘱不能单独行动，必须由他带着，且得走在地毯上，地毯不到的地方勿入。还有，照相不能开闪光灯，更不能触摸里面的任何东西……

交待完毕，向导带我们走进古堡内部一层的 Grand Rooms，这里有客厅、餐厅、休息室以及娱乐室等。

客厅很宽敞且富丽堂皇，装饰极具欧洲风格，随处可见古罗马、古希腊的壁画雕刻，精致到每一把座椅、每一张桌子、每一块墙角都可以追溯到几百、几千年前，甚至屋顶的用木都是从欧洲的古教堂上拆下来的。

餐厅很大，可以容纳几十个人同时进餐，桌上还摆着当时城堡主人用过的餐具。

走出厨房来到休闲区，这里有台球室（內有1920年制作的两个台球桌及Mille Fleurs的缀锦画）、私人电影院和游泳池。电影院很大，座椅是古老的长凳，两边都是红色幕布，向导还给我们播放一段30年代的影视片断。

再看游泳池，池底以绿色的大理石铺就，正面为海神神殿，廊柱间镶嵌有四幅栩栩如生的浮雕。池畔的白色大理石雕像群则出自20世纪初法国著名雕塑家查尔斯·卡索之手，个个精美绝伦。

由于我们只选择Grand Rooms的路线，楼上没能参观到，据说上面是主卧室、图书馆及客房，同样奢华至极。

走出古堡，除了漂亮的小花园，不远处还能看到碧绿的山头和湛蓝的海水，风光旖旎。

William问我可喜欢这座古堡？我答当然，谁会不喜欢呢？

" I wish one day I could have a castle like this."他说希望有一天能拥有一个像这样的城堡。

Well,做梦不要钱，每个人都可以编织美梦，偏偏话从William口中说出就极具讽刺的意味（这是变相地喊穷，借以炫富），毕竟韦廷家的主体建筑虽然没有赫氏古堡来得大及奢华，艺术品也没那么多，但还是比大多数的豪宅霸气，占地也广。

为了反击他的欲壑难填，同时捍卫自己的自卑心理，我反其道而行，把老祖宗说过的话加以变通，成了"山不在高，有仙则名；水不在深，有龙则灵；屋不在大，够住就行"，而自己只要一个一居室便心满意足了。

William 反问我难道连个一居室也没有？样子倒像是我开玩笑来着。

我仿佛被人扇了两耳光，这个坐在米仓里的男人呀！叫我如何说是好？

～

男主人在艾曼森话剧院放我下车，看着离去的车屁股，我感到迷惑，让我告诉你是怎么回事。

由于返程有三个小时，加上应酬话在去程时已说完，为了不冷场，William 主动交待他的过去，那不愧是一段含着金钥匙出生的华丽成长史，除了曾有过的失败婚姻外，我看不出他的生命曾有过低潮。

相较于菜籽命的我，那是大大的不同，虽然偶尔也有意气风发的时候，但很快又会乌云密布，甚至雪上加霜，真是应了那句话—人比人气死人。

本来只是借机渲泄，但说着说着，我发现氛围不对了，倾听者的脸色越发难看。

哎！我这是自曝其短，让人看低了，遂赶紧亡羊补牢，说自已没那么糟糕，工作已经上了轨道，加上有两份收入，每个月还能存下一些钱，以这个速度，三、五年内在加州贷款买下一个一居室绝不成问题……

" That's not good."他答那就不好了。

不好？哪里不好？

我想到也许他吃一顿饭的时间就能把我的一居室给挣出来，而我还得花三、五年的工夫才能攒下首付，的确不好呀！

" You're right. It's not good."我无奈承认对方说得对，心情也down到谷底。

没想到William解释Sabina需要我，我若买房搬出去，小妮子脾气一发，谁也镇不住，还有，他想每天都看到我……

我转过头去，他忧郁的气质依旧，没有多一分，也没有少一点，只是脸颊有了淡淡的红晕。

" What do you mean?"我还是没忍住。

他沉默片刻后答好保姆难找，他希望每天都能看到我在屋子里照顾Sabina。

话拗得很硬，但我不得不"选择"相信。他是有妇之夫，我是没没无闻的小演员兼卑微的保姆，怎么都凑不到一块儿去。

于是我把圆场的工作接了去，说自己在韦廷家工作愉快，既然主人发话了，我乐得多待几年……

表面上我把危机应付过去了，但心仿佛被什么东西抓住，以致后来上台仍魂不守舍，一场戏演得坑坑巴巴的。

" I'd like to see you every day."他说过的话在耳中回荡，久久不去。

<h1 style="text-align:center">第四十八章/怒不可遏</h1>

回到韦廷家，意外发现Elsa在Sabina房内讲床前故事，我识相地退了出来。原来女主人也会良心发现，偶尔施舍一下母爱给那个可怜的女孩（真是太阳打西边出来）。

"妳今天和William去哪里了？"祝迪突然在我背后出现，吓了我一跳。

"男主人想散散心，我们随便逛逛。"我捂住胸口答。

"好个随便逛逛，我被那个磨人精折腾了一下午，妳倒好，当个无所事事的伴游。"

话说得酸溜溜的，让人听了很不舒服。

"得，下次让妳当无所事事的伴游，换我照顾磨人精。"

我以为自己做到息事宁人，祝迪却依旧阴阳怪气，她说世事岂能尽如人意？要我别在老虎头上拔毛。

"什么意思？"我问。

"没什么意思，晚安。"

望着管家离去的背影，我摇头骂了一句"癞线"，然后快步走回自己的房间。

～

我把小主人送上早餐桌，女主人不在，只见William。

" Please sit down and have breakfast with us, Mengmeng."

听见男主人喊我吃早餐，还亲切地唤我"萌萌"，不禁心中窃喜。

" Mengmeng?"Sabina捂住嘴吃吃地笑，" It sounds like a panda's name."

William要她别乱讲话，熊猫是熊猫，保……姆是保姆，别混淆了。

听他这么一说，希望之火瞬间熄灭，原来在他心中，我依旧是个小保姆。

我边坐下边故意漫不经心地答Sabina说得没错，"萌萌"听起来的确像熊猫的名字。

男主人接话了，他说熊猫是稀有动物，应该受到韦廷家的特别照顾，他喜欢熊猫，非常、非常的喜欢……

什么意思嘛! 我低头红了脸。

" I also like pandas."小主人突然开口说她也喜欢熊猫。

我还没反应过来，William问我剧场哪天公休？他可以挪出一天载我和Sabina去圣地牙哥动物园看熊猫……

如果不是火眼金睛，我不会注意到他边说话边细心地在黑面包上涂巧克力酱，然后若无其事地递给我。

我也不避嫌，接过面包啃了起来，边吃边想："下星期二是公休日，但我一早把它空出来给Steven,这下子如何是好？"

再三权衡过后，我觉得还是自己的男朋友重要些，所以果断拒绝邀约，William 看起来很失望。

此时鬼灵精Sabina 又给我扯后腿，她说我不想去动物园是为了躲起来和 uncle 亲嘴，因为亲够 1000 次就能生出一个宝宝来……

" Stop it."我赶紧要她住嘴，" You know it's not true."

Sabina答是真的，uncle 亲口对她说，当时我也在场。

这下子真让人百口莫辩，好气氛也瞬间丕变。

William很快唤来管家，要她差人打扫西雅图的临湖别墅，并且将储藏室里的钓鱼工具找出来，这周末他想上那里度假。

Sabina问她可不可以跟去？男主人犹豫了一下，祝迪马上表示可以随行照顾小主人。

见William点头，我的心里发酸，被顶替的滋味可真不好受。

～

不是我多疑，这两天韦廷家诡异极了，女主人的脾气向来捉摸不定，暂且不去说她，现在连男主人也有意躲我，仿佛我身上有致命的传染病。反观祝迪和Sabina，他们两人已经结为同盟，一有空就叽叽喳喳地计划即将到来的钓鱼活动，连钓上的鱼是要养着观赏还是做成盘中餐都纳入讨论范围内。

这一天，小主人和我一言不合，故意把果汁打翻，我找小个子女佣进房清理，正好看到William和Elsa在户外的藤椅上喝下午茶。即使在自己的家里，他们两人的服装依旧考究，男的身穿白上衣及灰色休闲裤，女的则是红色小礼服，耳垂上的深绿色玛瑙耳环很耀眼。

相较于亮丽的服饰，两人的谈话氛围却很紧张，Elsa似乎有满腔的抱怨和怒火。

"他们在谈论妳。"祝迪再一次神不知鬼不觉地出现。

"谈我什么？"

"谈妳过去的记录不太好，还是别养虎为患。"

我问我哪里不好？

"娱乐圈的怪象数不胜数，妳会不清楚吗？"

我很想答也不是每个演艺人员都不好，但一听祝迪提起Monica，我只能噤声。

"原来是真的，妳真的挖前任老板娘的墙角。"见我沉默，祝迪很兴奋，仿佛抓到出轨证据的私家侦探，"妳完了，妳和William上古堡那天，Elsa已经嗅出不寻常的味道，后来又从妳的前任雇主口中得到不好的评价，看来妳得自求多福了。"

"我……没有。"我可怜兮兮地明志。

她要我别装了，William有颜、有才又多金，我若有想法才正常，没有才矫情。

"妳呢？妳对他有没有想法？"我冲口一问。

"我？"她望了一眼正处暴风圈的男人，"当然有，他若愿意，我当小的也可以。"

我吓得瞠目结舌。

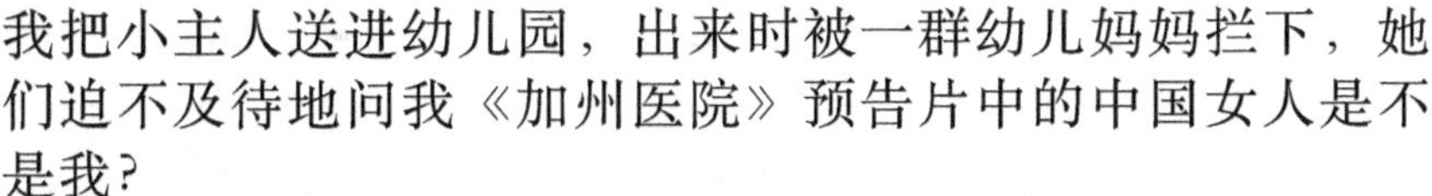

我把小主人送进幼儿园，出来时被一群幼儿妈妈拦下，她们迫不及待地问我《加州医院》预告片中的中国女人是不是我？

什么？这么快就出预告片了？

"Yep."我开心地承认。

就因为点了头，我瞬间成了光芒四射的明星，既合照又签名，搞得像是小型的握手会。

安迪.沃霍尔曾经说过每个人都有15分钟的成名时间，难道我的15分钟已经降临？

好不容易挣脱迷妈迷姐的纠缠，回家路上，我忍不住打电话给Steven。

"恭喜，下礼拜三的晚上九点，我会准时观看。"

面对他的"官方说法"，我很失望，问他还能再冷默点儿吗？

"我正准备开会的资料，很忙。"他解释。

"那么中午一起吃饭？"

"中午有午餐会报。"

我问他怎么有那么多的会要开？我们已经有十天半个月没见面了……

"妳得讲讲道理，我这是在工作，总不能让我把工作落下陪妳吧？"

我抿抿嘴，很是委屈。

见我不吱声，他放缓口气要我放心，《加州医院》他一定会看，看完给我中肯的评论。

"好，那么明天中午我们一起吃饭？"

隔了几秒钟，他答好，然后我们很有默契地同时挂上手机。

隔天Steven依然没空，我很失望，所以当李奥来电要我陪吃饭，我爽快地答应了。

"这么快就答应？没听说宴无好宴。"他问。

"我都不担心，你担心什么？倒是你跟我吃饭，可曾向艾玛报备过？"

"卫萌萌，妳就不能让我吃顿舒心饭吗？"

我翻了个大白眼，问清楚餐厅地址后，很快整装出发。

果然和我预想的一样，李奥是来探军情兼拉关系的。他问我如何联系Douglas Back？还有，能不能帮他引荐一下？

"我也就上过这么一集，特写镜头连五个都不到，你以为我有多大本事？"

"唉！我还以为搭上顺风车了。"他夹了一筷子的炒三丝，"说真的，预告片中的妳很抢眼，妳等着，很快就能红透半边天。"

我谢了他，顺便问他今天约吃饭是否就为了恶心人？

"不全是，"他边咀嚼食物边看我，让我想起吃草的老牛，"妳和妳的S先生最近可好？"

我答不好，两人已经很久没见面了。

"他有说什么吗？"李奥问。

"他应该说什么吗？"我反问。

"他……有没有怀疑我们？"

怀疑？我将目光打在李奥脸上，顿时灵光乍现。

"你是不是告诉他我们曾有过肌肤之亲？你这个下作小人！"我很火大，感觉头顶在冒烟。

李奥要我息怒并把自己父母的生命拿来发毒誓，我才勉强相信他不是告密者。

"可是Steven明明变了，对我冷冷的。"我喃喃道。

"那个……那天妳发短信给我，要我千万别把酒后乱性的事说出，很不巧，当时艾玛就在我身边。"

"艾玛……看了？"我打着哆嗦问。

李奥点头。

"完了，什么都毁了！"我万念俱灰。

李奥安慰我没那么糟糕，艾玛最后还是选择原谅他了。

我睁大眼睛瞪着这个没心没肺的东西，怒不可遏。

第四十九章/悔不当初

今天是星期五，按照计划，William、Sabina和祝迪会在傍晚时分坐上直升机飞往西雅图，航程约三小时。

我以为Elsa也会跟去，但她没有，因为我听见她交待祝迪通知按摩师晚上九点上门。

知道今晚不用急着回家照料小主人上床，加上Steven在生闷气，我决定戏演完后亲自负荆请罪。

~

我在457号的白色建筑前驻足好一会儿了，门铃按了不下数十次，多到我怀疑它是坏的。好吧！就算门铃坏了，但手机不致于也坏了吧？但Steven硬是没接听，我只能怀着惆怅离去。

哎！他肯定生气了，生气也应当，毕竟自己的确说谎了。

当今世道，不是处女也非十恶不赦，何况他有过婚史，在性事上不是白纸一张，如何苛责别人？

问题出在我身上，潜意识中我不愿面对那个糟糕的第一次，还有，我在乎Steven,希望在他面前保持清纯的美好形象，无奈"法网恢恢"，我的那点儿小伎俩很快被打脸。这有个坏处，一旦被贴上"狼来了"的标签，即使说的是真话也会被当假话，永世不得超生。

"我该怎么办？"我捂住脸，心情坏到不行。

"扣、扣、扣、扣……"一连串急促的敲门声突然传来。

带着些许的不安，我下床开门。

"Thanks God.还好妳在，快跟我上楼，帮我看看是怎么回事。"Elsa神色慌张地说。

我注意到她身上的睡衣是上下两件式，扣子扣歪了。

由于事态明显紧急，我没多想，趿上拖鞋跟随女主人上楼。

那个男人仰面躺着，肤色黝黑，像烤焦的面包，身材的比例很好，加上一身精肉，让我想起养身滋补的乌骨鸡。

"按摩师忽然就这样了，不关我事。"Elsa急急说，像要撇清什么。

如果那人不是全身赤裸，我恐怕会相信按摩师的确是来按摩的。

我走过去唤他，没反应，探他的鼻息，似有似无，还好颈动脉尚有微弱的脉动。

"快！打911。"我喊。

"不，不行，这一闹，我和William还能在美国上流社会生存下去吗？还有，Sabina怎么办？同学会取笑她，她如何交朋友？"

呃！这时候才想起自己的老公和孩子？

"那妳说怎么办？人快死了。"我问。

Elsa像只无头苍蝇似地来回踱步。

"要不，"她终于停下脚步，"一不做二不休，把人埋到后院。"

我嚷嚷这是杀人，别拉我下水！

Elsa顿时泄了气，喃喃道若不是和William长期性事不协调，她也不会叫外卖，Pong不错，很懂女人，他们一直相安无事，怎么今晚说挂就挂？真是倒霉！……

花了我好几秒钟才反应过来，一个男人就快死了，这个女人却一点儿也不着急，反而埋怨对方给自己带来麻烦。

"现在不是说这个的时候，救人如救火，得赶快送医。"

我掏出手机，被Elsa一把夺下。

"萌萌，现在只有妳能救我，妳若不答应，我马上从窗口跳下去。"她面色凝重地说。

～

在抢救室外，医生与我们做过短暂交谈后离去，我不知道他心里想什么，反正自己的名誉已扫地。

"这在比佛利山庄不算什么，更多光怪陆离的事也发生过，妳别往心里去。"

Elsa不说则已，一说我的泪水成串往下掉，一个好好的姑娘瞬间成了淫女，还有比这个更离谱的吗？

"别哭，我答应妳的事一定做到。"此时Elsa也只能这样宽慰我。

让我告诉你，我和她之间做了什么协议：

· · ·

一、我将事情扛下，代价是一百万美元封口费。

二、 **Pong** 的医药费及后续可能会有的诉讼费由韦廷家负责。

三、**Elsa**不再反对我和**Steven**交往。

我问她把人的名声搞臭了，即使她不从中做梗，Steven还会要我吗？

"妳有一百万美元，还会担心没人要？"她惊讶到不行。

"会担心，因为我在乎妳弟弟。"

Elsa翻了个大白眼："知道了，我会跟Steven解释清楚。"

我不知道该不该相信她，面对突发状况，我彻底乱了阵脚。

"希望Pong没事，他若死了，我不得上法院？"我内心祈祷着。

这个周末过得很惨，我怕我的"情夫"真挂了，一直胆战心惊，还有，Steven仍然不接听电话，而捅了大篓子的Elsa也不见踪影，直到出游的三人进门，韦廷家才又有了生气。

我以为平时总要刺我两下的祝迪会说些什么（至少也要让我在William面前威风不起来），但她不发一语，把Sabina交给我之后离开，脸色不太好看。

"已经很晚了，明天还得上幼儿园，现在去洗澡。"我对小主人发号施令。

"No,"她挣脱我的手，奔向坐在沙发上的男主人，"I want daddy."

啥？都已经寸步不离两天了，还不够？

还好William深明大义，他要Sabina赶紧跟我走，小妮子这才心不甘情不愿地站起来。

" Miss Wei, is everything ok when I left the house?"男主人突然问他离家后，家里一切可好？

我期期艾艾地答好，同时感到曾有过的亲密已荡然无存，他又唤我"卫小姐"，两人之间隔着一重山。

" Good."他的眼光重新回到《Kiplinger》上，那是一本著名的美国财经杂志。

我原地站了会儿，直到确定他不会再和我说话，这才悻悻地拉起小主人的手上楼。

穿好戏服画好妆，在等待上台的同时，我拿出手机。

"怎么了？表情好复杂。"李奥靠过来。

"刚发现自己的银行户头上多出一百万美元。"我答。

"那也没什么，今天早上我出门被绊倒，低头一看，哇噻！是颗八百克拉大钻石。"

我说自己没开玩笑，他答他也没开玩笑，捡起大钻石后，立马订了一架波音747，估计现在已经在加州上空盘旋。

"那好，待会儿我们上拉斯维加斯豪赌。"我放弃说实话。

"一言为定，我会给妳一大袋的游戏币玩吃角子老虎机。"

李奥还在絮絮叨叨，我的思绪却飘向老远，Elsa这么快就给我打钱，想来是害怕我后悔，怎么办？我已经开始后悔了……

第五十章/柳暗花明

《加州医院》如期在这个星期三晚上九点播出，由于那个点自己正在台上表演，所以出门前特意把影集预约录相起来。坏就坏在我的房间没有电视机，只能使用家庭房里的那架150英寸激光电视。

回家时已近11点，草草念完床前故事，又和小主人讲了十分钟的废话后，我迫不及待地来到家庭房观看我的美国电视剧处女作。

是这样的，虽然演的什么、说了什么，心中了然，但剪接后的效果未必如此。导演心情好时，可能一个镜头都不剪；心情不好时，演员能露个脸就算不错了。

我祈祷那个不苟言笑的导演心情好得像喷发的泉水，因为这也许是来美后惟一咸鱼翻身的机会，马虎不得。

可恨的是，电视上的我竟然比实际的我胖了一圈（没办法，电视播放的横向拉幅大于纵向拉幅，这也提醒我该减肥了）。还好演的是家庭主妇，不做身材管理也说得过去，只是……当我看到那个张牙舞爪的女子时不禁倒吸一口气，这人是谁？啧啧啧！好一副泼妇骂街的姿态。

" You performed very well."

我转过头去，那人正倚着柱子看我，非常和善的表情。

哎！怎么闷不吭声的？让人好生尴尬。

我懦懦地说自己呲牙裂嘴的模样很吓人，担心今晚过后会成为全美公敌。

他答正好相反，能上屏幕的华裔演员不多，成名者更少，急需新血……

" Thanks. I am not good enough."我的中国教养教导我此时此刻要谦冲自牧。

William在我身边坐下，沉默了一会儿后，问我是不是每个中国人都认为自己不够好？他面试过几名华人演员，无一例外都表示自己还在学习、想更上一层楼；反观美国演员，总要吹嘘自己的演技了得，仿佛不雇用他们是剧组的损失。

哎～这就是文化的差异性，虚怀若谷、大智若愚、以退为进……这些都是中国人的智慧，直来直往的外国人是不会懂的。

我只好拿浅显的例子告诉他，倘若中国人能考满分，也会谦虚地表示大概能吉格，因为"谦受益，满招损"，太自满的人容易招来祸端。

他笑说中国人好难猜，宛如雾里看花。

" But you have a Chinese wife. You should understand Chinese people."我提出质疑。

他摇头答自己的老婆虽然是中国人，但同床异梦，他一点儿也不了解她，譬如他提供她优渥的生活，她还是毫不客气地给自己戴绿帽。

呃！这是什么状况？莫非……

" Judy told me Elsa is involved with a massage therapist."他答。

果然是祝迪这个大嘴巴惹的祸。

我支支吾吾地说这种事最好眼见为实，听来的未必属实。

他转而问我他去西雅图那晚，按摩师是否上门了？

" No......Yes."

" When did he leave?"

糟糕！这是在审问证人吗？

我拿起遥控器关上电视，站起身说我累了，然后在他错愕的表情中离去。

～

早餐桌上又见和谐的一家人，我识相地走开，想到地下室用餐，就在挂满艺术品的走廊与祝迪不期而遇。我往右，她也往右；我向左，她也向左。

" What?"我没好气地问。

" 那个泰国人清醒过来了，他不会对外乱说，妳也是。"

"说什么？"

"还会有什么？无非是那点儿破事，不抖出来最好，一旦抖出来，只好由妳面对。收人钱财替人消灾，妳不会连这点职业道德都不懂吧？"

我答不懂职业道德的人是她，怎么可以把Elsa的丑事告诉William?这不是害人家夫妻失和吗？

" 我什么时候告诉William这个了？妳别红口白牙地胡乱编派我的不是。"她涨红了脸。

我顿时灵光乍现，原来男主人在套我的话，还好我没入瓮。

知道William对自己的老婆起疑，祝迪很惊讶，她以为他一直被蒙在鼓里。

"这个妓女！吃在嘴里看在碗里，她根本不配！"

我早知道管家祝迪对男主人有特殊的情感，她的口无遮拦无非一时脑热，我很快将这件事抛诸脑后。

~

我来到后台，每个人都对我微笑，黑人女演员Lisa还模仿我在《加州医院》的泼辣相。

"Give me my husband."她咆哮着，连我的亚裔口音都模仿得惟妙惟肖。

我捂住脸，娇羞地表示自己没法儿见人了。

大伙儿权当我开玩笑，根本不买单，话剧男主角甚至预言会有制作人捧着刚出炉的剧本求我演出，我很快就要成为好莱坞炙手可热的明星……

都说爬得越高，摔得越痛，我这厢正飘飘然，光头男那边却气炸了，他要我到办公室谈话，现在！

~

导演把合同甩在桌上，要我看看第六项第三条说的是什么？

我很快找到那一项那一条，说的是签约演员禁止对外接私活，有违者立马开除，以儆效尤。

导演答很好，看来我不是文盲，而是笨蛋！

"But I only preformed one episode."我弱弱地答自己不过只演出一集。

他摇头说抱歉，白纸黑字，已经没有挽回的余地了。

我还没反应过来，他已经叫来保安，让他护送我出门。

直到走出Santa Monica Blvd，我还浑浑噩噩，就这么被踢出剧场？这也太夸张了，至于吗？

"难道光头男打算让那个大三菜鸟一直替代我？原来我的角色这么无足轻重。"我边想边心底碜得慌。

" Are you that Chinese woman?"一个戴眼镜的瘦高男子突然停下脚步嚷嚷起来。

什么中国女人？我摇头答不是。

他仍坚称我是，单眼皮加小虎牙，我就是《加州医院》里的中国女人，不会错的。

原来说的是"那个"中国女人，我点头承认。

他遂从口袋里掏出名片递给我，介绍自己是《比佛利拜金女》的执行制作人，正在寻找剧中一位重要女配角的人选，他认为我很合适，哪天正式聊聊？

我问是不是客串性质？他答当然不是，这是个拥有大卡司的长故事，他们打算推出五季。

五季？那不得至少一百多集？

" When can we talk ?"我笑如春风地问何时能谈谈。

第五十一章/失之东隅

那个执行制作人叫Albert Hoffmann，我问他是不是德裔？他答不是，他是犹太人。

犹太人？我以为犹太民族都有大鼻子、深黑色的卷发、不高的身高且皮肤苍白，显然他是异类。

Albert答犹太人从面貌上已很难区分出来，因为多年与其他民族混居、通婚的缘故，但真要判断也有依据，譬如从家里的犹太教装饰、说话谈吐以及姓氏等。

讲到姓氏，过去的犹太人只有名没有姓，姓氏是到了十八、九世纪以后才有。居住在欧洲的犹太人多半取德语拼法的姓，这也是我一开始怀疑他是德裔的原因。

Albert很健谈，但时间已晚，我又不愿和初次见面的人上酒吧长聊，所以约了下星期一早上见面（这大概就是所谓的"失之东隅，收之桑榆"吧！被话剧团踢飞后，马上又得了个面试的机会）。

隔天送小主人上学后，我意外接到Steven的来电。

"我以为你到北极看北极熊，或者到南极看南极光了。"我说，心里很悲伤。

他半天没作声，我问他打电话来莫非就为了演默剧？

"我不会演戏，但当剧评人还是可以的。之前答应过妳，看过《加州医院》后给评论，我是来履行诺言的，妳在剧里的表现……"

"等等，信号不好，我听不清楚，你来找我，我在Sabina的幼儿园外。"

在他拒绝我之前，我先一步挂机。

"他若不来，我们之间算是彻底完了。"我心想。

~

听到重型机车响亮的排气声，我很欣喜，他终究还是来了。

"Hi."他摘下黑色头盔。

看到久违的人，我没说话，只是对着他默默流泪。

"我请了半天假，家里有加州红提，也许妳想尝尝。"他不带感情地说。

我还是不说话，他拍拍后座，我犹豫了一下，一脚跨上。

~

桌上摆着一盘鲜艳欲滴的红提葡萄，上部呈紫红色，中下部为绿色。

"加州红提由美国加利福尼亚州立大学于1970年培育成功，肉质紧密且细嫩多汁。"他介绍。

"这些日子你去哪里了？找不到你，我像断了线的风筝。"

他停了一会儿后继续说："红提含有多种果酸、维生素、矿物质，能补气血强筋骨，还能养颜止咳。"

"我知道伤害了你，对不起，我不该说谎，和李奥的那一段是意外，不在计划内。"

"红提被誉为世界四大水果之首，除了味美，它还有解酒功效……"

我失去耐性了，问他到底有没有听进去？

"听到了，妳的确伤了我，我不知道该如何面对一个骗子，妳教教我。"

听Steven喊我"骗子"，我心碎了。

"我也不知道该如何解开你的心结，只能被动地祈求原谅。"

"好，我原谅妳，但……回不去了，除非妳能将时光倒流。"

我不是超人，也无法穿越，如何将时光倒流？他这是变相地和我说拜。

"就这样？结束了？"我困难地问。

"就这样，结束了。"他无情地答。

我能做的只是强忍住泪水与他道别。

"我看过妳在《加州医院》的表现，演得很好，祝妳的演艺之路走得顺畅。"

"谢谢！也祝你一帆风顺。"

我婉谢他载我一程的提议，两人互道珍重后，我迈开脚步走下山，沿途流下的泪水像开了闸的洪流，让我看不清楚来时路。

～

没有了感情的羁绊，我将全部的精力投注在工作上。

Albert说我在《比佛利拜金女》中的角色是个颇富心机的公司白领，靠不断地参加轰趴将一个又一个富二代玩弄于股掌间，最后竟看上某个富二代的老爸，大小通吃不说，还想拉下原配当正宫，最后死于非命，故事就是从这起命案说起。

Well, 听起来很有可看性，虽然我演的"拜金女"是个配角，但举足轻重，是贯穿整个影集的主心骨，极具挑战性，我已经开始跃跃欲试了。

~

好莱坞声息相通，我在一场大制作的影集中挑大梁的消息很快不胫而走。

"I heard you got a great role. Congratulations."韦廷家的男主人很有风度地向我道贺。

反观女主人就没那么友善了，她说希望我的好运能持续久一点儿，如果又被打回原形，那是很残忍的事。

~

"……当风儿轻轻吹, 蒲公英的小伞也轻轻飞起来, 飘啊飘地飘到各地去游玩。它们飘在半空中, 飘向田野里, 飘到小河边, 然后落在很远很远的地方，再也不回来了。"我合上书。

"妳是不是也会落在很远很远的地方，再也不回来了？"

我问Sabina为什么这么问？

"祝迪说妳就要成为大明星，再也不回来了。"她答。

哎！我正愁不知如何开口，没想到祝迪先走漏风声。

"听着，演员的工作很忙很忙，我抽不出时间照顾妳，还是……还是由他人接手好。"

"忙得连和uncle接吻的时间都没有吗？"

Sabina不知道我和Steven已经分手，所以问了不该问的问题。

我思考片刻后答是。

"好可惜，我原以为妳会跟uncle生baby。"她说。

哎～我也以为自己会跟他生baby，但世事难料，情场失意换来职场得意，很公平，没什么好埋怨的。

我本来想在好莱坞电影城附近租房，但同剧组的演员告诉我倒不如租个保姆车，开工时可以充当休息室、更衣室以及化妆间；不开工时还能驾车远游，一举两得。

这种如房车大小的保姆车经常在剧组、片场、电台和电视台附近出现，它的外形豪华，里面设备齐全，有卧室、电视、音响、冰箱、厨房、化装台和卫生间。把车上的帘子一拉，外面什么也看不见，极具隐秘性。

据Albert说，如果第一季反应良好，我的薪资也会跟着水涨船高；反之，如果收视平平或不好，剧集腰斩都有可能，遑论加薪。

为了这个不太可能的可能性，我不愿把钱花在租房上，因为一旦剧集被腰斩，我如何度过青黄不接的时候？洛杉矶的房租向来居高不下（否则我也不会一直蹭房住），不是端端盘子就能负担得起，所以我听从同事的建议，租了一辆二手保姆车，据说还是著名女演员茱莉娅.罗伯茨用过的。

"这是第二次以车代房，希望过渡期能即早结束。"我内心祈祷着。

第五十二章/满天星斗

Albert曾说如果第一季反应良好，我的薪资也会跟着水涨船高。言外之意，我目前的薪水不会太高（也难怪，我不是流量明星，能用我就不错了）。

由于请不起助理，凡事得亲力亲为，衣服掉线得自己缝，即溶咖啡没了得亲自买，更别提行程安排、端茶倒水、拎包打杂……以及我最需要的"对台词"。

我每天忙得像只快速旋转的陀螺，但仍有顾此失彼的遗憾，好比现在，当我拖着疲惫的身躯回到保姆车上，这才发现净水箱没水了，我连喝口水龙头里的水都不可得。

"哎！如果保姆车停在营地里就好了。"我唉声叹气。

洛杉矶东面四十公里处有房车营地，营地里有水电桩，连接一下即可，然而为了工作需要，我不得不把车停在Lexington Ave 和 Cahuenga Blvd 交叉口，虽然紧临公园，但公园不等同营地。

电的问题尚好解决（为了节能及省钱，我通常启动太阳能板，除非一连好几天都是大阴天，否则一向相安无事），但水不一样，没有就是没有。

此时此刻我有两个解决方案，一是把车开到服务站加水，二是到附近便利店买水以解燃眉之急。正常人都会选择前一项治本，而我却选择后一项治标，原因无他，因为屋漏偏逢连夜雨—车子没油了。

我披上薄外套出门，打算沿着Cahuenga Blvd往南走，大约经过两个路口会有一个24小时便利店，我思忖除了水之外，还能买份热狗当宵夜。

～

夜里九点，我沿着公园踽踽而行，路上一个人影也无，还好马路上呼啸而过的车子很多，我不认为独自行走会有什么问题，直到那名老黑离我很近很近，近到能闻到他鼻中发出的气息以及身上的酸臭味时，我才发现有事不对劲。

"老天！千万不要是我。"我心想，身体不由自主地打颤。

此时两个身影从路边的加长型悍马车上走了出来。

" Miss Wei, long time no see."

听到William的声音，又看到韦廷家的御用司机，我大大地松了口气。

" Yes, long time no see."我像逃过鬼门关似地喊起来。

在洛杉矶曾经流传着这么一则笑话：大半夜若车子不巧在市中心爆胎，拼了命也要开着爆胎的车子出城，因为比继续待在市中心的存活率高。

可见夜晚的洛杉矶治安有多不好，坏就坏在我心存侥幸，以为厄运不会找上我，还好......

直到目视那个黑鬼弯进公园內，我才确认危机解除了。

"It's unsafe to stay outside at night." William 说夜晚待在外面不安全。

"I know. I won't go out if I am not thirsty." 我答我知道，如果不是口渴，夜里不会外出。

本来不想多做解释，就因为他那几秒钟的无语，让我觉得自己的理由怪怪的，不得不多做交待。这一交待就没完没了，我把住在保姆车上的无奈以及没有生活助理的诸多不便通通给交待清楚。

等我发泄完毕，他依旧无语，这下子尴尬了，我决定还是走为上策，不忘要他代我向Elsa及Sabina问好。

谁知他唤住我，说自己的车上有水，我可以捎几瓶带回去。

"Never mind." 我说，然而他已转身先行一步。

我以为他只是去拿水，孰料打开车门后，他喊我上车。

这是一辆改装过后的悍马，里面有冰箱及平板电视。

William把冰箱里的Evian矿泉水及Radeberger啤酒递给我，我喝光瓶装水后紧接着喝冰啤，这才灭了身体里的那团火。

"I can tell you are very thirsty." 他说看得出来我很渴。

这不是废话？否则我也不会在夜里走上这么一段生死路。

Well, 我当然不会傻到"实话实说"，为了不冷场，我指着面前那道厚厚的玻璃问这可是隔音玻璃？他答是，并且在说话的同时拉上了布帘，这下子不仅司机听不见我们说什么，连带也看不到我们做什么。

我很忐忑，因为两侧及后侧虽然没有布帘，但都是单向玻璃，外面看不见里面，我仿佛被一个固若金汤的铁笼子给桎梏住。

"Are your scared?" 他问我害不害怕？

"Yes." 我诚实回答。

他说单身女子长期住保姆车终究不是办法，Fountain Ave上有很多小公寓出租，生活助理也不难请，时薪8美元有一个。

哎！他还是误会我了，我的恐惧指的是当下，还有，租房及请助理的确不难，难在我没钱，连租保姆车的钱还是向Albert预支的。

他要我别担心钞票的事，很快会有小天使飞来解决我的问题。

" HaHa. I hope so."我也只能一笑置之。

原有的不安就在一问一答中逐渐消弭，他告诉我经营一家电影制作公司的不易，我也告诉他一个女子在异国打拼的困难。兴许是天时地利加上人和，我们都觉得彼此的心因此靠近许多。

" Steven will come to my house this weekend. You can come too if you want."他忽然提到Steven，还说这周末他会来韦廷家，如果我愿意，欢迎加入。

我感到悲伤，物是人非，Steven早已不是那个Steven, 在他眼里我一无是处，满嘴谎言……

William斥我胡說八道，我没有不悦，反而因为得到支持而有些许的欣慰。

按捺住复杂的心情，我问他Sabina近来可好？

他答Sabina不喜欢新来的保姆，老是闹脾气，家里鸡飞狗跳的，他只好外出避难。

我说难怪能在这个点遇上他。

他略显尴尬地表示他的车已经停在此处好几天了。

" Why?"我问。

他答因为从这个位置可以看到满天星斗，说完，从座椅扶手箱里掏出望远镜递给我。

我接住，再打开车窗往外探去。

洛杉矶是个工业城市，从20世纪初就饱受大气污染的困扰，虽然整治后成效卓著，但人口和车辆与日俱增，只能说做到不被大规模诟病的程度，所以我对William所言的"满天星斗"充满好奇及怀疑，果然……

"讨厌！被骗了。"我心想，但仍手握望远镜继续观察。

我看到Cahuenga Blvd往南两百米处的便利店，连店员身上的蓝白条纹工作服也能一览无余。右转九十度是公园，树影婆娑，很是诡异。沿着公园往北瞧，我看见靠近Lexington Ave处停了一辆车，那是……我的保姆车，连门把形状都能看得一清二楚。

我放下望远镜，感觉心跳加速，好不容易才将心率调整到正常速度。

" You cheat me. No starts at all."我将身子缩回车内，埋怨他骗我，一颗星星也没有。

他笑答没骗我，刚刚还能看见北斗七星。

知道他在抬杠，我借口时间晚了，得回"家"了。

他没挽留，播了通电话给司机，要他调转头将车开到Lexington Ave 和Cahuenga Blvd交叉口。

我没提自己的车子停哪里，显然他知道那辆白色GMC保姆车是我的，这更作实我的猜测。

"William到底是怎么想的？"我的内心有隐隐的不安。

第五十三章/小天使

我没想到小天使那么快就飞来救驾。

Albert 说他在 Fountain Ave 上帮我租了个公寓，还雇了个助理，因为对方有两年的实战经验，所以时薪高了点儿。

嗯……但凡天上掉馅饼的好事，背后百分百都有鬼。

"Why?"我问。

他答因为我表现优异，好孩子就应该有糖吃，不是吗？

Well, 好孩子是该有糖吃，只是我强烈怀疑糖果是 William Wettin 给的。

Albert 听完后哈哈大笑，对我的问话不置可否。

~

"ALBERT 对妳真好，我还未曾见过有哪个制作人会帮演员付房租及雇私人助理。"

说话的是我的"新"助理—Kitty，据说原来是卡卡家族小妹Jennifer 的助理，后来因"不可调和的矛盾"而离职。

当Albert以"好莱坞最具份量的明星助理"介绍她时，我以为来者必是拥有很多资源，而且人如其名（长得像Hello Kitty一样小巧可爱），等到真正见到本尊，我倒吸一口气。

Kitty是个ABC(American-Born Chinese)，但与传统的"香蕉人"不同，她不仅中英文流利、口才了得，思维也是中西结合，能和美国大叔做有效沟通，只是……

正常女人的腰围不超过60厘米，Kitty 的腰围在那个基础上又翻了两翻。噢！不，她不是孕妈妈，只是体形壮硕了点儿，一个一餐能吃下两个12英寸烤肉三明治而面不改色的人，体重直逼两百斤不也正常？

"告诉妳，Jennjfer 和我同校过，都是塞拉峡谷中学的学生。她雇用我时，我还没那么胖。后来我放纵口欲，她劝过几回，我不听，她只好辞退我，不过对外说是我们之间有不可调和的矛盾，因为以身材问题辞退人在美国是违法行为。"Kitty 边说边帮我画眉线，我很害怕她因此画歪了。

Jennifer出身名媛世家，向来以拥有纤细的小蛮腰而自豪，身边人若胖得让人喘不过气来，那画面的确不协调。

"亏妳沉得住气，美国人向来不吃这种哑巴亏。"我说。

"谁说我吃亏了？她送我一辆马自达，我帮她拟声明稿，两人还合演了一场离别依依的好戏。"

"呵！钱果然是好东西，"我对镜检查画好的眉线，"今天我有几场戏？"

"三场，都是床戏，待会儿我帮妳贴贴纸。"她答。

为了防止火辣场面走光及男演员有生理反应，有床戏的女演员通常会事先贴上乳贴，内裤也会多穿两条。

"不用，这个我自己来，上戏前记得和我对台词。"我说。

"好咧！"她笑颜逐开。

~

Kɪᴛᴛʏ和父母同住，她父母的家离好莱坞有一百多公里远，体胖的人又多嗜睡，如果不巧当天排早班，我只能自己打理。

"妳以前跟卡卡家族小妹时也是十点后才上工吗？"我忍不住问。

"以前我住她家，现在……我都不好意思说自己和父母住，感觉像没断奶似的。"

咦～她是在抱怨我没提供住宿吗？

"妳也知道保姆车就这么点儿大，放的还是单人床，我们……我们睡不下。"我解释。

Kitty的体型像只成年河马，进保姆车还得侧身，遑论与我在那么小的空间里吃喝拉撒睡。

" Albert不是帮妳租了公寓吗？妳怎么不去住？"她问。

Albert是帮我租了公寓，Google地图上显示离我的房车"驻扎地"不过五分钟车程，远是不远，但我不愿去，理由说起来很奇葩，因为我怕……怕再也看不到William。

自从知道那个忧郁男人有可能每晚"观察"我后，我仿佛被制约了，一举一动都格外小心翼翼，上床前还会"反观察"他。如果碰巧发现悍马车的影子，那晚我会睡得特别安稳；反之，我会猜想他是不是又出差了？去了哪里？见了什么人？……

运气好时，天亮前我能小眯一会儿；运气不好时，睁眼到天明。

" Albert 租的公寓太远了，还是住保姆车方便。"我找了个借口。

"太远了？Are you joking?打个出租车很快就到。"

"妳不懂，洛杉矶的出租车起步价4美元，每公里多两刀，加上小费，单程起码15美元。"

"那也没什么？妳是大明星，来钱快。"

Kitty 的前主子的确来钱快，只要在Face Book上晒出某产品，马上有脑残粉跟进买单，但我不一样，说白了就是个初露锋芒的小演员，能不能火还是个未知数。

当我告诉她我的月薪还不到一万刀时，她吓坏了："天哪！我还以为妳日进斗金，所以Albert 舍得自掏腰包雇我。"

呃！这叫我从何说起？总不能说是小天使施的魔法吧？

见我不发一语，Kitty很快给出解决方案：**她负责载我上下班，公寓就让她挤挤，因为她实在太害怕跟父母住，每天光听他们唠叨就能把人逼疯……**

我还是答不。

"随便妳，如果妳认为顶着两个黑眼圈上戏好看，那么请继续。"

"不会吧？我的黑眼圈真的这么严重？"

"谁说不是？我无意中听见导演跟摄影师说剧组请来一只中国熊猫拍戏。"

这一惊非同小可。

"今天收工后我们到公寓瞧瞧，如果挤得下，妳搬来跟我住吧！"我无奈地说。

～

我没想到外表很一般的公寓，里面却别有洞天，虽然只是个一居室，却有个不小的书房。

"太好了，大床妳睡，我睡书房，两不相干。"

"两不相干？那可不行，妳是助理，回到公寓还得履行职责，我反正茶来伸手，饭来张口，妳考虑考虑。"

我以为她会唉声叹气，甚至打退堂鼓，没想到她求之不得，因为这是24小时待命。根据美国的《公平劳动标准法案》，劳动者每周工作超过40个小时算加班，加班费按正常小时工资的1.5倍计算。如此一来，她的薪水与我相差无几。

喔喔！这下子Albert恐怕不会太高兴。

我让她明天去问出钱的大爷，结果一整天都无消无息，我想肯定黄了，没想到下工后，Kitty让我留在原地，她把车开过来。

"Albert同意付钱了？"我问。

"他没同意，但一个好看的中年男人同意了。"她答。

第五十四章/棋子

"好看的中年男人？谁啊？"一上车，我迫不及待地问。

她答不清楚，以前没见过，不过那人的气场很足，每个人看到他都一副毕恭毕敬的奴才样。

"四十至五十岁，古铜的肤色、鹅蛋脸、浓眉大眼、高鼻梁、尖鼻头、嘴唇很薄……气质上予人一种沧桑感，像两肩扛着大山，像极了忧郁王子。"我喃喃道。

"哈！对极了，妳怎么知道？"Kitty很是兴奋。

我叹了口气答那人是LP的老板。

"Kidding? 这个LP该不会是加州最大的电影制作公司吧？！"

"怎么不是？我还曾经是他家的保姆，熟悉到保安看到我就主动放行。"

"难怪他愿意付费……不对，他为什么要替一位已离职的保姆付费？"

"这也是我不解的地方，也许他看我可怜，也或许是我曾经和他的小舅子有一段情。"

"这世上比妳可怜的多了去，至于小舅子……他是何方神圣？"

我答圈外人，说了她也不认识。

~

无缘无故受了人家好大的恩惠，我无法再装聋作哑下去，趁着助理去帮我拿新出炉的剧本，我走下保姆车。

"扣、扣、"我轻敲悍马车车窗。

车门打开了，William喊我上车。

上车后，我开门见山地问他为什么要帮我？

"I think you will be a super star. This is an investment ."他答。

我问既然是投资，必然想得到回报，我怀疑自己是否给得起？

"Definitely you can."他露出谜之微笑。

~

下午的演出完全不在状态下，连续吃了二十几个NG后，导演要我退下休息，他先拍下一场。

"怎么了？"Kitty递给我一杯咖啡，"完全不像平常的妳，来例假了？"

我摇头答没有。

"对了，早些时候看妳从一辆悍马车上下来，妳跟坐在里面的人认识？"

"不认识……认识……那人是个疯子。"

在Kitty进一步询问前，我拿起纸杯咖啡离去。

没有浪漫情事，完全是我单方面的幻想，真是可笑之至。

让我告诉你那个忧郁男人是怎么想的，他与二婚老婆貌合神离良久，很想结束没有质量的婚姻，希望我帮他。

我问怎么帮？他答很简单，当Elsa和别人巫山云雨时，我适时让Sabina目睹一切，因为那个脾气乖张的女孩现在只听我的。

"Why？"我吓坏了。

他说虽然离婚费时费力且昂贵，但目前纠结他的是一旦离成了就再也见不到Sabina。他是真心喜欢那孩子，希望她常伴左右，所以如果能证明母亲的作风有问题，不利孩子成长，那么在诉请离婚时，Sabina有可能判给他。

我答Elsa的确不是个好母亲，但除此之外，没什么大过失。

William听完笑得好大声，他提醒我明人不说暗话，Elsa在背后搞七捻三也不是头一回，前阵子还让一个泰国人进了医院，他不清楚我为什么要帮她背黑锅？也对，一百万刀是很大的诱惑……

"How did you know？"我煞白了脸。

"There is no smoke without fire."

是呀！没有火哪来的烟，中国不也有"苍蝇不叮无缝的蛋"一说？

我还没找到替自己辩解的理由，他接着给我一记重拳，原来Albert和我的邂逅并非偶然，我之所以能在《比佛利拜金女》中谋得一个角色全拜眼前的这个男人所赐。

所谓"吃人的嘴软，拿人的手短"，我顿时矮了一大截。

"See you soon."见该说的都说了，William递给我一张卡片后，很快与我道别。

我浑浑噩噩地下车，一时竟找不着北。

怎么办？他们夫妻俩同时拉我入伙，一个已给了一百万美元，另一个在我不知情的情况下施了小恩小惠，同时允诺事成后让我在LP制作的科幻大片里担纲，无疑将我置于两难的境地。

被人当成棋子大概就是这种感觉。

我望着手里的邀请卡发愣，下个月3号晚上七点开生日派对，我要不要去？去了表示替William行不义之事；不去等于宣告我在美的演艺生涯提早结束……

"这是什么？"Kitty突然将我手中的卡片抢去。

"还我！"我跳起。

一番你争我夺后，我成功抢回。

"我还以为是什么好东西，不过是张派对邀请卡，谁没参加过？真是的！"她嗤之以鼻。

我说她还真没参加过，这是LP老板家办的生日派对，不是一般人能进得去。

"这么说妳是回老东家参加派对，"她眼里闪着光芒，"听着，会参加的都是大腕，可别忘了使出浑身解数，只要抓住其中一个就吃喝不愁了。"

我说不是她想的那样。

"是也好，不是也罢，反正妳就要平步青云了。"

"什么意思？"

"Albert说有部科幻大片对妳投来橄榄枝，下个月五号让妳去试镜，要我转告一声。"

呵！时间点掐得刚刚好，就在我"完成任务"的后两天，这也太明显了吧？

如果不是知道个中缘由，我会兴奋得手舞足蹈，但现在……我完全开心不起来。

"What's wrong with you？正常人不是应该高兴尖叫吗？怎么妳一副丧家犬的模样？"

"没什么。"我把小熊抱枕抱在怀里，佯装对电视节目感兴趣的样子。

"对了，《比佛利拜金女》的第一季拍完后会有半个月的小长假，我打算到迈阿密晒太阳，先告诉妳一声哈！"

"去吧！没把身体晒成黑炭别回来。"我意兴阑珊地说。

第五十五章/生日派对

美剧一般都是拍完5集后播出，通过这几集的收视率再考虑是否继续拍。如果播放之后观众特别反感某人、某事，编剧就得快马加鞭地更改剧本，必要时还得重拍其中一部分剧情，总之是将观众的喜好摆在首位。

《比佛利拜金女》作为秋季档美剧，预计在下个月播出，共20集。如果收视尚可，中途没被砍，应该会播到第二年的5、6月结束。

"观众会不会反感我？如果会，难道我只露脸五集？"我将目光从剧本移开，很不自信地问助理。

剧情以倒敍法陈述故事，一开始我就露脸（是一张苍白无血色的脸，双眼紧闭，身体裹在尸体袋里），并且贯穿全场。

"妳太紧张了，我看过毛片，妳的表现可圈可点，现在缺的只是炒作。"

"什么炒作？"

她答譬如和某某知名人士谈恋爱、发表惊人言论或者像她的前雇主一样，不小心让自己和男友的性爱影碟流出等等，马上就能引起关注，继而让剧集未播先轰动。

"算了吧！我若是戏精，早两年就炒作了，何苦等到现在？再说了，我父母是保守派，我若这么玩，估计还没火起来就被他们五花大绑给押回国内了。"

"随便妳，爱听不听。"她把蓝芽耳机戴上，开始玩起Fortnite，这是一款目前很流行的线上游戏。

我把高跟鞋踢掉，揉揉被折腾一整天的双腿："明天早上我有新剧发布会，记得叫醒我，我得早起梳妆打扮。"

Kitty背对我比出Ok的手势，话懒得说一句。

很多人以为明星助理就是买买咖啡、送送剧本以及推开蜂拥而至的狗仔及粉丝，实际上好的助理更强调公关及协调能力。好比现在，我不小心踩到女主角的裙摆，害她在新剧发布会上跌个狗吃屎，我下意识去扶她，反被她推开，嫌恶的表情当场抹杀了不少菲林。

就在发布会结束，舆论纷至沓来前，我的助理Kitty第一个跳出来为我辟谣。她说我是大近视眼，加上高跟鞋不合脚，才会犯下如此的错误，事后我也道歉了，得到女主角的谅解，两人没有不合云云。

呃……我是"有点儿"近视，但看清楚两百米外的世界不成问题；厂家提供的高跟鞋虽然不合脚，但也不致于走几步路就"身不由己"；还有还有，事后我的确道歉了，但女主角根本没原谅我，不仅在后台故意推我一把，而且放狠话，以后出席公开活动，有她没有我，有我没有她。

我不是推诿扯皮，说来说去还是女主角的错，谁让她尚未走到台前就放缓脚步向摄影机挥手致意，我没料到她会来上这一出，一脚踩在她的裙尾巴上，怪谁？

原本以为霉运当头，以致惨遭池鱼之殃，万万没料到这么一摔，把《比佛利拜金女》送上娱乐版头条，女主角推开我的嫌恶表情甚至被制作成表情包，在网上盛传，我们两人也因此被邀请上艾伦秀，一个美国著名的脱口秀节目。

在节目中，我们尽弃前嫌，不仅热情拥抱对方还互说好话，整出一个"大和解"的假象。天知道下台后，女主角依旧没给好脸色，横眉怒目的，让人好生害怕！

"别理她，她这是嫉妒兼种族歧视，谁不知道妳的戏份就要赶上她，再这么下去，女主角就要换人做了。"我的助理无条件站在我这边。

Well, 我的戏份是不低，但要超越女主角几乎是 Mission Impossible ，因为在剧中我已死亡，除非死去的人还能复生，否则也就那样了。

~

剧集还没播出就炒得沸沸扬扬，无怪乎一开播，收视率立马冲上5.0，ALBERT自然眉开眼笑，仿佛中了头彩。

"就因为这一摔，那个婊子起码能多演两季，她还有什么不满意？听说身家还因此暴涨呢！"Kitty说。

其实不止女主角受益，整个剧组都受益，Albert要大家赶紧进棚录制第六集，同时预告我的下一季收入必涨无疑。

哎！演艺圈的怪象真多，这大概也算其中之一吧！

~

直到太阳下山，我还没决定要不要穿上那件立体收腰的缎面小礼服。

"妳若不去就把机会让给我，我还没参加过有钱人的生日派对。"Kitty边摸我的细致礼服边说。

“参加有钱人的生日派对得送上不菲的生日礼物，妳有吗？”

“咦！我的薪水和妳的差不多，我没有，难道妳有？”

老实说，为了这个"拿得出手"的礼物，我着实踌躇了好一会儿，还好William细心，昨天差人把包装好的礼物交到我手里。

“我有，”我努了努嘴，“就是那个。”

Kitty探头一望，小礼袋上有百达翡丽的Logo。

“妳抢银行了？”她问。

“小天使给的。”我答。

才几个月没见，门卫又忘了我是谁，这也好，省去解释的麻烦。

递上邀请卡后，我随着一众身着锦衣华服的人步入韦廷家。

祝迪收下我送给寿星的礼物后，不忘恶狠狠地追问我哪里来的邀请卡？

“小天使给的。”我答，然后极目四望。

“如果妳找Elsa，她还在化妆；如果妳找Sabina，她被禁足在自己房内；如果妳找William，抱歉来晚了，二十分钟前他坐直升机走了。”

老婆开生日派对，自己却开溜，怎么说都说不过去，但我心里清楚，他是为了制造不在场的证明。

“我谁都不找，就是来吃块蛋糕。”我答。

“哼！为了吃蛋糕，送上一块百达翡丽表，妳当我傻？”

我不理她，迳自走开。

有钱人的生日派对一样离不开鲜花、气球、乐队、佳肴及美酒，我不免失望，以为会更新意些。

为了不白白走一遭，我大啖鱼子酱，又把赤霞朱干红葡萄酒拿来当水喝。

"酒喝多，隔天要头疼了。"

我带着些许的醉意要来者少管我，我们已经分道扬镳了。

"分手亦是朋友。"他说。

"这世上的人何其多，我为什么非得当你是朋友？"我依旧不假辞色。

此时一个短发女人快步走过来，她对男人说："姐姐要你过去。"

Steven 走后，艾玛转对我说："好久不见，听說妳最近很火。"

我答没有的事，转问她李奥人呢？

"不知道，我又不是他的保姆。"

"难不成妳现在成了Steven的保姆？"

艾玛捂住嘴吃吃地笑："妳错了，我也不是他的保姆，而是未婚妻，姐姐待会儿会公布。"

没想到在那么短的时间内，Steven不仅吃了回头草，两人的恋情还火速升温，现在连艾玛也改口唤Elsa"姐姐"。

"那恭喜了。"我只能无奈吞下苦果。

第五十六章/做坏事

当一人高的大蛋糕被推出来时，Elsa才现身，血红色的曳地长裙上缀满蕾丝钉珠，脖子和耳垂分别戴上成套的玛瑙饰品，大波浪的卷发发鬓上还插着一朵珍珠花，很是耀眼。

掌声过后，她谢谢宾客百忙之中抽空参加她的生日派对，只有这时候才能测出一个人真心与否，衡量的标准还有礼物的贵重程度，她有请今晚送礼低于一万美元的人离席……

众人以为寿星说了个笑话，很配合地哄堂大笑，只有我笑不出来，因为人家明明说的是大实话（她就是这么想的）。还好自己"代送"的礼物是十几万美元一只的名表，否则恐怕要掩面而逃。

但凡活动中有人致辞都是极度无聊之事，超过三分钟还能认真听讲的几乎没有，Elsa深谙个中道理，讲了一则网上笑话后收锣罢鼓，转而点名要两位客人上台。

" Do you know why I wanted both of you on stage? "Elsa就着麦克风问自己的弟弟知不知道为什么让他和艾玛上台？

Steven答大概切蛋糕的刀子太重，她需要人帮忙。

话一说完，笑声排山倒海而至。

" No, because ......"

说时迟那时快，暧昧的音乐声忽然响起，一个打扮入时的精壮汉子快步上台，对着寿星边脱衣边扭动身躯，等到脱得只剩一条红色子弹型内裤，动作开始升级，嘴巴也没闲着，滔滔不绝地说着风话。

别看Elsa平常张牙舞爪，此时却像个布偶任由男人摆布。观众的反应也出乎意料，不仅无人出面制止，现场还洋溢着欢乐的气氛。

虽说洋人对性比较开放，但这样明目张胆地"耍流氓"，我怎么也无法理解及欣赏。

" 没看过吧？ "祝迪突然现身，" 这人是脱衣舞男，专门被雇来哄女人开心。"

" 还好William不在，否则要气得脑出血。"

她听完后大笑不已：" 妳以为这个Male stripper是谁请来的？老公让老婆开心的方式可不止一种。"

什么？竟然是William花钱雇来的，这心得多大？

" 希望Elsa乐在其中，否则钱算白花了。"

话刚说完，那舞男竟抓住Elsa的手往他的"那话儿"探去，吓得我眼珠子快掉出来。

" 这下子妳明白为什么母亲过生日，女儿要被禁足了吧？ ！"

祝迪提到Sabina, 我感到心疼，她......还好吗？

" 我去看看那个可怜的孩子。"我转身离开。

新来的保姆问我是谁？我答前任保姆。

不说则已，一说打开对方的话匣子，那个皮肤黝黑的菲律宾保姆花了足足五分钟控诉小主人的罪状。

我问她说的可是Sabina？那孩子是天使，不是魔鬼。

菲律宾保姆做了一个快晕倒的动作，直说她得喝口水冷静冷静，如果不介意的话，留我和天使独处。

" My pleasure."我答。

待那个明显被折磨坏的女人离开之后，我走向屋子角落的玩具屋，问躲在里面的小女孩可需要帮忙？

见她点头，我开始用力扳房门，然而使尽吃奶的力气依旧无果，这才发现门缝被强力胶给粘住了。

"这是怎么回事？妳把自己锁住？"我问。

那孩子摇头，安静得出奇。

我要她等等，然后拿着玩具碗冲出去，还好泊车小弟帮忙，我很快拿到汽油，汽油能溶解胶水，幸好化学知识没忘光。

"好了，出来吧！"我终于把门打开。

我以为获救的人起码会欢呼几声，但Sabina只是抱抱我，什么话都没说。

"妳怎么成了哑巴？"我问。

她摇摇头又点头，然后指指自己的唇。我近眼一瞧，老天！连嘴巴也粘上了。

这可怎么办？嘴巴不是门，不能使用汽油。我的脑筋快速转动，对了，红酒！

我先用温水清洗Sabina 的嘴部皮肤，再将从派对上取来的红酒轻轻擦在她的嘴唇上，直至胶水逐渐变软、脱落。

"什么不好玩，竟然玩起强力胶，都不知怎么说妳！"见Sabina解困，我也有余力指责。

"祝迪不让我参加妈妈的生日Party，我很生气，决定从此不出门，也不和任何人说话。"

"那好，我重新帮妳糊上胶水。"

Sabina听完跳开一丈远，还用双手捂住嘴巴。

"呵呵！我开玩笑的，过来！"我伸手招呼她。

她迟疑了一下，还是走过来，我帮她把打乱的辫子重新绑好。

"妈妈为什么不爱我？"她忽然问。

"妈妈是爱妳的，只是有时候忙，难免……难免忘了怎么去爱。"

说这话时，我明显感觉自打嘴巴，主卧室与Sabina的房间不过一墙之隔，Elsa竟斗胆把男人带回房，而且完全不避嫌，声音之大仿佛怕别人不知道她正在放浪形骸。

我试着忽视那层干扰，问Sabina想不想听我讲故事？

"不想，我想聊天，我……我觉得爹地比妈咪爱我。"

"妳真那么想？如果……如果有一天爹地和妈咪分开了，妳想跟谁？"

"我想跟妳。"她笑嘻嘻地答。

虽然很感动，但我没忘记今天的任务。

"不，只能爹地和妈咪，二选一。"

"嗯……"她想了一下，"爹地吧！他还会跟我玩，不像妈咪，总要我go away。"

这下子我失了方寸，原以为她会答妈咪，那么我就有理由不做坏事。

"我妈到底在干嘛？"Sabina望向声音出处问。

也难怪，那对男女追逐过后滚到床上去，而且天雷勾动地火，碰碰碰的声音像击鼓。

我思考了一下，这样的人的确不配当母亲，如果……那也是咎由自取。

"走，"我牵起Sabina 的小手，"我们问她去。"

第五十七章/蓄意谋杀

我和Sabina在主卧室门口站了好一会儿。

"不敲门吗？"那孩子问。

不，绝对不能敲，敲了等于给作恶的人掩盖事实的机会，那么我为什么迟迟不行动？其实另有隐情。如果门锁住，今天的计划就算泡汤；如果门没锁，当Sabina看见自己的母亲与别的男人赤裸相对会有多震撼？我该不该把她拉进大人的斗争里？

"萌萌～"Steven喊我，将我拉回现实。

"Uncle～"Sabina飞奔过去。

"你们在干嘛？"Steven抱起孩子，问的是我。

"我……我们……"

Sabina抢答："我们想问妈妈在干什么？碰碰碰的声音吵死人了。"

此时屋内仍然大战未休，明眼人一听就知道是怎么回事。

Steven借口派对上有好吃的手指饼干，明正言顺地带走自己的外甥女，那双怨怼的眼神，我到现在也忘不了。

计划永远赶不上变化，没能达成任务，我却松了口气。

" You let me down."William说我让他失望了。

我答我试过了，这是命运的安排。

他长叹一口气后，很落寞地走了。

老实说，我不担心他秋后算账（即便是，也只能接受），但没能让Sabina和她喜欢的继父在一起，我心怀愧疚。

"哎！妳就是太优柔寡断了，换成我，一开始就不淌这浑水，让自己里外不是人。"Kitty躺在我床上，糖果纸散得到处都是。

我问她知不知道什么是"士为知己者死"？ （William也算是我的"知己"，知道我想成名，给了我不少机会和帮助。）

"当然知道，就是穷人被富人给收买了，即使牺牲生命也再所不惜。那个谁谁谁不是刺秦王不成反被杀吗？切，傻不拉几的。"

面对她的直言，我一时无语。

Kitty没察觉到我的难堪，继续挖我隐私："对了，妳的前男友真的在派对上订婚了？"

" 不知道，脱衣舞男一上台，Elsa便忘了宣布，不知后续如何。"

"妳还爱他吗？"

我没料到Kitty会问这个，答案一时找不到。

"他还爱妳吗？"她又问。

这个好回答，分手是对方提的，肯定不爱了呗！

Kitty忽然坐起，问我要不要测试一下对方的心意？

"怎么测？"

"嘻！妳等着，现在说就不好玩了。"她答。

第六集的剧情着重在富二代老爸的生活，在外人眼里，他的婚姻美满、事业有成，不久前才收购了一家前景看好的网络游戏公司，妥妥的"金玉其外"。至于"败絮其中"则是美艳的老婆早有二心，独生子除了摊上我这个拜金女外，还是个重度瘾君子。众所周知，毒品向来与黑社会挂勾，可见这个纨绔子弟也不是只好鸟。

扮演剧中腹黑老婆的是前阵子才和我一起上过头条的女主角，虽已近不惑之年，但风韵犹存，在好莱坞属实力派演员。

这一天，为了拍摄车祸现场，剧组把North Orange Drive给封了，还上修车厂借了一辆红色法拉利事故车当替身。

导演千叮咛万嘱咐，那辆九成新的敞篷跑车是出资老板的宝贝车，要我绝对绝对小心开。

别误会，我开的不是宝贝车，而是相对便宜的小云雀，敞篷跑车是女主角开的。导演要我小心开的意思是别真的撞上，他会切换镜头，让事故车顶替。

我嘴巴答是，心里有点儿怪他瞧不起人，这么简单的事何需提醒？然而我还是低估意外发生的可能性。

" Ah, I'm sorry. I'm really, really sorry. It just happened. I don't know how it happened."除了道歉，我不知道还能说些什么。

谁也没料到车祸会弄假成真，宝贝车的左侧车身因此凹下去一大块，这下子真成了事故车。

导演气得直跳脚，也难怪，前后左右皆无来车，拍的还是远镜头，我只需在靠近法拉利五十米处停下，这么简单的动作，我却搞砸了。

" Are you stupid or what?"他对我咆哮。

我能理解导演的愤怒，但我都已经这么低声下气了，他还骂我笨蛋，这是不是太过分了？

没等我替自己发声，一只血手印吓坏了收音师，尖叫声震耳欲聋。

该死！怎么忘了车内的女主角？

此时已经不是修车得花多少钱的问题，而是害怕那个越来越视我为眼中钉的人会因此挂了。

" Kitty, 快，打911。"我喊。

∼

女主角的左手臂打上石膏，其他无大碍，算是不幸中的万幸。

就因这起事故，编剧团队开了一整晚的紧急会议，最后决定让女主角入院，"拜金女"趁机入住豪宅，把岌岌可危的家庭搞得更鸡飞狗跳。

"看！我说的没错，妳的戏份就要赶上她了，再这么下去，女主角非妳莫属。"Kitty得意洋洋地说。

相对于她的乐观，我却有隐隐的不安，好像暴风雨来临前的低气压，沉闷地让人喘不过气来。

∼

果然没两天狂风暴雨便至，事情源于女主角在社交网站上发布自己受伤的照片，还说得感谢我，因为从影十几年以来，每天都活得很紧绷，若不是我，她哪能正大光明地休息？

全篇无一句丑话，但对比前阵子的跌倒事件，敏感的小报闻到不寻常的味道，开始捕风捉影，不仅绘声绘影地编故事，而且人证、物证、事证齐全，我不禁怀疑自己是否真犯下那些莫须有的罪名？

"我和她肯定八字不合，跌倒事件就不说了，现在竟然有人怀疑我故意制造车祸，这怎么可能？"

"别理他们，刹车片上有油很正常。"

"我没说刹车出了问题，妳怎么……"

"我……也是猜的，要不然……妳怎么会一头撞上？"

我开始回想拍片那天的情景，Kitty反复叮嘱我开慢点儿，最好控制在每小时6o公里以下，还说若有突发状况别害怕，车子有安全气囊……

当时还颇感欣慰，助理这么关心我，亲人也不过如此，但现在想来的确蹊跷，试开时车子好好的，怎么正式开拍却出了问题？

"我问妳，当我回保姆车上换衣服时，妳在哪里？"

"我……没去哪里……只和……和Greg聊了会儿天。"

"Greg请病假，妳不知道？"

"噢！是……他是请假了，哈！瞧我的记性，是……是Ian，我跟Ian聊天。"

Greg 没 请 病 假 ， 而 且 壮 得 像 一 条 牛 似 地 在 拍 摄 地 点来回走动。

"Kitty,妳最好说实话，否则我马上报警抓人。蓄意谋杀在美国是很严重的罪行，最高可判终身监禁。"

"我……哎！还不是为了妳。"她颇感无奈。

第五十八章/借刀杀人

根据Kitty的说法，博人眼球的方式有三种，一是喜事，二是丑闻，三是意外。显然她采用的是第三种，故意让两辆车擦撞，达到上娱乐版的目的（主子火了，她自然跟着沾光，何乐而不为？）

再有一点，如果……如果我真受伤了，肯定人尽皆知，我的前男友若仍纹风不动，可见对我毫无眷恋；反之，还有死灰复燃的机会……

这就是她口中的测试。

"妳呀！让我如何说妳？怎么没想到我会一命呜呼？"我气得头顶冒烟。

"不可能的，食用油我只倒了一个酒瓶盖大小的量，顶多达到刹车不灵敏的程度，不会完全失效。"

在刹车片上抹润滑油是汽车保养的项目之一，但食用油不等同润滑油，量多甚至能让整个刹车系统坏死。

知道"车祸"是助理一意孤行的结果后，我不淡定了，虽然她的用意未必不堪，但"害人"的确成了事实（女主角不是因此骨折？）。我该怎么办？难道假装不知情？

没等缓过气来，隔天我被公司高层请去喝咖啡。相信我，和五位老先生一同喝咖啡绝非浪漫之事。

那辆宝贝车的车主首先发难，他问我知不知道小云雀被人动过手脚？

"What do you mean?"我明知故问。

原来"车祸"后，小云雀和老板的宝贝车一同送进修车厂，修车师傅在刹车片上发现了不明油渍。

我捂住嘴故作惊讶："Oh my God. This is a disaster."

五位老人面面相觑几秒后，接着商讨各种的可能性，我才发现这几位"大佬"的背后都有不可告人的秘密，不是恶意拖欠工程款，就是没安抚好情妇，甚至连黑帮大哥的保护费都没给够。

他们没怀疑到我身上，让我松了一口气，然而……

"I think we should check the video first."其中一位老人建议先检查录相再说。

我一听非同小可，赶紧出口制止：

一、录相不是完全无死角，很可能根本看不出什么。

二、事情若闹开了，公司丑事也会摊在阳光下，他们是否已做好面对公众质疑的准备？

三、女主角车祸的消息占据这几天的报纸版面，无形中替《比佛利拜金女》打了免费广告，说什么都是利多于弊……

· · ·

老人们又面面相觑，最终同意我说的，决定大事化小、小事化无。

咖啡喝完后，红色法拉利车主送我离开会议室，他说我挺不错的，也许找个时间谈谈我的未来。

～

没想到两天后，公司老板真的喊我去谈话，地点在比佛利山庄，离韦廷家不到五百米。

"这个Nathan是何方神圣？干嘛喊妳去他家？"Kitty问。

"那辆被撞坏的法拉利就是他的，喊我去他家是为了讨论我的未来。"

"讨论妳的未来？"Kitty正在替我扑粉，此时停下手中的动作，"听起来很诡异。"

的确诡异，但能怎么办？老板要与员工谈话，员工能说不吗？

Kitty 警告我好莱坞的性丑闻不止一桩两桩，这种把人喊到家里去的十之八九都有鬼，劝我还是先穿上贞操裤再说。

"别开玩笑，我都愁死了。"

"不开玩笑，韩国城的情趣用品店有卖，妳若不好意思，我帮妳买。"她一脸正经地说。

～

靠着助理的帮忙，我终于穿好贞操裤，皮革很硬，穿着很不舒服。

"钥匙就搁家里，看对方能搞出什么名堂！"她得意洋洋地说。

～

NATHAN的家在比佛利山庄不算耀眼，但內部装修让人眼前一亮，听说是著名屋内设计师STEPHEN Shadley 的作品。瞧！岩石和木材的结合让人仿佛置身野外，而大面积的深色色块及皮质运用也给人"低调奢华"的感觉，只是风格略显阳刚，少了女性的温柔。

" Do you like my house?"他问我可喜欢他的房子？

我答喜欢，和韦廷家比，它更男性化一些。

他听了呵呵笑，说忘了我以前给William 打过工，还问我那只老母鸡可健在？

Old hen? 我答韦廷家没养鸡。

" I am talking about Elsa, idiot."

原来他指的是Elsa,还唤我蠢蛋。

我很不爽，他私自更换前雇主的动物属性跟我蠢不蠢无关，再说，我已经离开韦廷家很久了，Elsa 是否仍在呼吸，我哪里知道？

他随即道歉，还说我的确不蠢，懂得玩"Never get my hands dirty"（借刀杀人）的游戏。

"What? "基于侥幸的心理，我故作无知。

Nathan要我别再演戏了，他已看过录相，不得不佩服我的心机。呵呵！差自己的助理给车子动手脚，再成功上位，了得！

完了！他就要将我送进牢房。想到后半辈子都得在铁笼里度过，真恨不得一头撞死。

" Come on. Take it easy. It's not the end of the world." 他笑呵呵地说。

这还不是世界末日？穷途末路也不过尔尔。

我觉得天快塌下来，他却无事似的，反而提到腰疼，还说亚洲女人都是推拿高手，Elsa也会两招，将他的痼疾治得服服贴贴……

我说既然治愈了，何来腰疼？

见我不开窍，他直接问我来不来？我果断答不。

本以为他会勃然大怒，甚至动粗，没想到他非但没勉强我，反而开始灌起迷汤，一会儿说我是华人之光，替黄种人打开美国演艺市场；一会儿又说我是幸运之星，《比佛利拜金女》的收视率能破7.0，我功不可没。

我当然不敢居功，谦称自己不过是个小螺丝钉，讲到功臣，每个工作人员都是……

"Have a drink."他将我面前的橙汁挪了挪。

也是，讲半天话的确口渴，我拿起果汁一饮而尽。

喝完后，他问我能看清楚他吗？

这是什么烂问题？我当然……当然能……能看清楚……他……

当一个Nathan变成四个Nathan时，我知道有事不对劲，但此刻的我全身发软，连话都说不利索，遑论推开一个欺身而上的人渣。

"Help～"我用尽力气呼喊，这成了今晚的最后记忆。

第五十九章/亡妻

我被薄饼的香味给唤醒，睁开双眼时，以为自己还在梦中。

"早，不确定妳何时醒来，还是给准备早餐了。"Steven捧着托盘俯视我。

啊！多少年来我幻想着爱人会替我准备早餐，好让赖床的我在床上大快朵颐一番，今日终于美梦成真。

"站在那里别动。"我说。

这场梦来得太不容易，我急于抓住幸福时刻，因为梦醒后，Steven也会跟着消失。

他站着有两分钟，直到……

"再不吃，薄饼凉了就不好吃了。"他提醒我。

"不吃没关系，我就想看看你。"

他喊我起床，还说我可以边吃边看，两不误。待我坐起，他把塑料托盘放在我面前，上面有一个白瓷盘，里面摊着两块薄饼，枫糖用小瓶子装着，旁边还有一杯不加奶糖的黑咖啡。

"Tell me when."他将枫糖淋在薄饼上。

直到瓶内的枫糖都倒光，我还是没喊停。

"这枫糖会不会倒太多了？"他问。

浅盘上已经汪洋一片，薄饼倒像是海洋中的两座孤岛。

"我没在做梦吧？"我依旧半信半疑。

"没有，"Steven笑了，"妳没做梦，11月20日早上九点，妳在我家，在我的床上，看着薄饼发愣。"

他一说完，我立马拿起叉子吃下一口湿淋淋的薄饼，饼很甜，实际上太甜了，甜得腻口，梦中的味觉应该不致于这么灵敏才是，难道……

"我为什么会在你家？"我想起昨晚遇见的色狼。

"有个自称是妳助理的人要我去接妳，她说妳睡着了，地点在比佛利山庄。"

"还有呢？"

"没有了，就这些。"

我下意识去摸自己的小腹，还好，贞操裤还在。

"你……你为什么要接我？还有，为什么接我来你家？"

他答我的助理在电话中很紧急的样子，报上地址后，三两句话就挂机，他再回打已无人接听，只好到比佛利山庄接人，又因不知我的新住处，只能接来家里。

"噢！原来你是日行一善的童子军。"我说，内心希望他否认。

"算是吧！义不容辞是人的天性。"

见希望的曙光淡去，我的心也随之下沉。

"那谢谢啰！吃完早餐我就闪，免得让你看了心烦。"

"我说了妳让我心烦吗？"他微怒，"妳慢点儿离开也行。"

"不了，艾玛是个醋坛子，我不想惹麻烦。"

Steven说这不关艾玛的事，她只是朋友，普通朋友。

我答我也是他的普通朋友，因一层薄薄的处女膜被打入冷宫，也没那个谁了。

"妳知道这不是重点。"

"这就是重点，你不是处男，却以最高标准要求我，凭什么？就因我爱你，所以好欺负吗？"

讲到伤心处，我泪如雨下。

待我哭够，他过来拥抱我："Listen，我不是因为处女膜与妳分手，而是……我问过妳，妳没说实话，像……像某人一样。如果彼此不能做到坦诚相待，那就没必要继续下去。"

好个坦诚相待，人总有不想让他人知道的秘密，难道非得赤裸裸地全交待才有资格交朋友？

"Ok，我同意坦诚相待的重要性，我没对你坦诚是我的错，但你呢？你百分百坦诚了吗？"

他答在我们交往其间，是的。

"那么回答我，你和我交往是因为我是我，还是因为我长得像你的亡妻？"

他欲言又止。

"看，你一样不坦诚，不，更加恶劣，好歹我找的是一个大活人，你找的却是替身！"

Elsa曾说过Steven还没有从失去爱妻的创伤中走出来，但凡有人和Christine有那么丁点儿相像就深陷进去，艾玛是，我也是。

"不是这样的，"他将脸埋进手里，"我……我以为过一段时间会与自己和解，但没办法……我还是没办法接受对我不坦诚的人，为了避免悲剧再次发生，我只能阻止自己去爱，妳懂吗？"

我答我不懂，请他明示。

～

我冲回家，找到钥匙后紧急解开贞操裤，憋了那么久的尿，我怕自己因此得了膀胱炎。

"导演问我妳怎么没来？我答妳吃坏肚子了，他还准妳肠胃好时再上工。"Kitty在厕所外喊。

一走出厕所，我怒目问她昨晚干嘛去了？主子有难，她倒好，甩担子不挑。

Kitty答天地良心，她一直目送我上了Steven的车才走，奴才能做到这个份上也算仁至义尽，还问我经这么一出，是否和前男友复合了？

我一时语塞，推说肚子饿，让她上"眉州东坡"外带一份烤鸭炸酱面给我。

助理走后，我终于得空将Steven的秘密捋一捋。

时间往前推六年，在一次刻意安排的相亲会上，Steven初次遇见Christine，惊为天人，她的短发、她的小虎牙、她的大家闺秀气质无不与他的梦中情人（中山美穗）相像，顿时好感倍增。由于两家门当户对，他们很快在众人的"乐观其成"中步入婚姻殿堂。婚后他很幸福，觉得拥有了全世界，虽然老婆一直对他不冷不热。

Christine是登山爱好者，一个月至少登山一次，时间五到八天。他曾提议一同登山被拒，理由是Steven乃初学者，会严重影响登山速度。后来他才发现那个不会影响登山速度的人是个有妇之夫，他们认识的时间甚至早于他，两人借登山的名义偷情已久，早成了"惯例"。

知道自己是备胎后，Steven陷入痛苦的深渊。他曾旁敲侧击过，Christine总遮遮掩掩，他没当场戳破，因为仍深爱她，想着有朝一日她终会回头。谁知在一次登美国惠特尼峰时发生山难，她从距离地面600英尺的冰瀑顶跌落下去，尸体在两天后被搜救队寻获。

"当时她是一个人登山的吗？"我问。

"是的。"

"你没……"

"什么？"

我摇摇头答没什么。

"我这辈子大概对短头发、小虎牙的女人有无可救药的好感。你说的对，我找的是替身，这对妳或艾玛来说很不公平，所以我打算就此打住，单身也未必可悲。"

他的解释乍听之下毫无破绽，如果我没看到他的食指和中指交叉在一起的话。（在美国，将中指叠在食指之上表示做了违心之事或者说了假话，心中祈求上帝原谅的意思。）

我不敢往下想，心里怕得要命，因为我猜Christine出事那天不是一个人登山，也许……

第六十章/汤老板

我对Christine所知甚少，只知她在外貌上与我神似，有个情人，还是个有妇之夫。

" Christine ......Whitney Mountain ......America" 我在键盘上快速打字。

美国的网速极快，不一会儿相关消息便出来了，果然如同Steven所说，Christine是在惠特尼峰出事，从距离最近地面600英尺的冰瀑顶跌落下去，尸体在两天后被搜救队寻获。

我读遍网上的所有报导，除了描述山难者家属的哀恸外，再无其他。

"情人呢？一向借登山名义约会的两个人，为什么会打破惯例由一人独自登山？这很不寻常。"我心想。

" 呵呵 ......哈哈 ......呵呵呵 ......"Kitty躺在我床上，笑得人仰马翻。

Steven的事已让我心烦意乱，偏偏助理还边界不清，老要跨越到我的领域来。

"回妳的房间去！"我下逐客令。

"我的床小，放不下这么多本杂志。"

不用她说，我已注意到床上摊着十几本色彩斑斓的杂志。

"哪来的？"

"从中国城的长城书店掏来的，连香港的街边八卦杂志都有。"

我挪揄狗仔就是被她这种人给惯坏的，若有那个闲工夫倒不如看些有营养的，譬如读者文摘、时代周刊或地理杂志。

Kitty 惊呼好不容易才脱离学校教育，她才不要"重返校园"，还告诉我老美对华人的八卦消息不感兴趣，要想得到第一手资料还得看台港澳的报导。

听她这么一说，我灵光乍现，飞快在电脑上打下繁体字，果然内容丰富多了，不仅有好几张Christine的生活彩照，连带她的情史也被挖了出来，这都得感谢她的出轨对象是女明星李妮的老公。

"妳认识在洛杉机开赌场的汤老板吗？"我问Kitty。

"知道一些，他的彩石赌场在美国西海岸很有名，听说还把家安在赌场酒店的顶层，也算是为了事业鞠躬尽瘁。"

原来他住在赌场酒店里，这下子好找了。

"妳帮我联系冯老板。"我说。

"干嘛？"

"扩充人脉嘛！如果他拒绝，就说……就说Christine 的闺蜜找他谈谈。"

～

CHRISTINE的情夫是身家上亿的美西博彩业CEO，老婆是曾经叱咤港台的女明星，为了拴住花心老公，不惜五年生四胎，把原本A$_4$纸的小蛮腰吹成了水桶腰。

"妳是Christine的闺蜜？"汤老板问。

印象中的博彩业大哥都是满脸横肉的狠角色，与眼前斯斯文文的书生大相径庭。

"是的，我们是大学同学，还是同寝室的，她经常提起您。"

他又问了一遍我的名字，我再度报上名。

"我很确定Christine从未提起过妳，既然妳是她的朋友，也算是我的朋友，有什么可以帮到妳？"

我们约见面的地方是赌场里的酒吧，与龙蛇混杂、乌烟瘴气的酒吧不同，这里倒像是有情调的咖啡馆，灯光昏黄，舒伯特的小夜曲在耳中回荡着。

"有个疑惑一直搁在心里头，也许你能帮我解答。就我所知，Christine婚后还与您藕断丝连，两人经常一起登山，出事那天，为什么只有她独自前往？"我问。

"若不是事情已过去那么久，我要以为妳是警方派来套我口供的。"他呡了一口伏特加，"同样的问题我也问过自己，Christine为什么不知会我一声就去？还有，她是经验丰富的登山老手，惠特尼峰以前也登过，不是全然不熟，会发生这样的事的确出乎意料。"

我问他有没有可能山难不是意外？

"妳的意思是……"他特意看了我一眼，害我不知所措，"不可能的，那个位置海拔有两千多米，凶手若要动手，犯不着爬那么高，爬山是很耗体力的。"

我想想也是，谁会大费周折地尾随那么久？何况Christine身上的两百多美元及银行卡都在，手腕上的欧米茄表也没丢，被谋财害命的可能性极小。

"我想不通，Christine的社交圈并不复杂，人也……也单纯，除了感情路走得比较不顺外，我想不到还有什么。"

汤老板皱紧眉头，略显不悦，我才惊觉自己说错话了。

"对不起，我的意思是……"

"如果妳怀疑我，倒不如怀疑她老公，我至少还有不在场证明，他呢？说是待在姐姐家里好几天，大门不出二门不迈。呵呵！亲属的话哪能信？也不知警方是怎么想的，竟然认定这是一起意外事故。"

原来当时Steven在韦廷家，嗯……这个得好好调查一下。

"还有疑问吗？"汤老板问我。

"没，没有了。"

"妳的助理说妳是《比佛利拜金女》影集的女主角，我还特地打开电视看了几眼，挺不错的，妳天生是块当演员的料。"

我解释自己不过是个配角，不是女主角，助理太夸大其辞了，回头我说她去，最后不忘谢谢他的赞美。

"我走了，"他起身，"噢！忘了告诉妳，我和Christine是大学同学，大一下学期便在一起，我大概是失忆了，不记得有妳这位老同学。"

我听了干笑两声，窘得无地自容。

第六十一章/偶遇小主人

我在片场看到讨厌的人，他正和灯光师讲话，目光曾在我身上做短暂停留，但很快飘过，那样子像是看到追债的流氓。

"Hi."我走过去和他打招呼。

那人停顿了几秒后，弱弱地喊声Hi。

灯光师说想必我和老板有话要谈，问需不需要留个空间给我们？

老板答No，我答Yes。

我们仨就杵在那里，尴尬得不得了。最后老板对灯光师说了声"Excuse me"后，示意我到角落。

"What do you want? I did nothing."他问我想怎样？他什么也没做。

我答若不是提前做好防护措施，好莱坞的性侵案又多了一桩。虽然自己没被性侵，但精神受到很大的刺激，最近老睡不好觉，经常做恶梦，他总得给个说法。

"What do you want?"他第二次问我想怎样？

我答自己很喜欢保时捷敞篷跑车，他大呼不可能，要我别做梦了。

保时捷号称全世界最安全的跑车，售价在25万美元以上，难怪他会这么抵触。

我接着澄清，不是要他买给我，而是听说保时捷在找广告代言，也许……

老板还是答不可能，但口气缓和了许多。

此时在《比佛利拜金女》中扮演家庭医生的Mr. Patel刚好经过，我拦住他，问他知不知道那个针对Harvey Weinstein性侵多名女星所发起的反性骚扰运动—Me too？

Mr. Patel答知道，Harvey Weinstein的公司目前已宣布破产，因为资产不足以承担性丑闻所带来的官司负担……

" Thank you, Mr. Patel."听到老板道谢，Mr.Patel这才意识到自己被下逐客令，很莫名其妙地走了。

待人走后，老板双手一摊，宣布我赢了。

" Thank you, Nathan."这次换我向他道谢。

他摆摆手，转身离去。

~

几天后，我如愿拿到广告代言，代言费两百万美元，为期两年。

"太好了，老大，妳就要平步青云了。"Kitty 高兴得手舞足蹈。

我却开心不起来，虽然没被性侵，但在失去意识的情况下，想必那匹色狼曾对我上下其手，我仍然是受害方，只是受害程度相对轻一些罢了。

" 陪我去Shopping."我说。

"我没听错吧？"Kitty 睁大眼睛问。

长久以来，我一直在物质方面苛待自己，Elsa 虽给过我一百万美元，但我没碰，并且在自己也不知所以然的情况下给归还了。

你若问我后不后悔？我不后悔，倒是有些惋惜，毕竟一百万美元不是个小数目，大部分的人穷极一生都赚不到，但……不义之财拿着心虚，我也是有骨气的人。

"妳没听错，现在就去！"我对她说。

对于即将到手的两百万美元，我拿得心安理得，还因某种补偿心理在作祟，我有"花钱如流水"的欲望。

钱真是个好东西，走在罗迪欧大道上，两百万美元身价的我底气十足、走路有风。以前只能做 window shopping 的精品店，我一间间地逛去，看到喜欢的，眉头皱也不皱，直接让服务员打包。

"哇噻！真豪气，同款的鞋子，妳一次买足五种颜色。"我们一离开 Manolo Blahnik，Kitty 忍不住嚷嚷起来。

我知道她为什么大惊小怪，一双高跟鞋要价六百多美元，我竟然一次买五双，还是同款的。

"用传统手工做的鞋当然不一样，一分钱一分货。"我解释。

"好个一分钱一分货，我提醒妳，广告代言费是两百万，不是两百亿，往前走几步便是爱马仕专卖店，估计妳的钱还不够买十个限量版的鳄鱼皮铂金包。"

听完，我立马像只泄了气的皮球，购买欲一下子被浇熄，以致经过爱马仕专卖店时，我能做到"过门不入、眼不见为净"。

然而没走几步，我还是被某家店给吸引住。

"原来这个寸土寸金的地方也有卖二手货。"Kitty说。

那扇熟悉得不能再熟悉的圆拱门唤起我的回忆，好的与……坏的。

"我们进去瞧瞧！"我早先一步推开门，门上挂着的铜铃发出悦耳的声音。

接待我们的不是韩国妹纸，连坐镇柜台的也换上一个两百斤重的黑女人，身上红的红、绿的绿、黄的黄、蓝的蓝……让人目不暇给。

"Where is your boss?"我问其中一名导购。

她指指柜台，告诉我老板娘今天心情不好，买东西还是找她，她会给我一个大折扣。

怎么Monica一声不响地就把店给卖了？光头男呢？两人分手了吗？……我有太多想问的。

既然换老板，店内东西也没以前的好，我虚晃一下就走，心里快快的，仿佛少了什么。

"走，带妳去吃好吃的。"我对小跟班说，顺便想跟某人确认消息。

"太好了，"Kitty 喜形于色，"不瞒妳说，两个钟头前我的肚子就已经咕噜咕噜地叫。"

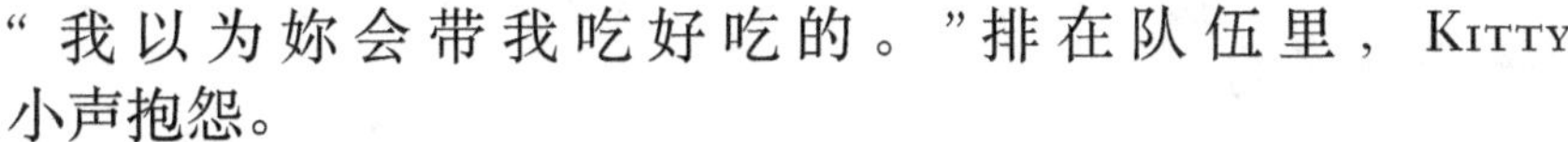

"我以为妳会带我吃好吃的。"排在队伍里，Kitty小声抱怨。

"这个好吃，等会儿妳就知道。"

话一说完，柜台后一个胖墩墩的中国妇人问我："萌萌，这么早就收工了？"

"今天没排戏。"我盯着价目表瞧，"给我两个腊汁肉夹馍，其他口味的各来一个。”

Molly 看了一眼我身边的庞然大物，心中了然。

捧着五个“中国汉堡”，我们坐到角落。Kitty 虽然心中有疑虑，但看我吃得津津有味，加上肉和饼的香气，终于忍不住咬下一口，这一吃就停不下来，甚至后来又回到柜台多点了两个。

“ See, 好吃吧？”我问。

Kitty 频频点头，嘴巴光顾着吃，来不及说话。

这一趟果然不虚此行，就在吃肉夹馍的时间里，老板娘告诉我很多信息，包括Monica和光头男还是如胶似漆，她把二手奢侈品店卖了，转战西木区，那里的租金相对便宜些，多余的资金及时间则拿来炒楼，一买一卖，来钱更快些。

说的也是，洛杉矶由于旅游业发达、气候宜人、加上有几所好学校，吸引了全世界的投资客来此置业，房价一直呈稳定上扬的局面，租金也可观，不失为发财之道，再次证明我的前老板高瞻远瞩，有赚钱的头脑......

“ Sabina, 别走，给妳一个铜板。”

“ Thanks, anti.”

听到“Sabina”这个名字，又听到熟悉的童音，我转过头去，天哪！这不是我的小祖宗吗？怎么又玩起角色扮演了？

“ 可怜呦！单身家庭出身，和生病的母亲住在救济院里，到现在还没有身份，连学都上不了。”Molly 向店里的中国客人介绍那孩子的身世。

我将吃到一半的肉夹馍扔桌上，气冲冲地走向那个小鬼。

“ 把钱还给Anti。”我抓住她。

“ 是我的。”她将双手藏于身后。

“ 我警告妳，再不听话，我就......我就......”

"妳已经不要我了，没有人要我，I hate all of you."

那个不受管教的小孩对我怒目相向，还趁我不注意，一把推开我。

好呀！才几天没见她又欠揍了，是可忍孰不可忍？我追了过去。

不追还好，一追反倒让她勇闯红灯，一长串紧急刹车声随之传来。

" Sabina ~ "我大喊。

第六十二章/及时雨

我打电话给祝迪，她答二十分钟内到。

说来真是讽刺，比佛利山庄虽有小诊所，可以看看感冒或拉肚子等小毛病，却没有一家全科医院（医疗美容及生产中心倒是不少，其中不乏网红店），这也是为什么Sabina会被送到十几公里外的加州大学医疗中心的缘故。

"别担心，小孩子的弹性好，没事的。"

Kitty 不说还好，一说我的内心愧疚到不行。

出租车撞上Sabina后，她的小小身躯被抛向空中，跌落至地面后还翻滚了好几圈，我心想完了，那孩子离死神也就一根手指头的距离。幸好她没当场断气，眼睛还骨碌碌地瞪着我。

"如果她有个三长两短，我一辈子都不会原谅自己。"我说，陷入无尽的恐惧与自责当中。

Kitty 要我别作茧自缚，解决问题要紧，也不想想美国的医疗费用有多贵，连带叫救护车也贵，方才十几分钟的车程，她已收到8○○美元的账单。

"Sabina应该有医保，如果没有，我付。"我责无旁贷地答。

当祝迪赶到时，小妮子刚做完初步检查，医生说她的左手臂和脸部有擦伤，且伴随头痛、头晕、恶心等临床表现，他怀疑伤者有脑震荡现象，建议做颅骨X线、脑电图及脑血流检查，另外颅脑也得做CT扫描。

做，当然得做，而且马上做，然而我和祝迪都不是直系亲属，签不了同意书。

医生一走，我气得想骂街。

祝迪不急不徐地解释男主人身居地球的另一端，即使乘坐私人飞机，最快也要半天才能抵达；女主人则刚做完下颚削骨手术，目前正躺在恢复室床上，脸肿得像猪头。

"怎么办？脑震荡可大可小，延误治疗可不是闹着玩的。"我忧心如焚。

她思考了几秒钟，决定携带同意书到美容医院。

"等我回来，别跑了。"她对我说，目光凶狠。

Kitty忍不住吐槽："什么嘛！要跑早跑了，何需等到现在？"

我息事宁人，孩子受伤，大人都不好过，说话难免不中听，能忍则忍吧！

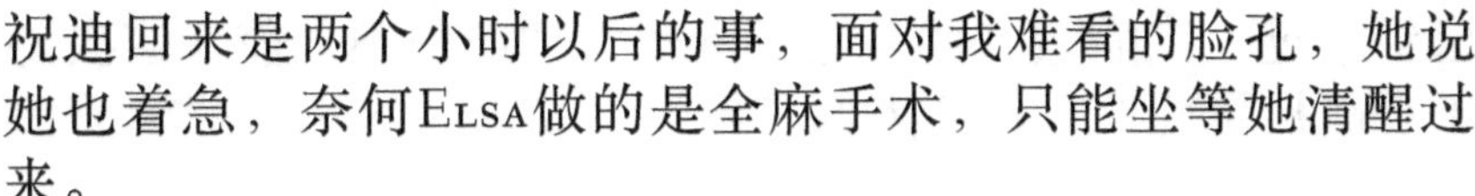

祝迪回来是两个小时以后的事，面对我难看的脸孔，她说她也着急，奈何Elsa做的是全麻手术，只能坐等她清醒过来。

"既然人醒了，怎么不赶过来？"Kitty抓到小辫子。

"都说了，她的脸肿得像猪头，听不懂吗？猪头！"

此话如果说给一个身材纤细的人听，只能当笑话一则，偏偏Kitty的身体肥胖，难免对号入座。

"呵！我是猪头，那妳就是瘦皮猴，谁也别笑话谁。"

如果不是 Sabina 碰巧被推了出来，那两人搞不好会上演全武行。

" We are sending her to the CT scan room."医生说他们正要送Sabina上CT扫描室。

看着脸色苍白的她远去，我心中暗自祈祷一切无恙。

做完检查，医生说得观察24小时，让我们都回去休息。

"我还是待在这里，万一……万一Sabina醒来又胡搅蛮缠，总得有人镇得住她才行。"我将责任一肩挑起。

祝迪反问我Sabina会住院是拜谁所赐？能镇得住才有鬼！

"那好，我们走，妳留下，开心了吧？"Kitty 怒气冲冲地说。

"要走当然是我走，韦廷家一堆事情等着我处理。"

祝迪走了，我要Kitty也回家休息，熬夜很伤身，犯不着把两个人都拖下水。我反正睡不着，刚好留下来守夜。

"明天有三场戏，我怎么跟导演说？"我的助理没忘记她的职责。

呃！怎么没想到这个？

"就说……就说……"一时竟找不到借口。

演员无故缺席是很糟糕的事，次数一多，难免坏了名声。我已经请过一次病假（假装吃坏肚子），还是不久前，这次要不要故技重施？会不会太假了？

"就说朋友的外甥女受伤了，她陪伴一宿，后天准时开工。"Steven代答。

我顿时百感交集，他怎么来了？难道……为了兴师问罪？

Kitty一看我的表情便知来者是谁，她很识相，离去前不忘给我一个Fighting的手势，大概以为情侣复合是天底下最美好的事，所以急着摇旗呐喊。

"Sabina的情况如何？"他问，一副公事公办的样子。

我答做过相关检查，医生认为皮外伤不要紧，但有轻微脑震荡，需要观察24小时。

"所以妳打算待在这里24小时？"他又问。

"是的，毕竟她受伤是因我而起，当时我不追她就好了，全是我的错。"我将脸埋入手掌心。

"别难过，"他将手搭在我肩上，"事情总不能尽如人意。"

"还有，当时我若承认自己不是处女就好了，你……你也不会离开我，还是我的错，我这个大傻瓜！"

也许因为一直低着头，加上鼻塞的缘故，Steven以为我哭了。

"别哭，"他拥我入怀，"我想过要忘记妳，但每周三又不由自主打开电视，我……我是不是太作了？"

我抬起头问他什么意思？

"就是……就是……"

"I do."我快速回答，泪如雨下。

这次换他问我什么意思？

"大傻瓜！"我抚摸他的乱发，笑中带泪。

他也笑了，低头给我一个吻，像荒漠甘泉，又像及时雨，滋润了我干涸已久的心。

第六十三章/我养妳

" Do you know them?"医生问Sabina可认识我们?

那孩子看着眼前站成一排的大人，面无表情。医生再问一遍，她终于开口："Daddy……Uncle……Guardian Angel."

她唤我"守护天使"，让我既感动又羞愧，我没做到"守护"，甚至害她走了一趟鬼门关，实在担当不起"Guardian Angel"的称号。

" Then who is she?"医生指着一位戴头套的女人。

Sabina答不认识。

Elsa显然无法接受自己的女儿不认识她，气息败坏地表示她是mummy,最爱她的mummy。

" I don't have mummy, never."那孩子答。

也难怪Sabina认不出来，Elsa刚做完下颚削骨手术，脸肿得像发酵后的白面馒头，眼睛甚至被挤压成三角形，连我都差点儿没认出来，何况一个脑子刚受到撞击的孩子。

医生接着指向一位白领丽人，那孩子依旧摇头。

Sabina没认出刚做完整容手术的母亲情有可原，没认出Kitty无关紧要（她俩根本不认识），但没认出祝迪兹事体大。

" Are you sure you don't know her?"医生再次问。

她用力点一下头，让医生陷入沉思。

不止医生迷惑，在场者（除了Kitty之外）无不认为不可思议，毕竟祝迪在韦廷家已工作超过两年，是不能缺少的灵魂人物。Sabina也许无法天天见到父母，但这个管家可是无所不在，想闭上眼睛假装没看见几乎是不可能的事。

医生最后宣布Sabina得了选择性失忆症，具体指一个人的脑部受到碰撞或者曾受到严重的精神刺激，遗忘了一些自己不愿记起的人、事、物。一般可通过催眠、心理咨询或者身处熟悉的环境中唤起记忆而自愈……

我们面面相觑，没想到这么狗血的剧情也会发生在现实生活中，这也太扯了。

William 问医生何时可把孩子带回家？好让她熟悉环境，快点儿恢复记忆。没想到Sabina反应激烈，她说她不回去，爹地经常不在家，她不要跟一群陌生人同在一个屋檐下，吧吧拉、吧吧拉……

医生遂问她想和谁在一起？

她的眼光游移了一下，最后落在我身上。

" No way. I don't want to look after a child."Kitty 首先发难。

也难怪助理会答不，我尚且需要她照顾，哪有时间和精力去照顾一个孩子？最后活儿还不是落在她头上。

" I ……"

我还未表明立场，Steven 把重责大任一肩扛起，他说就让Sabina和他一起住吧！"守护天使"不忙时可以协助做唤起记忆的工作。

"Thanks."我望向他，深受感动。

此时祝迪长叹一口气，"终于甩掉大包袱"的表情让现场气氛尴尬到不行。

William 赶紧转移注意力，他说看来也只能麻烦小舅子，如果愿意，马里布的面海别墅就让他俩住。

"Love you, sweetie."他亲吻一下女儿的额头，"Bye."

Sabina问他去哪里？William答他得走了，因为意大利影视协会会长还在等他开会。开完会，他会带一个当地纯手工制作的陶瓷娃娃给她……

Elsa受不住，嘴巴开始念念叨叨，大意是她为了他整容，怎么他跑得比谁都快？

William 仿佛听不见，转身就走，Elsa追了出去。

闹剧甫歇，Steven问自己的外甥女是不是现在走？

Sabina 很快答Yes, 然后转向我："妳也一起来，好久没看海了。"

～

马里布是网红景点，拥有世界上最佳的冲浪区域，它的海岸线很长，大大小小的海滩有十几处，统称马里布海滩，其中狗仔蹲守的Carbon海滩最闪闪发亮，因为这里的房主多是像莱昂纳多·迪卡普里奥、劳伦斯·埃里森、大卫·格芬、罗伯·莱纳这类级别的大咖，有"Billionaire Beach"（亿万富翁海滩）的美名，据说连《欲望都市》及《钢铁侠》都曾在此取景过。

我没想到富豪成堆的马里布还有韦廷家的第二个窝，虽然"小"了点儿。

Steven不避嫌地当着我的面输入密码06062012，哔哔两声后，Sabina熟门熟路地进入。

"她来过吗？"我问Steven。

他笑得好大声："妳以为我是怎么记住密码的？那是Sabina的生日呀！这栋别墅是姐夫买来送给她的。"

我知道William喜欢自己的继女，但没想到这么喜欢，一出手就是几百万美元。

"有时想想人生真不公平，我也算是得到祖荫庇佑，但也只得了个山上小屋，哪像外甥女，注定站在金字塔的最顶端。"

Steven的家也在马里布，但地点差多了，只能算是皇冠上的小碎钻。

好吧！让我告诉你小妮子是如何坐在米仓里乘凉的。这个堪称"360度无死角"的超大House包括三个独立的建筑物，里面有7个卧室和6个浴室，阁楼、健身房和办公室一应俱全，餐厅和主卧能直接看到广阔的海景，户外露台还有烧烤炉及私人温泉浴缸，真正做到坐拥阳光、沙滩与海景，令人叹为观止。

"你尚且感叹，我怎么办？那些领着吃不饱、饿不死月薪的人又怎么办？"我问。

"别人我管不着，妳……我养着。"

前阵子网上热烈讨论男人讲"我养妳"是不是世界上最大的谎言？但真有人对我说"我养妳"时，我只感到甜蜜，不会无聊到考究其真实性。

"谢谢！有这句话足矣，哪天你若养不起，我会少吃或不吃。"

"那哪成？"

"我是说少吃或不吃鲍鱼、海参、燕窝、鹅肝、鱼子酱……"

他敲了我一记，说我是Naughty Girl。我揉揉头，笑得比花儿还甜。

第六十四章／意外的邀约

很多人不知道五星级酒店提供外烩服务，连用餐完毕后的清洁工作也不劳客户费心，一并给包办了。

为了庆祝Sabina出院及我们重修旧好，Steven一通电话打给FS酒店，让他们送个厨子过来，场地就设在户外露台，那里有个烧烤炉。我们仨只需美美地躺在藤椅上，就有热腾腾的烧烤吃。

"Uncle, 你们怎么没亲亲？"Sabina边吃边问。

"这不是亲上了吗？"他给我一个吻，嘴对嘴。

那个鬼灵精怪又问我们已经亲过几次了？Steven答300次。

" More......More......I want to see your baby."她要我们再亲，她想看Baby.

Steven 说那只能等到晚上睡觉的时候，他一次把700个吻补齐。

"为什么要等到晚上？"小妮子问

"因为妳的'守护天使'会害羞。"

Sabina因此坏坏地看着我们。

我把厨子烤好的德国碎肉香肠放进她的盘子里，要她赶紧吃。此时海风拂面，夕阳像一只大红灯笼悬挂在海与天的边际，空气中弥漫着肉香……

我们边吃美食边话家常，不知不觉，夜已降临。

没有故事书，我和Steven把肚里的故事全掏空，Sabina仍意犹未尽，嚷着再讲、再讲。

"Ok, one more. 从前从前有个小女孩叫Sabina, 她住在海边的大房子里。夜深了，她好想睡，好想、好想、好想……她终于睡了，嘴巴不再说话。"

"I……"

Steven 将食指放在嘴唇上，嘘了一声，Sabina终于投降。

将床头灯调暗后，我们关上门离去。

躺在床上，我要Steven对我说情话，越恶心越好。

"如果爱上妳算是一种错，我情愿错一辈子……我百年的孤寂只为妳一人守候，千年的恋歌只为妳一人而唱……天上只有一个月亮，我的心中只有一个妳……没有杯子，咖啡是寂寞的；没有妳，我是孤独的……如果妳冷,我将妳拥入怀中;如果妳恨,我替妳擦去泪痕……妳是我生命中的曙光,没有妳，我的人生是黑暗的……"

我仍意犹未尽，嚷着再讲、再讲。

"Ok, one more. 从前从前有个小女孩叫萌萌，她住在海边的大房子里。夜深了，她好想睡，好想、好想、好想……她终于睡了，嘴巴不再说话。"

"I……"

Steven 将食指放在嘴唇上，嘘了一声，我终于投降。

将床头灯调暗后，我们相拥而眠。

隔天我精神饱满地投入工作，连KITTY 都忍不住揶揄："人呀！还是得阴阳调和才行，哪像我，只能意淫。"

我把剧本卷成棍棒状，连敲她圆滚滚的屁股好几下："讲什么？乱七八糟的。"

"好啦！不说这个，"她将剧本抢下，"广告公司问妳何时进棚？"

啊！差点忘了还得替保时捷拍广告。

"什么时候我有空？"我问。

她翻了一下行程表，答看样子只能赶在圣诞长假前抓紧时间拍，否则来不及明年年初播放。

美国最长的法定假期要属圣诞长假，一般从圣诞节的前一周放到元旦过后一周，整个假期才算结束。

"也就是说从现在开始，我无假可休？"

"可不是吗？"

刚和Steven复合，感情正好，恨不得每天都腻在一起，如今又要"人生不相见，动如参与商"，天底下还有比这个更惨的吗？

Kitty 要我别抱怨了，能忙是好事，胜过坐冷板凳。再说了，小别胜新婚，等到圣诞节一到，我们爱怎么Happy 就怎么Happy。

说的也是，不经一番寒彻骨，哪来梅花扑鼻香？为了这个得来不易的长假，从现在起，我要全心全意投入工作，相信Steven能懂，也愿意等待。

～

一切都往好的方向发展，《比佛利拜金女》的收视率稳中上扬，已经进入全美电视剧的十大排行榜；广告也拍得顺利，虽然打女的角色让我吃足了苦头，上山下海不说，还得到沙漠里折腾，把原本还算白皙的皮肤硬生生晒成黑炭，我不得不在脸上扑上好几层白粉，否则《比佛利拜金女》无法连戏了。

" No, she is busy. You can leave your message with me."Kitty 对手机那端的人说我正忙着，他可以留言。

本来我不愿将自己的手机交给助理，但Sabina时不时打电话骚扰我，不外她想我了，要我速速到马里布，甚至"假报案"，不是uncle从屋顶跌落下去就是有抢匪闯入，她和uncle危在旦夕……

刚开始我紧张得不得了，立马打电话向Steven求证，知道是乌龙事件后，真是既好气又好笑。

"别理她，妳专心拍片，还有两个礼拜就是圣诞假期，我等妳，嗯？"

有了Steven的御令，我索性铁下心来不予理睬，让Kitty 成为我的对外发言人，任何人想跟我说话都得通过她。

"是不是又是Sabina打来的？"我边卸妆边问。

"不是，是一个男的，他已经打来好几次，说是妳的大学同学，想约妳爬山。真是的，妳哪有空？所以我帮妳回绝了。"

我的大学同学？爬山？说的可是汤老板？

"手机给我！"

要回手机，我一看来电显示，果然是他。

"什么事？"我回打。

"Christine出事那天，Steven在场，我有证据。"

原来Christine遇难后，他一直怀疑这不是一桩意外事故，暗中请了私家侦探调查，可惜无果。前几天他重回出事现场，终于找到Steven涉案的证据。

我不是没怀疑过Christine的死因，但在"失而复得"的爱情面前，我选择当一个傻子，如今连傻子也当不了了。

"什么证据？为什么要告诉我这些？"

"本来我想放弃，是妳挑起我一探究竟的欲望。没错，我就想拆散你们，因为杀人凶手不配拥有爱情。"

杀人凶手？难道……难道……

"我查过天气预报，后天天气不错，是上山的好时机，妳要的证据，到时候我给妳。"他说。

挂上手机，Kitty问我怎么回事？脸色不太好看。

"没什么，"我揉揉发疼的太阳穴，"后天我得出门一趟，两三天后回来。"

Kitty听完炸开锅，问我怎能两三天后回来？行程都排得满满的，再也挤不出任何时间来。

"妳是助理，那是妳的工作，别问我。对了，帮我买登山装备，后天一早要。"我说。

第六十五章/高原反应

Kitty不愧是个好助理，也不知是如何腾出时间的，反正我演完今天的最后一场戏，登山装备已经在后车厢。

"厉害！妳以前登山过？"我问。

"如果登山过，我就不会像现在这么胖了。"

真是的，马屁拍到马腿上了。

"Ok, 我收回，妳……妳以前的男友登山过？"

Kitty恶狠狠地瞪向我，眼珠子都快掉出来。糟糕！她该不会没恋爱过吧？

"那个……那个我也收回，妳……"

"别问了，上一趟REI就全搞定，连抗高原反应的药我也帮妳买到。"

高原反应？呵！我还真没想到。

"谢啦！妳是我的救世主。"我说。

Kitty 要我别光讲好听的话，安全回来才是正道，她好不容易才找到会挣钱的主子，可不想又回家吃自己。

呃！这是啥意思？我当然会安全回来，我……当然……

话说汤老板不过与我有一面之缘，连朋友都谈不上，他做的又是黑白两道通吃的赌博行业，绝不是简单人物，而我只因几句谈话就屁颠屁颠地跟去爬大山，真够胆大！

"那个……我跟汤老板登惠特尼峰的事千万保密，尤其是 Steven。"我叮嘱。

"当然保密，主子当人家小三也不是什么光彩的事。"

"不是妳想的那样啦！"我弱弱地答。

Kitty 哈哈大笑，她表示她向来服膺"自扫门前雪，莫管他人床上事"的信条，我爱咋咋地，她乐得有个睡到自然醒的假期。

惠特尼峰是美国本土最高峰，高度4，420米，正好是世界最高峰（珠峰）的一半。在登山老驴们的眼里，这座山是 a piece of cake，但对初爬高山的我而言，却宛如巨人般的存在。

"没那么难爬，我们开车到山峰东侧的Whitney Portal，从那里开始爬，离Christine 坠落之地不到二十公里。如果日出前出发，估计下午就抵达了。"汤老板边开车边说。

这个"如果"在我耳中听起来颇有责怪之意。

本来约好清晨五点见，偏偏Kitty 的闹钟没响，加上盥洗、穿衣、打扮……等我抵达赌场酒店已日上三竿。

"对不起，我……"

"看来今晚我们得在露营地扎营。"他说。

昨晚检查登山装备，发现除了保暖衣物及登山鞋外，还有帐篷及睡袋，这下子全派上用场了。

"好的。"我答。

"妳……"他看了我一眼，"不害怕吗？"

我反问我应该害怕吗？

他没回答，嘴角的那一抹微笑让人难以捉摸。

～

车子开上120号公路，从优胜美地国家公园北部穿过，沿途风光旖旎，有绵延的草甸及松林，好一副恬静的自然景观。

在优胜美地吃过简单的午饭后，我们赶往Lone Pine 镇的惠特尼林区管理办公室。

" Back again?"工作人员对汤老板说，然后给了两张登山证，可见他是惠特尼峰的登山常客。

然而接下来的一幕太匪夷所思了，汤老板向工作人员介绍我是个演员，还有，我们今晚要在Outpost营地扎营，明天一早爬九十九道拐……

离开办公室，我问他为什么要告诉别人行踪？他答山上有吃人熊，为了安全起见，留条线索是必须的。

"我怎么觉得怪怪的？"

"好吧！实话告诉妳，不是吃人熊，是豺狼虎豹加响尾蛇，这下子妳满意了吧？！"

我翻了个大白眼，他不解释还好，一解释，让人感觉更加蹊跷。

～

把车留在停车场后，正式的爬山活动便开始了。

山路呈之字形，虽有碎石，但不难行。走了不知多久，终于看到松树和山石环绕的湖，湖水映照着夕阳，很是美丽。

汤老板介绍这是 Lone Pine 湖，美则美矣，但比不上 Consultation 湖那般清澈透明。

"待会儿我们能见着吗？"我问。

"不，那个湖在海拔3600米处，我们不会爬那么高。"他答。

我有小小的失望。

又走了两小时的山路，夜幕开始降临，两侧山壁都是层层叠叠的岩石，月光被树遮挡，时有时无，还好有头灯（再一次感谢Kitty的细心），否则一脚踩空就摊大事了。

"喏！那就是Outpost营地。"汤老板指着前方。

月色虽不明亮，但我仍能分辨有数顶帐篷在湖的一侧。

嘘～还好不是只有我们两个"孤男寡女"在荒郊野外扎营。

靠着汤老板的帮助，我总算把自己的单人帐篷搭好，然后进进出出多次，兴奋得像是得到新玩具的孩子。

"喂！看不看我煮面？"他喊。

煮面？他带野炊工具了？我赶紧跑出帐篷外。

只见他把三个帐篷桩子钉入地底下，再用锡箔纸制作一个碗状容器，注水后放在三个小支架上，下面点着柴火干草，待水煮开，再放入方便面及热狗肠，一顿简单的野外大餐就大功告成了。

"没想到在山上还有热食吃，太幸福了，我原以为只能啃硬邦邦的口粮。"我边吃热腾腾的面食边说。

"吃吧！再不吃就没机会了。"

"什……什么意思？"我忽然紧张起来。

他解释这种露营餐不常有，就是这个意思。

半夜被口琴声吵醒，我拉开帐篷拉链一看，是汤老板，他正对着一轮明月吹起悲伤哀怨的曲子。如果不是睡在不远处的洋人抗议，也许他会这么吹下去，直至月落西山。

"他是吹给Christine听的吗？如果是，代表汤老板精明的外表下藏着一颗柔软的心，这样的人如何使坏？"我心想。

重回睡袋，我的心安定许多，不一会儿又进入梦乡。

隔天又是方便面，只是热狗肠换成了辣肠。

吃饱离开营地后，山路开始变得难走，有时得穿过石缝，有时又得攀爬，把大石头当台阶。当太阳出来后更加难行，因为山上冷，身体却出汗，外冷内热，我开始有中暑现象，不仅头痛、头晕，甚至感到恶心。

"等等，我不舒服。"我停下脚步，扶着山壁大喘气。

没料到汤老板很不体贴人，直催我赶紧上路。

"不行，我……"

话没说完，我"哦"了一声，把肚里的方便面、辣肠全吐了出来。

他递过来一瓶水，要我把药吃了。我低头一看，竟然是水果糖，真是的，这时还开玩笑？

"不吃，我难受死了。"我坐在大石头上，感觉头痛欲裂。

"高原反应忍一忍就过去，我们还是赶路吧！"他再次催我。

高原反应？不可能，前天晚上我服用过抗高原病的药。

汤老板笑了，他说有经验的人都知道那玩意儿是骗人的，最主要还是多休息，让身体慢慢适应低压、低氧环境。

“那好，我现在休息。”

“不行，目的地就快到了，妳就算爬也要爬过去。”

我一听来气，凭什么？我偏不！

见我纹风不动，汤老板竟扔下自己的背包，反身将我一肩扛起。

“放我下来！”我捶打他。

“妳还是省点儿力，免得待会儿全身软得像烂泥。”他说。

第六十六章/翘首以待（完结篇）

也不知被折腾了多久，感觉自己快死了，汤老板才终于将我放下。

"这是哪里？"我问。

" Christine 的归魂处，她就是从这里失足的。"他答。

我左右张望，四周围都是花岗岩的大条石，山的东侧是吓死人的悬崖，西侧则是缓坡，虽然形势险峻，但过道还算宽敞，足足有三米宽。

"你说的证据在哪里？"我没忘记此行目的。

"得等，应该马上会有。"

等？什么意思？

我想开口却突然发不了声，头颅里好像有千军万马在奔腾。

"妳还好吧-吧-吧……"他问。

奇怪，竟然有回音。

"不-不-不……"

哈！我的回答也有。

汤老板靠近我，整张脸膨胀了许多，而且像万花筒里的影象，交叉重叠出现。

我越看越迷糊，越看越困惑，仿佛跌入漩涡里，不一会儿便失去意识。

听到熟悉的声音，我用力睁开眼，是 Steven，他怎么来了？

"你来得倒挺快的，应该是对这个女人上了心。"

"她已经昏迷，而且发着高烧，得马上就医。"Steven的声音听起来很着急。

汤老板说等他搞清楚事情原委，自然会送我上医院。

"什么原委？"

"你以我的名义约Christine 登山，Christine 等不到我便自行上山，你尾随其后，然后在这个悬崖边推她下山，是还是不是？"汤老板咄咄逼人。

Steven 否认，强调他爱Christine 至深，不可能做惨绝人寰的事。

"我查过，根据发放的登山证记录，当天有个叫William Wettin的人也上山了，别告诉我你不认识你姐夫。"

"我……我是认识他，但……"

"可惜当天他没上山，参加柏林影展的人如何来回奔波？"

Steven陷入长长的沉思。

噢！不，不会是你，不要……

"没错，我是尾随Christine上山，但行经至此，突然失去她的踪影，后来才发现她的登山证压在一块大石头下，背面写着Sorry。"

汤老板大笑两声，说他编的谎言太拙劣，Christine何需自杀？

"她有抑郁症，你不知道吗？这些年来，她一直服用anti-depressive drugs，如果不信，我可以给你心理医生的电话号码。"

"果真如此，警方为何以意外事故结案？"

"因为我隐瞒她的病情及婚内出轨的事实，斯人已逝，我想保护她的名声。"

现在换汤老板陷入长长的沉思。

"没时间了，急性高原症有可能诱发脑水肿或肺水肿，严重甚至丧命。萌萌需要马上就医，我这就去找看山员，他们都受过专业训练，知道如何急救高原反应者。"Steven催促。

汤老板突然一把抓住他："呵呵！你以为成功骗过我，是吗？回答我，为什么假借我的名义约Christine登山？这表示你已经知道我和她之间有不伦之恋，被戴绿帽肯定不好受，所以你推她一把，以泄心头恨。"

Steven仍坚称不是这样的。

"你过来，"汤老板强拉Steven至悬崖边，"看，这就是Christine的坠落点，你难道没有一丝一毫的愧疚与不舍？"

"我说了我没推她。"Steven往后退。

谁知汤老板又强拉他向前，Steven下意识往反方向使力，致使前者突然失去重心，双手在空中挥舞一下，整个身体往后仰，我还能听到空气中回荡的惨叫声。

Steven立马冲到悬崖边，当确定汤老板坠落后，第一时间往回看，刚好与我四目相对。

"萌萌，我……"

"别说话，我爱你，帮我叫看山员。"说完，我闭上双眼。

～

根据惠特尼林区管理办公室的记录，我和汤老板于12月16日15:14取得登山证，又根据目击者的证词，当晚我们的确在Outpost营地扎营，隔天一早拔营。Steven是12月17日进入林区，依据脚程，下午两点左右抵达出事现场（此时汤老板已失足坠崖），他于一个小时后找到看山员，再由看山员通过对讲机联系搜救队，时间、地点、人物都对上了。

"That's all."我躺在病床上录口供，仍气若如丝。

也许身为病人的关系，警察对我客客气气的，我现在担心的是Steven。

"警察会不会对他严刑逼供，以致屈打成招？"我问Kitty。

"妳以为这是古代？放心，警察问话会录相，何况他姐姐为他请了全加州最厉害的律师，据说还没有败诉的例子。"

想到Elsa，她的确有资本让自己的弟弟远离灾难。

"那就好。"我终于放下心来。

"哪里好？汤老板的老婆认定妳和Steven合计谋杀她老公，准备提起诉讼。Steven有个有钱姐姐，妳呢？保时捷广告被喊停，一旦确定妳涉案，不仅两百万美元没了，妳还得付违约金。现在就看《比佛利拜金女》剧组的态度了，如果他们也不要妳，妳便彻底凉了。"

Kitty 分析得没错，我仿佛风中之烛，分分钟可能众叛亲离，成为过街老鼠。

"放心，到时我会给妳丰厚的遣散费。"

"说什么呀妳，我是这种人吗？太让人伤心了。"她撇开脸，倒叫我感到内疚。

"好，我收回，到时候一分不给。"

"妳敢？"Kitty 反倒破涕为笑。

～

寒冬过去，比佛利山庄迎来春天。

汤老板的老婆刑事诉讼败诉，改提起民事诉讼，Steven和律师商量过后，决定庭外和解，和解的数字保密，想必不是个小数目。

"我是花钱买个心安，毕竟……"

"你又来了，不是说好不再提？"我怪嗔。

Steven作投降状。

自从经历过"生死一线"，我们更珍视对方，连一直持反对态度的Elsa也改投赞成票，大概看在我"不离不弃"的份上吧！我们的婚礼被正式提上日程，就订在欧美认为最适合嫁娶的六月（传说六月新娘最幸福）。

《比佛利拜金女》没有炒了我，事实上，他们正和我的助理商谈开拍第二季的合约内容。Kitty说第一季给的低价现在完全不可能，放心，她绝对会帮我"狮子大开口"。保时捷广告也在年初播放，虽然比预定的时间晚了一点点儿，但播出后反应良好，老板因此乐开花，一听说我即将披婚纱，无条件提供全球限量版的保时捷911 Turbo S当我们的婚车。

一切都否极泰来，往好的方向发展。

" Going once……going twice……going three times, gone."Steven 将槌子高高举起，轻轻落下，意味着欧洲青铜时代的"内布拉星盘"成功卖出，由一个看起来像大学教授的人竞得今天的Steven 穿着Brioni单排扣纹理亚麻面西装，头发剪成利落的板寸头，语速跟着现场的节奏，时快时慢，能Hold住全场。

坐在台下的我，嘴角扬起一丝微笑，不是因为拍卖师魅力十足，也不是因为人形娃娃在拍卖名单内（起拍价高达20万美元），而是Steven说拥有我就不再需要没有生命的娃娃，他爱我，跟我像不像某人无关，是时候跟过去做个了断。

" Next one, number 31……"拍卖师喊着。

来了，来了，下一个便是人形娃娃，我翘首以待……

《完结》

【看不够吗？B杜的《梦回枫叶国》正等着您，以下是前三章，先睹为快。】

《梦回枫叶国》

第一章/冰上精灵

我和教练坐在看台上，眼睛直盯着大屏幕，通常表演完毕后，3～5分钟会出结果。

这是我第五次参加成年组的国际花样滑冰比赛，前四次不是在国外，就是在他省，这次正好在自家门口—温哥华，所以总决赛时不仅父母来了，七大爷、八大妈也来了。

"冰冰呀！妳使劲滑，别怕，魏叔叔昨晚帮妳祷告了。"

说话的是老爸的客户，笃信基督教，年轻时曾做过码头的搬运工，长期弯腰背重物的结果，晚年落下腰肌劳损的病根，现在一周得让父亲推拿一次。

没错，我的父亲是按摩师，这是加拿大人的说法，但他本人不认同，按照他的逻辑，他是有按摩师执照的正规中医师。

"妳爸可是中国国医大师惟一承认的嫡传弟子，可惜这帮老外不识货，国内的证书成了破纸头一张，妳说近四十岁的人再拿起洋课本读医学本科多不容易？只好退而求其次，学个相关又好就业的培训课程。"母亲解释。

我四岁时，全家从中国大陆移民至加拿大，由于盘缠不够，先是与另两个家庭合租了一个三居室，每天都像在作战，厨房要抢，使用卫浴更要抢，加上女人间的碎言碎语，很快便水火不容。

从合租房搬出来后，情况没有变好，反而更糟，只能住进地下室，不管白天黑夜，若不开灯，伸手绝对不见五指。

我大概是全托儿所少数期待上学的小朋友之一，因为在那里至少还看得见阳光，也有玩具玩，不像我那三十平米不到，既阴暗又潮湿的"家"，除了必要的衣物及锅碗瓢盆外，就只有从中国带来的一套乐高及姥爷、姥姥送的小熊布偶，再无长物。

一天的开始往往从简易早餐开始，吃完后，父亲去上按摩培训课，母亲把我送入附近的托儿所，再徒步到超市当收银员。

由于有幼儿津贴，我上的是全托（上午八点半到下午六点）。母亲上完班会顺便采买超市里的打折品，然后拎着大包小包来接我。

这样紧张、拮据的生活步调，直到父亲拿到注册按摩师执照且在正骨医院谋得一职后才大大改善。如果不是后来我一头栽进花样滑冰的学习当中，花钱如流水，我们葛家现在大概也拥有一栋花园洋房，而非租房一族。

回到比赛现场，当大屏幕显示技术分60.58，内容分69.17，扣分项两分，总分127.75时，我的心跌落至谷底。

虽然昨天的短节目我发挥得不错，得到80.08分，排列第三，但今天的自由滑没得到幸运女神的眷顾，不仅连续出现几个错误，连最有把握的联合旋转在换足时竟一脚踩空，虽然我快速爬起，但大势已去。

自由滑的失常表现，无疑让我的最后排名惨不忍睹。我的教练匆匆给我一个拥抱，安慰的成分居多，欢喜的成分全无。

我没等到最后闭幕便拉着父母回家，不仅因为实力没如常发挥，心情郁闷，还因摘下女单桂冠的是我的死对头—Alice Yan，我不愿看她在颁奖台上意气风发的样子。

我和Alice一直有瑜亮情节，从少年组、青年组，一直竞争到成年组。过去通常是我技高一筹，不仅囊括各大比赛的金、银、铜牌，还是第一个获得兴民银行赞助的18岁以下滑冰选手（有了这笔可观的赞助费，母亲终于可以辞掉超市收银员的工作，专心做我的私人厨师、司机兼对外发言人），Alice只能追着我跑，然后望背兴叹。

可惜跨入成年组后，我开高走低，前四次的比赛都未入三甲，这一次更是大跌眼镜，直接掉到十名外。反观Alice, 18岁以后仿佛吃了菠菜的大力水手，一路高歌猛进，不仅超越素有"冰上精灵"的我，还大幅拉开彼此的距离，这次甚至狠甩我十条街。

我是怎么了？"先天"不如人，难道连后天也比不上？

当我们葛家好不容易在工厂林立的东温哥华租下一栋百年的木造老屋时，他们严家已经在富裕的温哥华西区住上被大树环绕的豪华别墅；当我们葛家好不容易买下九〇年出厂的二手福特汽车，从此摆脱依赖公共交通工具的不便时，他们严家已经开上宾士最新款A-Class；更不用说我一路读的是免费的公立学校，还因座落在穷学区里，建筑外墙已经破烂不堪，连PU跑道都坑坑巴巴的，而她……小学读的是赫赫有名的 Crofton House，中学读的是土豪标配的 St. Michael's University School，还有还有，她父亲是加拿大西部最大矿业公司的CEO，最近还拿下加纳及马里的金矿勘探权，母亲也不简单，是儿童医院的主治医生。

如果Alice是含着金钥匙出生的天之骄女，我便是从"贫民窟"走出来的铿锵玫瑰，偏偏用尽气力生存的玫瑰还是早谢，连仅有的一丁点儿傲气也荡然无存，叫人情何以堪？

我们默默回家，草草吃过晚饭后，父母留下来看电视，我借口网络大学要交报告，及早回到房间。

因为一心一意投入花样滑冰，我的文化课早赶不上同龄人，加上无法正常上下学，和父母商量过后，我报了网络大学课程（可在任意时段上网学习，只需在规定时间内交报告即可），希冀通过自学的方式得到文凭。

"网络大学要交报告"一事不假，但打开网页，我却一个字也读不进去。

运动员有巅峰状态及低谷期，我早知道，只是没料到低谷期来得那么快，我甚至还未拿到参加冬奥会的资格就哗啦啦地跌入谷底（虽然那是两年后的事，但从目前的势头来看，我想得到入场券的机会微乎其微）。

就这么东想西想，一封邮件忽然来到，我随手点开，是我的中学好友梅莉，她问我比赛结果如何？我回复一张哭脸，再无其他。

说起梅莉，她和我的缘分不浅，第一次上免费的户外溜冰场，我们就来个对冲，双双跌个四脚朝天，后来又就读同一所小学及中学，连启蒙的溜冰教练也是同一位，只是上了高中以后，她便不再参加比赛及晋级考试，提早"退休"，现在辗转多伦多的各大溜冰场当教练。由于过往的简历不出色，梅莉只能教教初入门的小朋友，混口饭吃。

"扣、扣、"

"What？"

母亲隔着门要我早点儿上床，明天还得早起到俱乐部报到。

"知道了。"我喊。

"冰冰～"

"什么？"

"You did your best. We are proud of you."

母亲不说还好，一说我泪流满面，这样的成绩哪能让父母骄傲？我反倒有投河自尽的冲动。

面对我的沉默，母亲在房外待了一会儿后，走了。

失败是个苦果，再怎么着也得打落牙齿和血吞，只可惜苦果不止由我品尝，连为我舍弃太多东西的父母也被迫一道儿承受，真不公平！

我还在死胡同里自怨自艾，此时一通电话打来，是他。

"明天天气不错，我带妳去采蓝莓。"

加拿大是世界第二大蓝莓生产国，仅次于美国。

"明天不行，还得练习。"我答。

"我收到最新情报，明天下午总教练及Alice会召开记者会，我们偷溜出去不会有人发现。"

怂恿我开溜的是"师兄"欧阳睿，比我早一年进俱乐部。与我的"早慧"不同，他属于"大器晚成"型，直到25岁才渐露头角，但也只是在男单五名左右徘徊，离真正的锋芒毕露还有一段距离，而25岁对花样滑冰选手而言已经是日薄西山了。

"还是不要，我的比赛成绩越来越差，再不加紧练习，我怕我的赞助商会喊停。"

"正好相反，欲速则不达，人不是机器，偶尔放松一下是必须的，妳若有顾忌，欢迎葛妈妈一同前往。"

开什么玩笑？我怎么可能让母亲同行？自己又不是未断奶的娃儿。

"让我问问我妈，如果她同意，我没意见。"我答。

第二章/失宠

隔天，母亲准时在早上六点前送我到俱乐部，与往常不同，她看起来心事重重的样子。

"欧阳睿说下午带我去采蓝莓，因为总教练不在。"母亲一停妥车，我马上说。

"去吧！晚饭前回来。"

我以为我听错了，又强调一次是欧-阳-睿。

"我知道是欧阳睿，妳不是刚比赛完？轻松一下也好。"

直到福特车的车屁股消失在路的尽头，我还浑浑噩噩，母亲一向不喜欢欧阳睿，这是怎么回事？

别误会，欧阳师兄没做什么出格的事，只是他是单亲家庭出身，母亲做的又是民间小额贷款的工作（说白了就是放高利贷），来往的人比较复杂。

"So what? 那又不是他的错。"听罢，我站在正义这一边。

"妳傻呀！单亲家庭的婆婆多半不好侍候，加上放高利贷也不是光彩的事，我怕妳受苦，所以得将源头扼死在摇篮里。"

婆婆？

面对母亲的奇思异想，我笑得好大声。师兄比我大六岁，当他背起书包上学时，我才刚出生，"老少配"根本是不可能的事。

母亲嗤之以鼻，说她吃过的盐比我走的路还多，那孩子看我的眼神就不对，肯定有事，否则也不会对她鞍前马后。

欧阳睿是不是"有事"，我不清楚，但他的确对母亲毕恭毕敬的，有一次还送母亲一盒护肤保养品，说是商场在打折，他买了两盒，一盒送给他妈，另一盒则送给我妈。

"免了，无恭不受禄，你还是另外找人吧！我家冰冰不适合你。"

没想到母亲不仅当场回绝，还说了让人下不了台的话。为了气母亲，我把那盒"被退货"的保养品占为己有，说自己正缺护肤品，谢了！

"这是上了年纪的人用的，不适合妳。这样吧！我把这盒退回去换成少女用的。"那个老实人竟然又把礼盒收回去。

现在换我尴尬了，本来就是为了缓和场面被迫收下的，结果又被收走。母亲也不悦，因为被归为老年人，枉费她每天强迫自己喝下两公升的白开水及做睡前瑜伽。

然而正是这位口口声声说要将源头扼死在摇篮里的人，今天竟然允许我和"源头"翘课采蓝莓去，怎么都说不通。

我想起母亲的愁容，难道是家里出了什么事，让她百爪挠心，以致顾不上我？

虽然忐忑不安，我依然把上午的暖身运动及基本功都仔细练过，还找编舞教练讨论一年后在亚特兰大举行的国际比赛，我的想法是把《莫扎特A大调第五号协奏曲第一乐章》以及圣桑的大提琴独奏曲《天鹅》加以混合做成背景音乐，有了音乐才好编舞。

"You don't need to hurry. We can talk about it next week."编舞教练答不急，我们可以下礼拜再讨论。

这太奇怪了，她一向是急惊风，总催促我赶紧选好音乐，让她有充分的时间设计内容，今天是怎么了？

编舞教练的"拖"让我想起体能教练，他应该在暖身运动前出现，可是直到我暖身完毕，还不见人影。

此时欧阳睿向我走来。

"准备好了吗？准备好就走。"他说。

"你倒很笃定我妈会同意。"

"我当然笃定，葛妈妈该烦恼的事太多，顾不上妳。"

我问他什么意思？他笑笑没回答，转身先行一步。

蓝莓果园在肯特维尔，说远不远，驱车一个小时到，当看到成片的绿色灌木丛时，我终于展笑颜。

"加拿大的蓝莓又大又甜，里面是深紫色的果浆，"欧阳睿摘下一颗蓝果子，"瞧！果皮表面还带着白色糖霜，咬开后果汁瞬间在嘴里爆浆，口感超棒。"

他随后把果子塞进我嘴里，果然如同他所说，滋味美妙透了，可是……这样"偷吃"不犯法吗？

"始作俑者"答在加拿大采摘水果有个不成文的规定，吃多少无所谓，但带走得付费，待会儿我们可以采一些回去给我父母，他买单。

欧阳师兄没提他母亲，让我感觉占了他便宜，遂划清界限，表明AA。

"妳是我见过最小肚鸡肠的人，也罢，待会儿回去我收妳汽油钱及劳务费。"

"真的？"我一脸紧张。

他哈哈大笑，让我摸不着头脑。

～

虽然只是外出几个小时，兴许是芬多精起了作用，让我全身上下充满正能量，原本郁闷的心情也跟着舒畅起来。

"答应我，不论发生什么，妳的嘴角永远都是上扬的，像现在一样。"欧阳睿放我下车后，摇下车窗对我说。

"当然。"我对他摆摆手。

进了家门，客厅里只见父亲。

"妈呢？"我问。

"睡了。"

母亲通常十点上床，现在才八点，怎么这么早就睡？

我接着问父亲吃不吃蓝莓？今天我和师兄采了两纸盒的蓝莓，一磅2加元，算一算比超市的便宜。

"我不吃，妳吃。对了，锅里有红烧肉，下个面会吧？我也困了，晚安！"

这就更奇怪了，父亲有夜晚写作的习惯，虽然尚是个没没无闻的业余作家，但笔耕不辍，鲜有偷懒的时候。

我将鸡蛋面条下锅，再拿红烧肉当浇头，做了一碗香喷喷的红烧肉面当晚餐。

～

大概是下面时盐放多了，半夜口渴得要命，只好起床找水喝，这才发现主卧室的灯亮着。

"我一听说今天下午的记者会兴民银行也会参加，心就凉了一大截，没想到实际情况比想象还糟糕。你说怎么办？没有赞助费，我们根本付不起俱乐部的年费及编舞、体能、技术教练的学费。冰刀每三个月要换新，服装还得做，大大小小比赛的参赛费加起来也不少，我们……我们已经捉襟见肘了。"

"没事，船到桥头自然直，再不行，银行里还有五万元存款。"

"不可以，那是应急用的。再说，即使通通取出来，也只够支撑半年，半年后怎么办？"

"能撑多久算多久，冰冰的梦想很重要，做父母的，砸锅卖铁也得支持。"

"哎！说来说去还是兴民银行太狠心，它可以赞助新出炉的冠军，但好歹也给我们一个缓冲的时间，这样当着全国人民的面宣布**Alice Yan**是新的赞助对象，而且是惟一的一个，让冰冰的面子往哪里搁？"

至此，我总算搞清楚来龙去脉，原来这一天有那么多事情发生，惟独身为当事人的我被蒙在鼓里。

"哈！原来钱这么好使，想砸谁就砸谁，失宠不过是一句话而已。"我忍不住自嘲。

第三章/飞来横祸

母亲唤我起床，其实我一夜无眠，但仍假装熟睡。

"赶紧的，来不及晨练了。"她过来拉我被子。

"不，"我将被子抢回，"困死了，让我多睡会儿。"

"冰冰，妳是不是皮痒了？教练不骂死妳才怪！"

我很想答教练现在连骂我的动力都没有，少了赞助费，他们也害怕我付不起半小时高达160加元的学费。

"我的冰刀钝了，鞋子脚踝的部分也软了，哪天我们上体育用品店买新鞋吧！"我试探性地问。

"买鞋？我看……我看鞋还行，要不……将就点儿用？"

看母亲一副为难的样子，我感到辛酸。的确，一双专业溜冰鞋起码要2000加元，而父亲的月工资到手不过4000，扣掉房租及其他生活开支，这个月就别想存钱了。

"哈！我开玩笑的，鞋子好得很。"

母亲睨了我一眼，说我欠揍，老寻她开心。

"妳说得对，我是欠揍，再不起来练功，教练要打我五十大板啰！"说完，我一骨碌爬起。

教练没打我五十大板，实际上，在得知失去赞助费，我可能无法支付高额的学费后，他们仨很无情地放我自生自灭。

我一个人把所有的动作都做了，一遍又一遍，仿佛和谁斗气，直到停下来喝口水，欧阳睿才觑了个空滑到我身边。

"妳的教练今天放大假。"他说。

"可不是，我把他们全炒了。"

"厉害！"他伸出大姆指，"妳做了我一直想做却不敢做的事。"

欧阳睿虽然处于巅峰状态，但也不是在金字塔最顶端，所以到目前为止，还未得到任何赞助。

"回答我，你如何负担昂贵的学费？"我问。

"这简单，只要拥有一位任劳任怨且肯为你全心全意付出的母亲即可。"

在他的描述下，一个在底层放高利贷的瘦小女人成了不朽的传奇。

我说我的母亲也同样伟大，如果不是为了给我更好的未来，她和父亲大可待在中国过岁月静好的小日子，何苦来到半个亲戚也无的枫叶国当二等公民？

"这么看来，我们两家也算门当户对，要不……"

"你的教练来了。"我说。

他的教练其实没来，只是我不想再谈下去。

"加油！"他拍拍我的肩膀，很识趣地离开。

～

母亲来接我，在车上，她问我需不需要买新的溜冰鞋？

"不用，我的鞋很好。"我答。

母亲看了我两眼，很不确定的样子。

"是真的，没问题。"

沉默了一会儿后，母亲强打精神说："Guess what? 今天我回到超市，发现他们又招人了，也难怪，薪水低，没人想做。老板问我回不回去？如果回，按老员工的工资给。我想了想，还是回去做，辞职后很无聊，买超市的东西也不能按员工价，太吃亏了。"

记得刚辞职那会儿，母亲不知有多高兴，她和老板不合，总抱怨经常被苛扣工资，这时又把压榨员工的吸血鬼形容成助人为乐的圣母，她心中的委屈可想而知。

"别回去，我知道市中心有很多服装店及体育用品店在招人，再不济，Walmart 超市也缺人，犯不着一直待在小超市里受气。"

母亲说我不懂，她已经五十好几，英语一般般，法语基本不会，还长着一副亚洲人的脸孔，那些时尚的店要的是年轻人，最好英法语都会，白人优先。在这个前提下，她的选择少之又少，既然前雇主不排斥，她乐得回归……

"妳想怎么着就怎么着。"我将头转向车窗外，心里很悲伤。

已是秋天，枫叶大道上的枫叶开始由黄转红，估计再过一阵子就会火红一片，不知那时我家的经济情况会不会好转？我翘首以待。

～

兴民银行五天后寄来挂号信，信就搁在玄关处。

"冰冰呀！妈的视力不好，妳看看是谁的来信。"我们一进屋，母亲说。

我三两下将信拆封，又花了不到半分钟把信读完。

"是兴民银行寄来的，它谢谢我成为它们的赞助对象。"

"还有呢？"母亲问。

"赞助费在九月二十一号停，造成的不便，敬请谅解。"

"怎么说的像是停水断电似的？"

"谁说不是？"

一个本该是晴天霹雳的坏消息，就在我和母亲的一问一答中灰飞烟灭。原来噩耗也不是那么难以接受，时间可以抚平一切伤痛。

"放心，一切都会好的。"母亲递给我一碗绿豆薏仁汤，"我又回到超市工作，妳爸现在也不写作了，当起电竞馆的夜间管理员，钱虽不多，省着点花还是够付妳的学费。"

这也是我深感愧疚的地方，我已经19岁，本该自立，以前有赞助费，勉强算得上自给自足，现在没了，我成了名副其实的啃老一族。

"电竞馆是年轻孩子去的地方，爸不会喜欢，我看……还是由我补上。"

母亲要我省省吧！滑冰很耗体力，晚上我还得上网络大学，哪有时间？再说了，父亲很高兴能和年轻人在一起，毕竟听听他们的想法有助写作。

"哎！爸还是想成为作家。"我感叹。

"写作的人多了去，成名者几何？都是一些无病呻吟的人在做梦，我反倒希望妳爸做点儿实际的，能赚钱最好。"

我记得父亲曾提起过，母亲当年也是文艺女青年一枚，会写诗，也擅长作画，但打从有记忆以来，我就不曾看过她文艺的样子。惟一的一次是农历新年来到，家里却无米可炊，她不得不抛头露脸在唐人街写大字。来买春联的人不少，都夸她的字写得好，她却引以为耻，年节过后有很长一段时间不去唐人街，怕触景伤情。

"爸的年纪大了，想做梦就随他去吧！"我说。

"现实是我们葛家入不敷出，不开源节流不行。"

谈到钱，我赶紧给情报："欧阳睿说唐人街有个裁缝师傅手艺不错，比我们常去做表演服的那一家便宜，还有，我可以和他一起合买冰刀，买来的冰刀，他负责帮我安装，这又可以省下一笔钱。"

"他倒是告诉妳不少事，还是那句话，离他远点儿。"

我正想抗议，一通电话打来，刺耳的铃声像钻石划过玻璃。

" Yes. ……Oh my God. I am coming."母亲挂上电话，脸上血色全无。

"怎么了？"我问。

"妳爸被几个年轻人给揍了，现在躺在医院里。"她答。

作者介绍

在异国的背景下加入缠绵悱恻的爱情故事是B杜小说的一大特点，她的文笔清新、笔触诙谐、画面感很强，读完小说有种看完一部爱情偶像剧的感觉，特别适合怀春少女及对爱情有憧憬的女性阅读。

B杜创作了一系列异国恋情N部曲，包括《法兰西情人》、《东瀛之爱》、《新西兰之恋》、《英伦玫瑰》、《爱在暹罗》、《情定布拉格》、《狮城情缘》、《爱上比佛利》、《梦回枫叶国》……等作品，欢迎关注。

ALSO BY B杜

愛上比佛利（繁體字）Love in Beverly Hills (traditional character version)

~

《东瀛之爱》Love in Japan
《法兰西情人》Love in France
《英伦玫瑰》Love in England
《新西兰之恋》Love in New Zealand
《情定布拉格》Love in Prague
《狮城情缘》Love in Singapore
《爱在暹罗》Love in Thailand
《梦回枫叶国》Love in Canada